AF447735

Autora: Camille Oster

Instagram: camilleoster_author

Facebook: http://www.facebook.com/pages/Camille-Oster/489718877729579

Email: Camille.osternz@gmail.com

Traductora: Susana Rebon López

Twitter: https://twitter.com/srebon

Email: susana.rebon@gmail.com

La Maldición en

Rose Hill

Por Camille Oster

Traducido por Susana Rebon López

Capítulo 1

Isla de Montserrat, Mar Caribe, 1832.

Emmeline Durrant estaba en la cubierta del *Mary's Hope*, y vió a lo lejos la isla esmeralda a la que se acercaban, brillaba al sol, era un oasis verde en el interminable mar azul.

Volteándose para sentir de frente la brisa del mar, deseó poder desabrocharse el vestido para dejar que la brisa la enfriara. El calor era opresivo; ella nunca había sentido algo así en toda su vida. Habiendo crecido en el orfanato de un convento en Boston, estaba acostumbrada a los inviernos fríos y a los veranos agradables, pero este calor era insoportable. Había tenido que quitarse la chaqueta, pero su vestido de lana tampoco estaba hecho para este clima tropical.

Como resultado, tenía que permanecer lo más lejos posible del sol, pero ahora que finalmente estaba llegando a su destino, tenía demasiada curiosidad y quería permanecer en la cubierta.

La carta, en la que le otorgaban el empleo, le había llegado poco después de cumplir los veintiún años. Ella había estado enseñando en una escuela cercana al orfanato en Boston. Su educación había sido relativamente buena, y estando en el orfanato había impartido lecciones en una de las escuelas administradas por la iglesia, pero su puesto como docente no había sido permanente, y por eso había estado buscando una nueva posición con perspectivas de futuro. Afortunadamente, esta oportunidad que se le había presentado, era precisamente lo que necesitaba.

En verdad sus perspectivas no eran muchas, pero ella estaba ofreciendo lo mejor que tenía; una buena educación y una buena disposición para explorar oportunidades, incluso en lugares lejanos como la isla de Montserrat en el Mar Caribe.

Le había llegado la oferta de un puesto como dama de compañía de una bella dama inglesa, pensándolo bien, una oferta que era un poco inesperada. Ella fue recomendada por la directora del orfanato, y se sentía honrada de haber sido elegida para un puesto tan prestigioso. También estaba el hecho de navegar por el Mar Caribe. Ella nunca había salido de Boston, en realidad no había ido a ninguna parte, así que este viaje a través del mar era una aventura que nunca había imaginado llegar a realizar.

Se escucharon unos pasos y ella se volteó para ver al Sr. John Wilkins, uno de sus compañeros de viaje. Era un joven formal, con un traje marrón y cabello cuidadosamente peinado; un empleado asignado por el gobierno británico para ayudar al gobernador en Plymouth, la capital de Montserrat. Por su aspecto, se veía que estaba tan entusiasmado con su nueva aventura como ella con la de ella. Desafortunadamente, él podía contarle muy poco sobre Montserrat, y aún menos sobre la familia con la que ella se había comprometido a trabajar. De esta familia, ella no sabía nada más que su nombre: los Thornton.

Era a una Sra. Thornton a la que ella iba a brindar su compañía, y no tenía idea de si era una mujer joven o si era una anciana. Obviamente, por su título, Emmeline sabía que estaba casada.

La isla estaba cada vez más cerca, y el conjunto se veía extraordinariamente exuberante y verde.

"Hay un volcán en el centro", dijo el Sr. Wilkins señalando hacia la montaña. "He oído decir que puede explotar en cualquier momento, arrojar lava a través de la isla, pero estoy seguro de que no es cierto. Se vuelven latentes, ya sabe. Aunque leí que aquí había nativos antes de que llegaran los españoles, y sin duda, ellos adoraron a una clase de dios volcánico; ya me lo imagino. Es fascinante esta época antigua, una cultura distante de la que no sabemos nada, que está perdida en el tiempo. Quizás en algún momento llegaremos a ser como ellos. Es gracioso pensar que uno será olvidado; borrado en la historia y olvidado ".

"Sr. Wilkins, estoy segura de que eso no sucederá pronto", dijo Emmeline.

"No, quizás no".

Los marineros comenzaron a estar muy atareados, y el capitán, que estaba de pie en la cubierta del alcázar, les gritaba las órdenes. Había otros tres pasajeros a bordo, y todos salieron a cubierta para ver la llegada a su destino. Estaban lo suficientemente cerca, y Emmeline podía ver el poblado a través de la vegetación, con los techos de las edificaciones asomando entre las palmeras.

Plymouth en realidad no era una población grande, pero daba la impresión de tener algunas carreteras y tal vez dos docenas de edificios, pero eso era todo.

El puerto parecía estar muy activo, carretas llenas de sacos estaban esperando la llegada del buque. Por lo que ella entendió, el azúcar era el cultivo principal en esta isla. La mayor parte del azúcar que se consume en el mundo se produce ahí, en islas del Mar Caribe como esta.

No estaba exactamente segura de lo que sucedería cuando llegara; si habría alguien que la estaría esperando. Sin duda, en un lugar como este no sería difícil encontrar a la Sra. Thornton. La población de la isla no parecía ser muy grande.

"Bueno", dijo el Sr. Wilkins, "ya estamos aquí y el viaje ha sido en gran medida sin incidentes. Estoy contento. No soy el mejor marino que existe, en verdad no es lo mío".

"¿Esta es la primera vez sale de Inglaterra?", preguntó Emmeline.

"Bueno, una vez fui a Holanda, pero no es un viaje tan largo como este".

Permanecieron en la borda mientras el barco navegaba más cerca de la costa y los edificios se volvían más visibles. El poblado tenía un embarcadero de madera, y ya había un barco atracado allí cargando mercancías para llevarlas a los Estados Unidos de América y luego regresar a Europa.

Estaban llegando al embarcadero y la tripulación estaba trabajando afanosamente para bajar las velas y así poder detener la nave. Emmeline alisó los mechones de su cabello castaño y los recogió con uno de los alfileres. Era hora de irse y la excitación invadía su cuerpo. Su baúl estaba listo y no había mucho más por hacer que esperar.

Se tendió una tabla entre la nave y el embarcadero, y el Sr. Wilkins esperó a que Emmeline pasara antes que él. Con cautela, ella llegó al embarcadero. Se sentía extraño estar de nuevo en tierra firme; ella ya se había acostumbrado a la constante oscilación del barco en el viaje de dos semanas desde Boston. El sol brillaba y sintió que su calor la presionaba casi como si tuviera fuerza. Mientras caminaba hacia el poblado, vio a un negro bien vestido que estaba de pie con las manos entrelazadas detrás de su espalda mirándola mientras ella bajaba del embarcadero. "¿Srta, Durrant?", preguntó el negro.

"Sí", respondió ella, "yo soy Emmeline Durrant".

"Parece que ha llegado sana y salva. Soy Joseph Rosehill, el ayudante de la Sra. Thornton. Puede llamarme Joseph. Por favor", dijo indicando con la mano, "el carruaje está por aquí".

Caminó hacia el carruaje y esperó a que ella llegara, ayudándola luego a subir, y cerrando una pequeña puerta una vez que ella ya estaba sentada adentro.

"Buscaré su baúl", dijo, y desapareció entre la multitud que había aparecido de repente. Mientras tanto, ella miraba como estaban descargando del buque los equipajes y como la gente se arremolinaba esperando que su equipaje apareciera para llevárselo. Joseph tardó un poco, pero regresó con dos hombres que llevaban el baúl y que acomodaron en la parte posterior del carruaje. Los resortes del carruaje se movieron cuando bajaron con el peso del baúl, y Joseph caminó hacia el frente para tomar su lugar en el asiento del conductor.

"¿La casa de la Sra. Thornton no está en la ciudad?", preguntó ella.

"No, señorita", respondió él. "La señora está en la plantación de Rose Hill. Está lejos de la ciudad, tardaremos media hora en llegar allí".

Emmeline no sabía que viviría en una plantación de caña de azúcar. La carta que había recibido no lo había mencionado, solo le indicaban que la necesitaban como dama de compañía de la Sra. Thornton, y que su presencia sería muy apreciada.

Sentada, Emmeline observó el poblado mientras el carruaje partía. La mayoría de los edificios eran blancos y estaban hechos de piedra y cal. El pueblo se veía muy limpio. Ella vio caballeros, mercaderes y esclavos, y estos últimos aparentemente era común verlos en esta parte del mundo. En Boston casi no utilizaron esclavos, y según ella había entendido, desde hacía un tiempo ya no los había.

Todo le parecía muy extraño, era muy diferente de todo lo que conocía. Los vestidos de las damas eran diferentes, eran usualmente blancos y hechos de géneros livianos. Ella se imaginó, que esos vestidos eran mucho más cómodos que el de lana que ella llevaba. Con su pequeño salario, Emmeline tendría que invertir en tener un mejor vestido, aunque no estaba segura de cuánto se le pagaría por ser dama de compañía y con qué frecuencia, pues la carta tampoco había indicado eso, y esperaba que la pagaran pronto, porque los vestidos que ella tenía la iban a causar mucha incomodidad.

Salieron rápidamente de la ciudad y siguieron por la carretera del borde derecho de la isla. La vegetación era espesa y crecía a un lado de la carretera; eran gruesas y verdes hojas como nunca antes había visto, y las flores que vio eran vibrantes y brillantes con colores como de joyas.

Por supuesto que sabía sobre plantas tropicales, pero nunca había visto ninguna. Estaba particularmente ansiosa por ver qué plantas daban parte de la fruta que a veces llegaba al puerto de Boston desde el Caribe. Solo había podido especular sobre algunas de ellas, mientras que de otras había encontrado dibujos en un libro de botánica.

Al parecer la Sra. Thornton estaba viviendo en una plantación, lo más probable es que tuviera una cosecha de azúcar. Emmeline había leído que el azúcar se hacía de las cañas, pero le costó imaginar el proceso de convertir las cañas en azúcar. No pasaría mucho tiempo en enterarse.

Había tantas cosas que aprender allí, una sociedad completamente nueva por entender. No tenía idea de cuáles serían sus deberes, no conocía a nadie que hubiera trabajado antes como dama de compañía, pero esperaba que no fuera demasiado complicado. Según su estimación, la Sra. Thornton probablemente era mayor que ella, pero podría estar equivocada. Era una descortesía interrogar, a este hombre que tenía enfrente, sobre su nueva patrona, por lo que reprimió su curiosidad y decidió solo observar el entorno que la rodeaba.

Se dio cuenta que esto era una jungla. Nunca en su vida había imaginado que viviría en medio de la jungla, pero allí estaba, alejándose de la ciudad y adentrándose en una parte de una isla que parecía bastante despoblada, pero no pasó mucho tiempo antes de que viera los campos de lo que ella suponía que era la caña de azúcar. No se veían como ella había imaginado que serían, eran mucho más grandes.

Concluyó que tenían que ser plantas muy dulces. Un asunto estaba surgiendo en su mente, y era que la ciudad estaba demasiado lejos para ir caminando, y ella se preguntaba si tendría oportunidad de visitarlo. Tal vez no, por ahora no era su elección, ya que las actividades que ella realizaría serían por orden de la Sra. Thornton. Con suerte la señora sería amable con ella.

Capítulo 2

Después de ir más allá de los vastos campos de caña de azúcar, se desviaron hacia un camino más pequeño, y siguieron por más campos hasta llegar a una casa solariega que se veía a lo lejos. Era de dos pisos, estaba pintada completamente de blanco, y tenía barandillas bordeando el exterior y que separaban ambos ambientes.

Emmeline podía ver un jardín exuberante con plantas de grandes hojas con el verde más intenso que podía ella imaginar, eran muchas especies que no había visto antes. Brillantes y grandes flores salpicaban los arbustos, tan diferentes de las flores del clima frío que ella estaba acostumbrada a ver, pero también había rosas. El orfanato donde había crecido se había sentido orgulloso del jardín que ella cultivaba, y Emmeline siempre había disfrutado pasar el tiempo allí.

Esta casa debía ser donde ella estaría viviendo en el futuro cercano. Estaba entusiasmada con la oportunidad de explorar esos jardines, aprender sobre los variadas y coloridas plantas, incluso sobre la fauna, pues por lo que sabía, ahí podría haber monos.

El carruaje se detuvo frente a las escaleras que se dirigían hacia la segunda planta de la casa, y Joseph la ayudó a bajar.

"Señorita, ya llegó", dijo él. "La Sra. Thornton la estará esperando en el salón. Déjeme mostrarle el camino". Entregó las riendas a un hombre más joven, y esperó a que ella subiera las escaleras y cruzara la puerta principal.

El interior de la casa estaba más fresco, los pisos eran de madera oscura, los rodeaban paredes blancas y los ventanales estaban abiertos para dejar entrar la brisa. Aunque la casa estaba más fresca, todavía era caliente, y Emmeline se sentía acalorada y húmeda con su vestido de lana. El carruaje abierto le había resultado algo molesto, ya que ella no tenía sombrilla para protegerse del sol, y la humedad tropical se había filtrado en su vestido, aunque ya suponía que un carruaje cerrado sería muy sofocante e incómodo.

Joseph se fue y ella esperó en el pasillo mirando las pinturas que estaban colgadas en las paredes. Los ornamentos estaban esparcidos sobre muebles de excelente acabado, eran cerámicas coloridas y vidrios tallados. En su vida nunca antes había estado en una casa tan lujosa.

Frotando sus manos con nerviosismo, Emmeline esperó a que Joseph volviera de hablar con la Sra. Thornton. Tenía curiosidad por saber cómo sería esta señora. Las pinturas en la pared mostraban a quien, por su aspecto, parecía ser hijo de buena familia, pero de alguna forma, la casa parecía intacta, como si gran parte de ella hubiera permanecido sin modificaciones. Había pocas señales de que alguien viviera allí, sin chaquetas, ni zapatos, ni nada que alguien hubiera dejado en el vestíbulo al entrar. Esta era una idea ridícula y Emmeline se la sacudió de la mente.

¿Qué sabía ella de una buena casa? Bien podría ser así todo el tiempo, todo en su lugar y todo ordenado, con sirvientes listos para acomodarlo todo. Por supuesto que la mayoría de las viviendas familiares en las que ella había estado, habían sido demasiado pequeñas para ocultar cualquier cosa. Esta casa era de otro tipo, probablemente hasta tenía habitaciones para guardar objetos.

Para su alivio, Joseph regresó, y la instó a seguirlo mientras la conducía por el pasillo, y por un par de puertas dobles por donde se llegaba a un salón. Una mujer con un vestido blanco, estaba sentada junto a la ventana con sus manos sobre el regazo, aparentemente esperando que Emmeline se acercara a ella. "*Madame*", dijo Joseph, "le presento a la Srta. Durant". Emmeline hizo una reverencia cuando la mujer la miró. ¿Había una mirada de reproche en sus ojos? Eso parecía, pero ¿por qué? Ella debía estar equivocada en su percepción.

"Ya llegaste. Te hemos estado esperando", dijo finalmente la mujer mostrando una sonrisa mesurada. Por su aspecto tenía cincuenta y tantos años, de cabello canoso y cuidado, y con perlas alrededor del cuello. La sonrisa no duró, pero parecía ser una persona interesante, aunque un poco distante. "Confío en que hayas tenido un buen viaje".

"El viaje fue perfecto", dijo Emmeline. "No hubo incidentes, así que lo tomo como un buen viaje. No he viajado mucho. Es la primera vez que salgo de Boston, así que ha sido una gran aventura. Afortunadamente no sentí muchos mareos al estar navegando".

"Al parecer te gusta hablar", dijo la Sra. Thornton con un toque de desaprobación.

Emmeline se sonrojó. "Discúlpeme, supongo que es por haber estado encerrada en una cabina por un buen tiempo". Luego su voz se apagó.

"Perfectamente comprensible. Estoy segura de que Joseph se lo dijo; usted ha llegado a Rose Hill, una plantación de once hectáreas donde únicamente cultivamos caña de azúcar, como la mayoría de las plantaciones en esta isla".

"Son magníficas", dijo Emmeline. "Los campos parecían ser enormes". Tal vez debiera dejar de hacer comentarios, pero estaba nerviosa y siempre tendía a balbucear cuando se sentía insegura.

"Lo son. Es una plantación productiva".

La Sra. Thornton le indicó el asiento, al otro lado de la pequeña mesa, para que ella se sentara, y al momento Emmeline se sentó.

"¿Te gustaría tomar un té?", preguntó la Sra. Thornton. "Joseph", dijo volteándose hacia él, y que estaba a su lado. "¿Podrías traernos un té? Estoy segura de que la Srta. Durrant está cansada de su viaje, y sin duda querrá irse a descansar pronto", dijo la Sra. Thornton volviendo su atención hacia Emmeline.

"Tal vez debería refrescarme dentro de un rato", dijo Emmeline, "sin embargo el viaje no me ha agotado, sorprendentemente dormí bien en el barco".

"Yo no puedo dormir si estoy navegando", dijo la Sra. Thornton con un escalofrío. "Quizás es porque soy muy reticente a irme de este lugar. Este es mi hogar", y después de un rato dijo: "Así es". La Sra. Thornton dirigió su atención a Emmeline y la observó detenidamente.

"Tienes los ojos muy verdes", dijo. Emmeline se sonrojó por el escrutinio. "Tu piel también es bastante oscura".

"Parece que he tomado mucho sol", respondió Emmeline aceptando la taza de té que Joseph le estaba sirviendo. "Normalmente no hay tanto sol en Boston".

"No, supongo que no. Aquí tendrás que usar una sombrilla, pues el sol es implacable". Hicieron silencio por un momento, mientras esperaban que Joseph terminara de servirlas el té.

La Sra. Thornton parecía ser una mujer interesante y abiertamente amistosa. Podía entender que la señora necesitara una dama de compañía, incluso aunque su tolerancia a la compañía pareciera ser escasa. Esta era solo la estimación de Emmeline, y podría estar lejos de ser cierta. Quizás a la mujer simplemente no le gustaba conocer a extraños. Había muchas personas a las que no les gustaba hacerlo, aunque Emmeline pensaba que pronto serían amigas. Bueno, en todo caso, ella así lo esperaba.

"Ahora estoy viviendo aquí yo sola", continuó diciendo la Sra. Thornton. "Mi hijo Percy está haciendo sus estudios en Oxford. Hace casi tres años que se fue, y pronto es hora de que regrese y se haga cargo de la administración de la plantación".

"¿Estudiando en Oxford? Eso suena emocionante", dijo Emmeline. En las Américas, los jóvenes británicos invariablemente regresaban a Inglaterra para estudiar en Oxford.

"Sí. Los varones de Thornton siempre han sido varones de Oxford".

Emmeline no sabía que había familias leales a universidades, pero suponía que tenía sentido que existiera esa lealtad.

"¿Y qué sabes de Montserrat?", le preguntó la Sra. Thornton.

"Muy poco", tuvo que admitir Emmeline. "Naturalmente busqué todo lo que teníamos en nuestra biblioteca antes de venir, pero lamentablemente teníamos muy pocas publicaciones sobre ese tema".

"Esta isla está bajo el dominio británico", dijo la Sra. Thornton, "pero aquí la mayoría de la gente es irlandesa. Ellos dirigen la mayor parte del negocio, trabajan como supervisores, etcétera. También están los esclavos; estos superan a todos los demás en número".

Emmeline se sonrojó levemente, no del todo segura de cómo tomar la idea de los esclavos, pues era algo que estaba mal visto en Boston, pero ella sabía muy bien que era una práctica común en el Caribe, o en casi cualquier otra región de las Américas que dependiera de la agricultura.

"Nuestra tierra se extiende por kilómetros", dijo la Sra. Thornton con orgullo. "Tan lejos como el ojo pueda ver."

El té de Emmeline estaba endulzado con azúcar, mucho más de lo que ella estaba acostumbrada. El azúcar tal vez no era escaso en estos lugares, pero en el orfanato rara vez lo tenían, era un lujo reservado solo para ocasiones especiales, como la Navidad y la Semana Santa.

"Una vez que hayas tomado el té, quizás Joseph debería guiarte hasta tu habitación para que te instales. Cenamos a las siete en punto, y no aceptamos retrasos".

"¿Y cuáles serán mis deberes?", preguntó Emmeline.

La Sra. Thornton la miró como si fuera una pregunta extraña. "¿Deberes? Supongo que pensaremos en algo".

"Disculpe mi ignorancia. Nunca antes me había desempeñado como dama de compañía, por lo que es nuevo para mí, pero aprendo rápido, y espero hacer lo que se necesite y a su debido tiempo". Emmeline intentó convencer a la Sra. Thornton de que no había tomado una mala decisión, al menos eso era lo que esperaba.

"Por supuesto que espero que te comportes impecablemente en todo momento, menos sería inaceptable. Te está estrictamente prohibido tener amigos caballeros, al igual que cualquier exceso de alcohol. Espero que duermas temprano, pues ese es el horario que me gusta. Por las mañanas escribiremos cartas. Escribo a mi hijo al menos cada dos días. Ocasionalmente, tendremos que ir a la ciudad, a la oficina de correos o a otros asuntos que puedan ser necesarios ".

Un reloj repicó y la Sra. Thornton miró por la ventana. "Se está poniendo más oscuro. Joseph, acompaña arriba a la Srta. Durrant y asegúrate de que todas las ventanas estén cerradas".

Emmeline no estaba segura, pero creyó escuchar un ligero tono de cautela en la voz de la Sra. Thornton.

"Aquí se pone realmente oscuro por la noche", dijo la señora. "Si es una noche sin luna, es negra como la brea y no se puede ver ni siquiera la mano". Luego se animó. "Por supuesto que también llueve, estamos en el trópico donde la lluvia es muy común. Truenos y relámpagos iluminan el cielo. Espero que no tengas miedo de tales cosas".

"Nunca he sido conocida por serlo".

La Sra. Thornton la estudió de nuevo con la mirada. "Bien. No pareces ser del tipo temeroso, pero Srta. Durrant, debes saber que este es un lugar donde los temores pueden desbordarnos, es prudente que tengas eso en cuenta".

Emmeline no podía pensar en nada que fuera particularmente temeroso en la isla, pero tampoco sabía si habría algo que temer. Por lo que ella sabía, no había animales salvajes que fueran peligrosos. Aunque estos eran los trópicos, así que no hay duda de que habría toda clase de espeluznantes serpientes.

"Estoy segura de que quieres instalarte en tu habitación antes de la cena".

"Por supuesto", dijo Emmeline y sonrió sintiendo que la despedía. Dejó su taza de té y siguió a Joseph, quien la condujo fuera de la habitación por un pasillo. De nuevo, todo era madera blanca o muy oscura en el pasillo que llegaba hasta una puerta que se abría a una habitación luminosa, con una gran ventana y con cortinas que volaban con la brisa. Esa brisa probablemente sería una bendición. Por lo que vivió en el barco, las noches en el Mar Caribe no eran tan frías.

Joseph se adelantó y cerró los postigos de la ventana. "Lo mejor es dejar la noche afuera", le dijo, "*madame* así lo prefiere".

"Por supuesto", asintió Emmeline decepcionada, antes de darle las gracias mientras se retiraba de la habitación cerrando la puerta detrás de él.

Su baúl ya estaba allí en el medio del piso, ya estaba abierto y todo desempacado. Sus pertenencias fueron colocadas en el tocador, y su ropa fue colgada en el armario o fue acomodada en los cajones bien doblada. Su camisón colgaba sobre una silla en el rincón más alejado de la habitación. Se sentía extraña porque alguien más se ocupara de sus cosas; lo sentía como una intrusión, pero ellos tenían la intención de ser útiles. Aún así, era bastante desconcertante, y de momento no había nada que ella pudiera hacer.

Tomando una respiración profunda, se sentó en la cama y miró alrededor de lo que iba a ser su casa en el futuro cercano. No había forma de saber cuánto tiempo estaría allí; por lo que sabía podría pasar años siendo dama de compañía.

¿La Sra. Thornton le había dicho que ahora solo estaban ellas dos en la casa? Emmeline solo recordaba haber oído del hijo de la señora, Percy, el que estaba en la Universidad.

Tal vez debería dormir un poco antes de la cena. Había sido un día muy largo, con nuevos escenarios, sonidos y experiencias interminables. El mismo aire aquí era diferente al que ella estaba acostumbrada; había exuberancia en todo. Los olores eran más penetrantes, las flores más vibrantes y el sol mucho más fuerte.

Tenía la esperanza de que allí sería muy feliz. La Sra. Thornton parecía ser una mujer razonable. Tal vez era bueno que solo estuvieran ellas dos en la casa, de esta forma no tenía que preocuparse de que alguien se comportara de manera inapropiada con ella, eso era lo único que la preocupaba al alejarse de su casa para buscar un nuevo lugar en el mundo. En su posición como dama de compañía, necesariamente no tenía mucho poder contra la voluntad de algunos, si eligieran ser menos caballerosos, y ella estaba bajo las órdenes de la Sra. Thornton.

Escribir cartas por la mañana no parecía ser una mala ocupación. Emmeline estaba segura de que sería feliz allí, solo que la señora, tal vez era un poco escasa en brindar compañerismo, pero ofrecer compañerismo era su rol, y esta dama realmente parecía necesitarlo.

Capítulo 3

Había oscurecido rápidamente. Hacía un momento era de día, y al momento siguiente Emmeline levantó la mirada y ya estaba oscuro. Levantándose de su cama, caminó hacia la ventana y abrió las persianas. Había una negrura total en el exterior, la luna lucía como un esfera brillante en el cielo, pero la tierra estaba oscura absorbiendo toda la luz de la luna en los campos de caña de azúcar. Había algunos puntos de luz en la distancia, pero no tenía idea de qué había allá. Se le pidió a Joseph que cerrara las contraventanas antes de que oscureciera, pero ella, por ese extraño comportamiento, no se detuvo en no abrirlas.

A diferencia de la oscuridad, ella tuvo más dificultades en establecerse, pues aún no lograba deshacerse de la emoción de lo que en realidad era un día extraordinario. Sin embargo, había algo desconcertante en la Sra. Thornton y que ella no podía entender, tal vez la señora era así porque este lugar era silencioso. Por lo que había visto, era una casa grande, pero era asombrosamente silenciosa.

Al revisar su reloj de bolsillo, vio que eran cerca de las siete y que ya tendría que presentarse a cenar. Apresurándose, volvió su atención a la habitación y se vistió. Después de hacerse un lavado y tener un descanso se sentía refrescada, incluso el sueño se le escapaba, probablemente porque el llegar allí significaba un cambio muy significativo en su vida.

Con una respiración profunda miró su reflejo en el espejo y salió de la habitación. El pasillo estaba en silencio, el suelo estaba cubierto con una alfombra rosa, y a lo largo de ella estaban representadas unas camelias; flores blancas y de rosado oscuro con hojas de color verde claro. Las paredes estaban empapeladas con seda a juego con la alfombra. Esta casa tenía la decoración más bonita que jamás había visto. Todo parecía tan suntuoso, con finos muebles y alfombras.

El comedor estaba en el lado derecho de la casa, y era iluminado con las velas de un hermoso candelabro sobre la mesa. La Sra. Thornton ya estaba sentada a la mesa, y Joseph estaba sirviéndole vino tinto en un vaso de cristal. "Llegas tarde", dijo la señora.

"Discúlpeme. Puede ser que mi reloj se esté retrasando un poco. Tendré que revisarlo por la mañana".

Emmeline se sentó y notó que solo había dos puestos colocados en la mesa. "¿Nadie más cena con nosotros?".

"¿Quién esperabas que cenara con nosotros?", dijo bruscamente la Sra. Thornton.

Emmeline notó que quizás había sido un poco incómoda al preguntar y entonces bajó la mirada. Al parecer no vendría nadie más. "Lo siento, solo asumí que habría otras personas".

"No, no viene nadie más. Mi Benedict murió hace algunos meses", dijo la Sra. Thornton suspirando.

"Siento su pérdida".

La señora parecía un poco tranquilizada. "Supongo que realmente no has sufrido tu pérdida por ser huérfana, o no lo recuerdas".

"Todavía siento su pérdida, incluso sin saber nada sobre ellos", admitió Emmeline, a quien de hecho, nunca le habían dicho nada acerca de sus padres. Ella ni siquiera sabía cuándo había nacido exactamente o dónde. Al igual que la mayoría de las otras niñas en el orfanato, había supuesto que había nacido en Boston, y que era la hija de una de las muchas mujeres que atendían a los hombres que frecuentaban el puerto. Debido a esto, se le había prestado especial atención en fomentar su piedad y su recato, asegurándose de que no hubiera ninguna amenaza de que sus orígenes se manifestaran en su carácter.

Joseph, que llevaba guantes blancos mientras servía, puso una sopera con sopa de pescado sobre la mesa. Quitándole la tapa a la sopera, removió la sopa que era cremosa. Maravillosos olores llenaron la habitación y el estómago de Emmeline respondió encantado.

"Joseph, no pierdas el tiempo", dijo la Sra. Thornton, "no podemos esperar toda la noche".

"Por supuesto, *madame*", dijo él, y tomó el tazón de la señora para acercarlo a la sopera. Sirvió una porción de la sopa humeante y la colocó frente a ella. Luego lo repitió con Emmeline y ella sonrió agradecida, con su boca rezumando por el exquisito olor.

"Joseph, corta un poco de pan", dijo la Sra. Thornton como si estuviera exasperada, pero volvió su atención a Emmeline. "Tu vestido está hecho de lana. Sabes que es completamente inapropiado para el calor que hace aquí".

Emmeline sonrió forzadamente. "Estoy enterada, sé que es más adecuado para el clima de Boston, pero no tuve tiempo de hacerme un vestido nuevo antes de partir".

La mujer suspiró. "¿No pudiste hacerlo durante todo el viaje? Supongo que en verdad no se te ocurrió lo que era o no era apropiado".

¿Cómo podía decir cortésmente, que no tenía dinero para comprar el género y poder hacerse un vestido nuevo? Las cosas habían sucedido demasiado rápido como para que ella ahorrara suficiente dinero, y pudiera comprar lo necesario.

"Supongo que sabes coser", continuó diciendo la Sra. Thornton.

"Sí", respondió Emmeline, tratando de no lucir intimidada por la clara decepción de ella que había expresado la señora.

"Supongo que tendremos que ir a la ciudad para que puedas comprar los géneros apropiados. Al menos una sabe que buscar, a menudo las personas suelen elegir mal. Por supuesto que la muselina es la mejor tela, pero también con ropa hecha con este género, muchos visitantes ingenuos terminan mostrándose a sí mismos indecentemente tan pronto como llueve".

"Lo tendré en cuenta". Durante el breve viaje por el poblado, Emmeline notó que la mayoría de las mujeres vestían vestidos blancos o color crema.

El cerdo asado salió a relucir, y hasta ese momento fue la comida más rica que Emmeline había probado. Este manjar era preparado por experimentados cocineros, y estaba pleno de sabor y suculenta dulzura.

"Joseph", llamó la Sra. Thornton, "creo que necesitamos un vino tinto más fuerte. Ve a ver si puedes encontrar algo mejor".

"Sí, *madame*", le dijo, y desapareció por una de las puertas.

"Por supuesto que aquí no hay bodegas. Nunca se pueden enfriar lo suficiente, así que no tiene sentido tenerlas".

Joseph regresó al poco tiempo con otra jarra de vino tinto.

"Gracias", dijo la Sra. Thornton y fue la primera vez que Emmeline la escuchó darle las gracias a alguien. "Tendremos que venir a la ciudad mañana, si no está lloviendo. ¿Qué piensas Joseph?, ¿lloverá mañana?".

"Si es así, será a última hora de la tarde".

"Joseph es bueno con el clima. Debe serlo, pues ha vivido aquí toda su vida. ¿No es cierto Joseph?".

"Sí, *madame*", dijo con una sonrisa.

"Trabajó en los campos por muchos años. Ellos saben todo sobre el clima. Joseph, tú naciste aquí, ¿verdad?".

"Sí, *madame*".

"Nunca ha vivido en otro lugar sino en esta plantación, incluso antes de que la plantación perteneciera a la familia Thornton. Él vino con la propiedad, como la mayoría de los otros esclavos".

Se sentía como si Emmeline debiera decir algo, pero a ella no se le ocurrió nada que decir.

"Por aquí las cosas no cambian mucho. Un día es igual al otro, ya lo verás. Tal vez deberíamos tomar un vino de Jerez en el salón. Joseph, ayúdame a levantarme".

Joseph se apuró a ayudar a la Sra. Thornton, y ella lo rechazó tan pronto como estuvo en pie. "Ven", le dijo a Emmeline, quien la siguió a la habitación contigua donde se sentaron en los sofás. "Me alegra que estés aquí", dijo la Sra. Thornton mientras se acomodaba en un sofá, "pero tendrás que acostumbrarte a un ritmo de vida más pausado que al que solías llevar en Boston".

El ritmo fuera quizás más enérgico en la casa, cada minuto del día estaba programado. La Sra. Thornton había acertado en ese aspecto.

"Rara vez tenemos visitas, y por igual, rara vez buscamos el entretenimiento en la ciudad, solo de vez en cuando. Es mejor ser selectivo en tales asuntos".

Las ventanas también estaban cerradas en esta sala.

"Encontrarás", dijo la Sra. Thornton, "que algunos caballeros se vuelven bastante salvajes en estos lugares, por estar lejos de sus familias y del seno de la sociedad civil. No todos, por supuesto, solo algunos. Esto confunde a las mentes susceptibles. Más de uno se ha vuelto loco por el calor. Harías bien en no asociarte con ellos, especialmente con gente como nuestro estimado vecino, *Lord* Cresswell. Sin duda lo encontrarás en cualquier momento. Es un famoso libertino, manténte alejada de él".

Ese nombre no significaba nada para Emmeline, pues rara vez recibían este tipo de noticias de sociedad en el orfanato o en la escuela donde posteriormente había estado enseñando.

"Es el hombre más sombrío que he conocido", advirtió ominosamente la Sra. Thornton. "Está enloquecido y es dado a beber y a la depravación. La plantación de *Lord* Cresswell está a punto de desmoronarse bajo su administración. Harías bien en mantenerte lejos de hombres como él, especialmente de él".

"¿Está cerca?".

"Sus tierras comienzan más allá de la cima de la jungla, justo al oeste". La Sra. Thornton parecía estar sumida en sus pensamientos y luego se estremeció. "Al principio era una familia agradable, pero las cosas no han ido bien por allá desde que el actual *lord* se hizo cargo, y cualquier persona temerosa de Dios debe tenerlo claro".

"Por supuesto", dijo Emmeline estando preocupada por enterarse que había un personaje tan despreciable viviendo al lado de la propiedad. Ella se aseguraría de no perderse nunca por allí. Tal vez esto explicaba por qué la Sra. Thornton era tan estricta en cerrar todas las ventanas por la noche, para bloquear cualquier locura que se apoderara de este hombre.

La locura nunca era del todo escabrosa. Naturalmente, cuando eran ubicados, los lunáticos eran llevados en carretas a las instituciones, pero ella era consciente de que, siendo de las familias más ricas, la ley parecía incapaz de aplicarse a tales personas, a menos que la familia expresamente lo deseara. Tal vez por eso, él estaba escondido en el Caribe. Alguien le había dicho una vez, que la nobleza tendía a ocultar sus secretos más vergonzosos en las Indias Occidentales, incluidos los asesinos y los adúlteros, así como los locos.

Capítulo 4

La madrugada tenía una quietud e incluso una cierta frialdad por la humedad en el aire. Emmeline salió a caminar afuera manteniéndose cerca de la casa, mientras inspeccionaba el entorno en que se encontraba.

El sol acababa de salir, pero los colores eran intensos y radiantes dondequiera que se mirara. Las aves graznaban y trinaban mientras volaban sobre los campos dejando sus lugares de sueño. A lo lejos, muy a lo lejos, había personas en los campos de caña, al igual que un hombre a caballo que se desplazaba por los bordes de los campos.

El sol acababa de salir, pero los colores eran profundos y radiantes dondequiera que se mirara. Las aves graznaban mientras volaban sobre los campos, dejando sus lugares donde pasaban la noche. A lo lejos, a lo lejos, había figuras a lo largo de los campos de caña, al igual que un hombre a caballo que se arremolinaba en los bordes de los campos.

La grama tupida suavizaba sus pasos, mientras caminaba por los alrededores de la casa tratando de establecer la ubicación. Al doblar la esquina vio el borde de la jungla y las lejanas colinas que representaban el final de la propiedad, y donde comenzaba la otra, la de *Lord*

Cresswell, quien parecía ser un personaje extraño y que esperaba no conocerlo jamás.

La Sra.Thornton no había subido aún, y al parecer no lo haría en unas pocas horas, lo cual contradecía lo que la mujer había dicho el día anterior. Joseph le había ofrecido el desayuno, pero Emmeline le había dicho que esperaría hasta que la Sra. Thornton se levantara y pudieran comer juntas, después de todo, era el papel de una dama de compañía pasar tiempo con su patrona, así que ella esperaría y tomaría su desayuno cuando la Sra. Thornton estuviera lista.

El vestido de Emmeline la estaba acalorando por el paseo, y probablemente le sería intolerable una vez que el sol estuviera en lo alto. Recordaba cómo en el barco, a medida que se acercaban al Mar Caribe, tenía que retirarse a su camerino al mediodía cuando el sol ardía.

Tal vez temprano por la mañana, sería su momento para hacer ejercicio, ya que habría pocas posibilidades durante el resto del día. La Sra. Thornton no parecía ser una mujer que disfrutara el hacer ejercicio. Emmeline aún no sabía qué era lo que a la Sra. Thornton le gustaba hacer, pero estaba segura de que llegaría la ocasión de saberlo.

"¿Señorita?", dijo un hombre detrás de ella, "¿puedo ayudarla?".

Emmeline se volteó y vio al hombre a caballo mirándola. Ella había estado demasiado distraída para sentirlo al acercarse. Llevaba un sombrero de cuero marrón, y sentado en la silla de montar la observaba. Debajo del sombrero había un rostro hermoso, y lo que parecía ser un cabello rubio oscuro.

"Oh, lo siento. ¿Se supone que no debería estar aquí?", le dijo Emmeline.

"Eso depende de quién sea usted".

"Soy la Srta. Emmeline Durrant, la nueva dama de compañía de la Sra. Thornton". Ella mantuvo la cabeza en alto, tratando de indicar que estaba en el perfecto derecho de estar allí. Ella realmente podría no deber estar en esos campos, pero no lo sabía.

"Tobias Hart", dijo él, e inclinó el borde de su sombrero. "Soy el capataz, administro los campos y las fincas más allá de la casa".

"Oh", dijo ella, "bueno, me complace hacerle conocido". Ella hizo una breve reverencia y movió ligeramente la cabeza como una cortesía.

"Por supuesto que usted está bienvenida a caminar por donde lo desee, Srta. Durrant. Yo tendría cuidado de que no hubiera serpientes en estos campos".

"¿Serpientes?", dijo ella sintiendo como el miedo trepaba por su columna. Claro que habría serpientes; ella simplemente no había pensado en eso.

"Les gusta vivir entre las cañas de azúcar y escabullirse cuando se les molesta. En su mayoría no son peligrosas, pero algunas personas se ... perturban por la presencia de tales criaturas. Su aparición es un presagio en estos lugares". Él miró hacia los campos. "Hay muchas creencias extrañas en esta parte del mundo". Por un momento, pareció perdido en sus pensamientos. "Serpientes más peligrosas viven en la jungla, tan fuertes que pueden devorar completamente al desafortunado".

Emmeline tragó grueso. ¿Por qué ella ni siquiera había considerado tales peligros cuando había aceptado este empleo?

"Si fuera usted me mantendría alejado de la jungla", continuó, "cualquiera que vaya allí debe saber lo que está haciendo".

"No me había dado cuenta de que el entorno era tan peligroso", dijo ella sonriendo débilmente y sintiéndose ligeramente sin aliento.

"Si solo las serpientes fueran la suma de los peligros en el mundo", dijo él. "En general, le tienen más miedo a usted, que usted a ellas. Sin embargo, una jovencita como usted no debería descuidarse".

"Sr. Hart, gracias por su advertencia, la tendré en cuenta".

El Sr. Hart, con un chasquido que hizo con la boca arreó a su caballo, inclinando ligeramente la cabeza hacia ella cortésmente mientras se alejaba. Se veía cómodo en la silla de montar, obviamente había pasado una gran cantidad de tiempo a caballo.

A diferencia de lo que la Sra. Thornton dijo acerca de que la mayoría de la gente que trabaja en esta isla era irlandesa, por el acento del Sr. Hart definitivamente él era un inglés.

Emmeline lo vio al Sr. Hart alejarse de vuelta hacia el campo, donde iba y venía a paso lento, vigilando el trabajo en el sembradío de la caña de azúcar. Él se había portado bastante bien con ella, y la había advertido sobre las cosas de las que debía cuidarse. Serpientes; ella ni siquiera había pensado en eso. Aunque no había tenido experiencia alguna con tales criaturas, de todos modos las temía.

Dando media vuelta, ella regresó a la casa y a la seguridad que esta brindaba. Ella se rió ante la idea, preguntándose por qué asumiría que en la casa estaba a salvo y en los campos no. Bueno, en el campo había el problema de las serpientes, y decidió que ese debió ser el origen de su incomodidad.

*

" Joseph, vámonos", dijo la Sra. Thornton lacónicamente, "no nos entretengamos todo el día. Si tienes razón y las lluvias llegarán por la tarde, entonces debemos apresurarnos. ¿Dónde está esa chica?".

"Estoy aquí Sra. Thornton", dijo Emmeline.

"Bueno, entonces entra ya". Emmeline caminó hacia la calesa blanca que esperaba al pie de la escalera. El caballo parecía ansioso y Joseph sostenía las riendas mientras ayudaba a la Sra. Thornton a subir. "Debemos marcharnos".

Emmeline subió, y Joseph le sostenía la mano mientras ella entraba en la calesa, las ballestas gimieron levemente cuando se sentó al lado de la Sra. Thornton, y luego Joseph cerró la pequeña puerta y se sentó en su puesto de conductor. Las ballestas chirriaron de nuevo cuando el caballo se puso en marcha para girar antes de llegar a la carretera que atravesaba los cañaverales.

"Es mejor que regresemos antes de que llueva", dijo la Sra. Thornton, "o el carruaje pronto se llenará de agua si no tenemos suerte y nos atrapa la lluvia. Aquí llueve fuertemente".

Emmeline había oído llover durante la noche. La lluvia la había despertado, y por un momento no había sabido qué era ese impacto agudo e implacable. En Boston, la lluvia era como un ligero golpeteo suave en el techo, pero aquí sonaba como una tropa llena de percusionistas que golpeaban los tambores, cuando las gotas de agua golpeaban la galería fuera de la ventana de su habitación.

El sol estaba más alto cuando llegaron al borde de los campos de caña de azúcar y al camino por el que había sido conducida el día anterior cuando llegó. Estaban yendo al poblado. La Sra. Thornton había insistido en llevarla a comprar el género para hacer un vestido. Emmeline entendió la necesidad de hacerlo, incluso ahora, ella se estaba acalorando dentro de los confines de su vestido. El sol brillaba directamente sobre ella cuando la sombra de los árboles desaparecía en los claros, pero ya iban a la ciudad para solucionar ese problema en particular.

"Parasol", le recordó la Sra. Thornton, y Emmeline abrió un parasol de encaje que tenía en su mano. La Sra. Thornton permaneció callada durante el resto del viaje en la calesa, aparentemente perdida en sus pensamientos. Para haber querido tener una dama de compañía, la señora no era de disposición locuaz. Emmeline incluso sintió como si estuviera invadiendo la privacidad de la señora. Tal vez la pérdida de su marido aún pesaba mucho sobre ella.

Poniendo las manos sobre su regazo, Emmeline observó el paisaje a su alrededor. Después de un rato, pequeñas chozas y casas aparecieron con más frecuencia. Debían estar cerca de Plymouth. Lo que nuevamente era evidente es que la casa demasiado lejos de la ciudad como para considerar el ir caminando.

A decir verdad, Emmeline se recordaba poco de la ciudad vista el día anterior, es decir, que nada le parecía familiar. Carros y caballos circulaban por las calles, muchos cargados con sacos de azúcar. Por lo que parece, la ciudad estaba bien construida. Había una calle principal que Emmeline no había visto antes, en donde había tabernas, comercios e incluso bancos, y ella incluso creyó ver una escuela.

Joseph redujo la velocidad al llegar a una hilera de tiendas, con tramos de pequeñas ventanas cuadradas y las celosías de madera pintadas de blanco. Todo parecía estar vestido de blanco, incluidos los edificios y las personas.

"Llegamos", dijo la Sra. Thornton y se levantó de su asiento. Joseph les ayudó a las dos a bajar, y la Sra. Thornton los condujo por el paseo marítimo hasta la tienda que exhibía sombreros, guantes y un fino vestido en la vitrina. La tienda en sí estaba bien equipada, con todas las galas que una dama necesitaría, desde zapatos hasta paraguas, cintas y guantes. Incluso había un mostrador para medias y otras prendas interiores, y otro para sombreros finos con plumas y encajes.

"Nos llega la mejor moda directamente desde París", dijo orgullosamente la Sra. Thornton. "Siempre hemos tenido un buen acceso a esa mercancía, y ahora que las relaciones con Francia están tranquilas, nuestro puerto recibe lo mejor que Francia tiene para ofrecer. Hay una gran cantidad de damas muy ricas en el Caribe, ¿verdad Sr. Gerald?", dijo ella en voz alta llamando la atención del hombre elegantemente vestido y con fino y bien cuidado mostacho.

"*Lady* Thornton", dijo el hombre con afectación besando la mano de la Sra. Thornton e inclinándose profundamente. "Esta es la Srta.

Emmeline Durrant. Necesita actualizar su vestuario para el clima. ¿Tiene algo adecuado?".

"*Lady* Thornton, para usted y su acompañante, siempre tengo algo adecuado", dijo el hombre con una sonrisa. "Vengan por aquí. Tengo nuevas existencias que llegaron la semana pasada, recién llegadas de París. También tengo algodón indio, si lo necesitan".

Quiero muselina", dijo la Sra. Thornton. "La Srta. Durrant necesita hacerse un vestido".

"Por supuesto, *madame*". El Sr. Gerald dirigió su atención a Emmeline y la examinó ostensiblemente. Luego se volvió bruscamente, caminó detrás de un mostrador y bajó un rollo de tela. Era blanco con pequeños círculos bordados, era un género muy fino, denso pero también ligero, diferente de cualquier tela que Emmeline hubiera cosido o usado antes.

"Supongo que necesitaremos cinco metros", dijo la Sra. Thornton.

"¿Y para usted, mi *lady*?", dijo el Sr. Gerald con la presentación y anticipación propia de un maestro de circo. "Tengo la mejor seda china que he visto en esta isla en treinta años. Es del color del océano, e inmediatamente pensé en usted cuando la vi. Nada resaltaría mejor sus ojos".

Lady Thornton en realidad se sonrojó. "Sr. Gerald, usted sabe que los colores más oscuros me sientan mejor".

El Sr. Gerald lanzó una mirada de reproche. "Los colores oscuros desperdician la belleza que tiene naturalmente". Se dio vuelta y bajó una hermosa tela que brillaba en tono tanto azul como verde, realmente se parecía al océano, casi parecía líquido por su brillo. "Es el mejor tejido de la tienda, tal vez de toda la existencia".

"Si tan solo viviera en un mundo en el que me dejara llevar por su encanto, Sr. Gerald, tal vez sería una mujer mucho más feliz", dijo la Sra. Thornton.

Emmeline se llevó los dedos a la boca para evitar reírse. Ella no había visto antes esta faceta de la Sra. Thornton.

"Llevo la muselina, Sr. Gerald. Póngala en mi cuenta, por favor".

"Por supuesto, *madame*", dijo inclinándose de nuevo mientras envolvía la tela blanca. "Se la entregaré a su ayudante".

La Sra. Thornton salió de la tienda. "El Sr. Gerald se ha propuesto la tarea de casarse con una rica viuda. El Caribe atrae a todo tipo de sinvergüenzas. Es mejor que lo tenga en cuenta antes de sucumbir a alguien como uno de ellos. El encanto es el anzuelo de su oficio. En estos lugares hay peores hombres que el Sr. Gerald", advirtió. "¿Dónde está ese estúpido?" Ella miró a su alrededor en busca de Joseph. "¿Recibió algún correo para nosotros?".

"Sí *madame*, pero ninguno era del Sr. Percy".

La Sra. Thornton frunció la boca con desagrado. "Dejen los dos de mirarme tontamente, y vamos a casa antes de que lleguen las lluvias".

Capítulo 5

Los días siguientes, por estar ocupada con su nuevo vestido, Emmeline aún no pasaba mucho tiempo con la Sra. Thornton. Un par de doncellas habían sido enviadas para ayudarla con el vestido, y lucían tranquilas y sonrientes cada vez que Emmeline levantaba la vista de su costura. La Sra. Thornton prefería pasar el tiempo en su habitación, o en ocasiones caminar por la galería que rodeaba el edificio.

La Sra. Thornton la solicitaba como acompañante menos de lo que Emmeline había esperado, así que cuando terminó su vestido la dejó con tiempo libre en sus manos. La casa tenía una buena biblioteca, con la que mantuvo su mente ocupada durante los largos y lentos días en la plantación.

Las caminatas diarias alrededor de la propiedad también eran una distracción a primera hora de la mañana, cuando el sol todavía estaba bajo y el calor del día aún no había comenzado. Emmeline había aprendido a amar la frescura de la mañana, la fresca brisa y los graznidos y trinos de los pájaros de la jungla que estaba no muy lejos.

Hoy, sin embargo, desde un principio fue diferente, ya que la Sra. Thornton le habló sobre una invitación a una fiesta que había aceptado, y a la cual Emmeline tenía que acompañarla. El vestido nuevo estaba listo justo a tiempo para tal ocasión. No era tan fino como algunos de los vestidos de seda que llevaba la Sra. Thornton, pero era respetable y apropiado para una mujer joven de su edad y de su posición.

Mientras aguardaba en el vestíbulo al anochecer, la Sra. Thornton aún no se había reunido con Emmeline. Joseph estaba afuera trayendo el carruaje. Aparentemente, este evento era en la ciudad y en una de las mejores casas de la isla.

Emmeline estaba un poco nerviosa por tener que viajar a la ciudad por los caminos oscuros, pero ni Joseph ni la Sra. Thornton parecían estar preocupados, así que tal vez preocuparse no tenía sentido.

Con un crujido de faldas, la Sra. Thornton apareció en el pasillo y se dirigió hacia Emmeline. "Ahí estás", dijo la Sra. Thornton, "me alegro de que no me hayas hecho esperar. ¿Dónde está Joseph?".

"Creo que está trayendo el carruaje".

Al salir por la puerta, la Sra. Thornton frunció el ceño mientras esperaba con las manos en las caderas. Su vestido era muy fino, hecho de seda rosa. "Esta debería ser una noche entretenida", dijo. "La Sra. Moorhouse es una de las mujeres más respetadas de la isla y hace unas agradables veladas. No he hecho ninguna desde que mi Felipe falleció. No tengo ninguna razón para hacerla, pero tal vez cuando Percy regrese, deberíamos realizar una para darle la bienvenida ".

"Eso suena encantador", dijo Emmeline, sin saber qué más decir. Las veladas, las fiestas y los festejos no eran algo en lo que ella tuviera mucha experiencia, ya que habían sido escasas en el orfanato y en la escuela donde ella había enseñado. Las fiestas de cumpleaños habían sido unas fiestas sencillas, generalmente con un pastel de frutas y un poco de brandy.

El crujido en la grava les avisó que Joseph estaba a la vuelta de la esquina. Emmeline recordó que a la Sra. Thornton no le gustaba la oscuridad, pero ahora no parecía estar preocupada mientras caminaban hacia el carruaje. Era solo el atardecer, por lo que tal vez los temores de la mujer solo surgían más tarde en la noche. Joseph ayudó a subir a la Sra. Thornton y Emmeline la siguió.

Dos lámparas de la calesa iluminaban el camino delante de ellos, y los vivos cielos oscuros mostraban la silueta del paisaje a su alrededor; los campos de caña de azúcar y las palmeras más distantes. Los grillos chirriaban ruidosamente como una orquesta. Todo se veía absolutamente hermoso, como una pintura. El ruido del día se estaba extinguiendo y toda la isla se estaba apaciguando, a excepción de los grillos.

Hablaron poco durante el viaje a Plymouth, y Emmeline permaneció ocupada con sus propios pensamientos. Los nervios la hacían sentirse un poco incómoda, ya que en realidad no sabía qué esperar de esa noche, y deseaba conducirse con los modales correctos, no quería avergonzar a la Sra. Thornton ni a ella misma haciendo algo inadecuado. Deseaba que su relación con la Sra. Thornton fuera lo suficientemente cercana como para poderle preguntar estas cosas, pero no había sido así.

La Sra. Thornton parecía tener muy poco interés en ella como acompañante. Tal vez Emmeline no estaba realizando el trabajo adecuadamente. Tragando fuerte ella enderezó su espalda. "¿Hay algo que no estoy haciendo lo suficientemente bien?" preguntó después de un rato.

"No seas ridícula", dijo la Sra. Thornton con molestia. "En primer lugar, no deberías ser tan sobreprotectora todo el tiempo".

Emmeline tomó en consideración esta crítica e intentó pensar en lo que había hecho que mereciera tal reprimenda. "Lo siento".

Ellas permanecieron en silencio después de eso, Emmeline aún trataba de entender en qué forma necesitaba cambiar su comportamiento, pero ella se esforzó en buscar algo en particular que no habría debido hacer. De hecho, pasaban muy poco tiempo juntas. Tal vez la Sra. Thornton era simplemente una mujer que tardaba tiempo en aceptar a una nueva compañía, a un extraño, y la familiaridad iría creciendo con el tiempo.

"Estoy a la expectativa de esta noche", dijo Emmeline rompiendo el silencio.

"La comida debería ser muy buena", respondió la Sra. Thornton y luego guardó silencio otra vez. La mujer parecía estar perdida en sus propios pensamientos y Emmeline recibió el mensaje claro de que no quería hablar.

Las luces fueron más frecuentes, apareciendo en ventanas y puertas de edificios que ahora estaban demasiado oscuros para verlos. Debían estar acercándose a la ciudad, lo que pareció ser bastante repentino en la estimación de Emmeline, pero eso era quizás porque ella no conocía el camino lo suficientemente bien como para medirlo y saber cuándo estarían a punto de llegar.

A primera hora de la tarde condujeron por la ciudad que estaba animada, con gente caminando, una taberna en pleno escándalo y los carruajes que recorrían la calle principal. Más allá, una gran casa se veía iluminada, estaba en una ubicación ligeramente elevada en el otro extremo de la ciudad. Una fila de carruajes se acercaba lentamente, la gente esperaba para estacionarse al frente y bajar.

Los nervios de Emmeline aumentaron. Este era su primer evento en el Caribe, la primera vez que iba a conocer a las otras personas que vivían en esta isla. Joseph ayudó a bajar primero a la Sra. Thornton y luego a Emmeline.

"Vamos muchacha", dijo la Sra, Thornton y caminó delante de ella. Un sirviente estaba parado junto a la puerta, atendiendo a cualquiera que necesitara ayuda. Emmeline siguió a la Sra. Thornton hasta la casa que estaba brillantemente iluminada, con tantas velas como jamás lo había visto ella antes. Un murmullo de voces provenía de una de las habitaciones más grandes, donde podía ver a una multitud de personas luciendo hermosos vestidos y hermosas chaquetas. Había risas y bebidas, y todos parecían pasarlo bien.

"Sra. Moorhouse", dijo la Sra. Thornton con afecto, extendiendo sus manos a una mujer alta y delgada. "Es muy bueno verla de nuevo. Nos sentimos tan solas donde estamos".

La Sra. Moorhouse sonrió y volvió su mirada hacia Emmeline, quien le sonrió. "Por supuesto, pobre. Estoy tan alegre de que puedan venir".

"Esta es mi dama de compañía, Emmeline Durrant", dijo la Sra. Thornton cuando notó que la Sra. Moorhouse desviaba su atención hacia Emmeline. "Ha llegado recientemente de Boston".

"Oh, qué emocionante", exclamó la Sra. Moorhouse. "Sea también bienvenida a nuestra casa. Espero que disfrute de la fiesta".

"Estoy segura de que así lo haré. Estoy muy emocionada de conocer a la maravillosa gente de Montserrat", dijo Emmeline. "Tiene una casa muy hermosa. Gracias por hacer la invitación". La Sra. Moorhouse asintió aceptando el cumplido antes de sonreír, y se alejó para saludar a los siguientes invitados que venían detrás de ellas.

La Sra. Thornton siguió caminando hacia la habitación grande y concurrida. Había músicos tocando una canción lírica. Un grupo de mujeres aproximadamente de la misma edad que la Sra. Thornton la saludó con la mano. "¿Por qué no buscas hacer algo divertido?", sugirió la Sra. Thornton. "Hay gente joven con la que puedes conversar".

Emmeline sintió que su incomodidad aumentaba. Hablar con extraños no era exactamente algo con lo que se sintiera cómoda, le tomaba un tiempo sentirse cómoda en situaciones nuevas, y no sabía exactamente qué hacer consigo misma. Para empezar, se dirigió a la mesa llena de comida y con un gran tazón de ponche al fondo. Era el cuenco más grande que había visto, hecho de cristal tallado, pequeños vasos lo acompañaban y ella tomó uno de ellos y un criado le sirvió una porción del ponche.

De nuevo, Emmeline no sabía qué hacer consigo misma, así que vagó lentamente, sonriendo a cualquiera que la viera. Nadie la habló como tal, pero sí recibió algunas miradas curiosas. En poco tiempo, se retiró al borde de la fiesta, donde podía observar y no llamar la atención. Parecía ser una noche agradable para muchas personas que charlaban animadamente.

Terminando su ponche devolvió el vaso a un sirviente, y decidió ir a ver qué otras partes de la casa estaban siendo utilizadas para esta fiesta. Pasando por una puerta que había visto usar a otros, encontró una habitación donde la gente bailaba, y luego otra donde los hombres jugaban a las cartas. Entre esas habitaciones había una fila de sillas y ella se sentó allí. Era un buen punto de observación desde donde ella podía observar a la gente bailando.

Por su educación, ella conocía los pasos de baile más fundamentales, pero el baile que vio allí era diferente de todo lo que le habían enseñado. Las modas del baile aparentemente iban y venían. Sin duda, lo que le habían enseñado tenía por lo menos una década, si no más, pero los pasos no eran particularmente difíciles y no le tomó mucho tiempo aprenderlos.

Los hombres jugaban a las cartas y bebían en la habitación contigua. Todos parecían estar pasando un momento estupendo. Tal vez a medida que pasara el tiempo, conocería mejor a algunas de estas personas, por otra parte, no sabía con qué frecuencia asistiría a veladas como esta.

"*Lord* Cresswell, me alegra que pueda unirse a nosotros", dijo un hombre aparentemente mirando en su dirección. Emmeline dirigió su atención a ese hombre que se acercaba a la puerta cercana a donde ella estaba sentada. Su mirada se posó en ella por un momento, pero su rostro era inexpresivo. Tenía una figura escultural, con cabello oscuro y rizado, y un rostro atractivo. Entonces este era el famoso *Lord* Cresswell, el hombre que la Sra. Thornton despreciaba tanto.

Sin decir una palabra, él pasó junto a ella y se sentó en la mesa de juego. Emmeline ahora podía ver su perfil. Tenía facciones finas y una mandíbula fuerte. Era de quizás unos treinta años y, a diferencia de los otros hombres de la mesa, su aspecto era mejor de lo que sugería su supuesto estilo de vida exagerado; su cuerpo era musculoso y de hombros fuertes.

Emmeline lo observó por un momento. Jugaba con lo que parecía una mano experimentada y bebió con los otros hombres de su alrededor. Por un momento, su expresión llamó la atención de él y rápidamente ella desvió su mirada.

"¿No está bailando hoy?", dijo una voz distrayendo la atención de Emmeline.

"Oh, no esta noche". Ella sonrió al joven que se había sentado junto a ella. "Recientemente llegué y no me he acostumbrado al clima". El joven tenía cabello rubio, casi de color dorado, y labios gruesos.

"Toma tiempo acostumbrarse al calor", dijo él. "Entiendo que eso lleva lograrlo cerca de un año. La mayoría, cuando son recién llegados, apenas puede moverse porque se empapan en su propio sudor, así que no la culpo por ser cuidadosa. ¿Ha venido directamente desde Inglaterra?".

"No, he venido de Boston."

"Entonces, el viaje no ha sido tan oneroso".

"Lo admito, fue un viaje agradable".

"Entonces tiene suerte, pues muchos lo pasan enfermos todo el viaje. Usted debe tener una constitución de hierro".

Emmeline sonrió al hombre, quien tenía facciones agradables y parecía un poco aburrido. "A veces es agradable sentarse en una fiesta como esta y simplemente observar a la gente. Me temo que aquí no conozco a nadie, aparte de la Sra. Thornton".

"Oh, ¿Usted conoce a la Sra. Thornton?".

"Soy su dama de compañía, la Srta. Emmeline Durrant".

"Sr. Chiswick", dijo volteándose para poder tomar su mano y besarla, "soy uno de los residentes en esta hermosa isla, sin embargo no poseo plantaciones, soy más bien un intermediario, exporto azúcar".

"Oh, ya veo, usted debe ser un hombre ocupado. ¿Lleva aquí mucho tiempo?".

"Desde que era joven, la siento más como mi casa que a Inglaterra. Me encanta esta isla, claro que no en todo. Este lugar atrae a todo tipo de gente, algunos se quedan, otros no. ¿Qué tipo de persona es usted?, ¿ha venido a buscar fortuna? ".

"Uh," dijo Emmeline sintiéndose como puesta en el banquillo de los acusados, "supongo que me ofrecieron un puesto de trabajo y lo acepté".

"Oh, es una oportunista. Los oportunistas tienden a irse tan rápido como vienen, ¿son mejores que los desesperanzados?".

"¿Desesperanzados?", preguntó Emmeline.

"Los que vienen aquí y piensan que las calles están llenas de oro, solo para encontrar que se requiere mucho trabajo para obtenerlo, y rápidamente se vuelven desesperanzados".

"Ya veo. A decir verdad, no estoy segura de ser lo suficientemente ambiciosa como para ubicarme en esas categorías, simplemente respondí a una oferta que parecía exótica y emocionante ".

"Una aventurera".

"Apenas lo soy. Participar en una fiesta encantadora como esta es probablemente lo más emocionante que he hecho en un mes".

"Si crees que esta es una fiesta encantadora, realmente no sales mucho. Esto es aburrido en comparación con algunas otras noches de por aquí". Sus ojos se voltearon hacia los hombres que estaban en la sala de cartas. "La gente encuentra formas de mantenerse ocupada. En una isla tan pequeña es fácil aburrirse".

"¿A menudo hay fiestas como esta?".

"Hay fiestas como esta todas las noches. No todas son tan respetables. Después de todo, esto es el Caribe. Tiende a atraer a los fiesteros".

No era la primera vez que alguien mencionaba que allí había algo desagradable. De hecho, todos los que ella había conocido se lo habían dicho. "Me han advertido que aquí hay algunas personas que buscan fortuna".

"Sí", admitió, "quizás eso hace la mayoría de la gente. El Caribe atrae todo tipo de personas, pero estás en buenas manos con la Sra. Thornton. La familia Thornton siempre ha sido muy respetable, a diferencia de otras", dijo en voz más baja, con los ojos mirando al hombre moreno que estaba sentado en la mesa de juego. *Lord* Cresswell se dio vuelta para percatarse de la atención, y asintió rápidamente al Sr. Chiswick, lo cual era más bien una muestra de reconocimiento que de afecto. Los ojos de *Lord* Cresswell momentáneamente se volvieron hacia ella antes de volver su atención a sus compañeros.

"Supongo que este es un lugar en donde las peleas son rudas", dijo ella distraídamente.

El Sr. Chiswick se rió entre dientes. "Algunas de estas familias han estado aquí durante cien años. Los viejos agravios tienden a mantenerse vivos en lugares como este. No sé si es el calor lo que hace que las pasiones crezcan, o el tipo de personas que este lugar atrae. Hay secretos y esqueletos en cada armario. Anote mis palabras. Y los títulos no necesariamente garantizan un buen carácter, a veces estos provocan que las personas piensen que al tenerlos pueden actuar de la manera que prefieran, como causar problemas donde sea que vayan, y definitivamente, de estos personajes usted debe mantenerse alejada".

Parecía que el Caribe era más colorido de lo que creía cuando ella aceptó este empleo. También parecía que a mucha gente no le gustaba *Lord* Cresswell, y unos pocos de esos "viejos agravios" parecían estar centrados en él.

Capítulo 6

No les llevó mucho tiempo volver a ir a Plymouth, de hecho, estaban en camino al día siguiente para ir al servicio religioso de media mañana al que asistía la Sra. Thornton todos los domingos. Como era domingo, el trabajo en los campos había cesado por ese día. El domingo era un día de descanso para todos.

Parecía que no estaban tan aislados como Emmeline había pensado. Esta era la tercera vez durante esa semana que iban a Plymouth. Una vez más, cabalgaron en silencio, y el paisaje ocupó la atención de la Sra. Thornton durante todo el camino.

"Supongo que cuando regresemos", dijo la Sra. Thornton, "puede leerme algo por un rato".

Emmeline estaba sorprendida, pues era la primera vez, desde que estaba en su casa, que la señora le pedía específicamente que desempeñara su papel de dama de compañía. "Será un placer", respondió Emmeline antes de que el silencio generalizado las envolviera de nuevo. ¿Era normal sentirse tan incómoda con su patrona? En todo caso, Emmeline sintió como si hubiera hecho algo mal, era una decepción.

La iglesia resultó ser un edificio majestuoso, blanco y con una gran aguja. La campana sonó intensamente cuando se acercaron y la gente estaba arremolinada en una multitud de carruajes. Parece que este servicio atraía a gente de toda la isla.

El reverendo Magnus era el archidiácono de la isla y parecía ser un hombre bondadoso de cabello cano. Mientras se alineaban para entrar a la iglesia, él estaba en la entrada y saludaba a todos los que llegaban. La mayoría de las personas que asistieron al servicio estaban elegantemente vestidas. Hubo algunos que eran de estratos más humildes, pero no tantos como Emmeline había esperado. Pero como la mayoría de los habitantes de las islas eran irlandeses, y ellos no asistían a una iglesia anglicana. Probablemente había una iglesia católica cerca, pero Emeline aún no la había visto.

El interior de la iglesia era fresco, y una hilera de bancos de madera oscura se extendía a lo largo. Era un espectáculo familiar el ver la iglesia, fue un pensamiento reconfortante. No importaba a dónde fuera, las iglesias eran iguales, era un ambiente familiar y del que ella siempre supo qué esperar.

Sin embargo, nunca se había sentado en la primera fila, pues era el espacio reservado para los dignatarios. Con esto se demostraba la estima que la gente de esta isla tenía por la familia Thornton. Emmeline se dio cuenta de que había algunas personas mirándola, sin duda tenían curiosidad sobre la nueva incorporación a la congregación.

El reverendo comenzó el sermón y Emmeline lo escuchó. El Sr. Magnus habló de la riqueza y la tentación que esta presentaba a cualquier hombre de buen carácter. También habló de los tiempos difíciles y de cómo eran una prueba de carácter, una prueba de fe, y de que no debíamos temer las dificultades que Dios había puesto en nuestro camino.

El hombre habló durante un rato y fue un sermón agradable. La Sra. Thornton se durmió por un momento y Emmeline tuvo que empujarla suavemente para despertarla. Hubo un momento, en que

Emmeline miró a su alrededor tratando de ver si reconocía algunas de las caras en la multitud. Ella vio al Sr. Chiswick y sonrió cuando él le asintió con la cabeza. Por lo visto ya tenía un conocido que parecía ser un hombre muy agradable. Bueno, él era la única persona con la que había hablado en la fiesta de la noche anterior.

Quien no estaba presente en el servicio era *Lord* Cresswell. Sus oscuros rizos no se veían por ningún lado entre los sentados en los bancos. Por la forma en que él hablaba, definitivamente era un inglés. Todavía había algunas de las familias más refinadas de Inglaterra que eran católicas, pero de alguna manera ella no creía que él lo fuera. Lo más probable es que simplemente no asistía al servicio dominical. Quizás esa era parte de la razón por la cual a la Sra. Thornton le desagradaba tanto. El Sr. Chiswick también le había dado a entender que no era más que un 'personaje indigno'.

El servicio terminó y todos se levantaron. Emmeline tuvo que esperar mientras la Sra. Thornton hablaba con algunos de sus conocidos. Por su lenguaje corporal, Emmeline podía decir que la Sra. Thornton no quería que ella participara en las conversaciones, así que se apartó y observó como salía la gente de la iglesia.

El Sr. Chiswick se le acercó. "Veo que hiciste el viaje desde la plantación de los Thornton. Rose Hill creo que se llama".

"Está en lo correcto", dijo Emma. "Hay rosas plantadas alrededor de la casa".

"Este no es un buen clima para las rosas".

"Tengo entendido que aquí sobreviven solo algunas variedades". Las rosas estaban bien cuidadas. Los jardineros las atendían todos los días, lo que indicaba que la Sra. Thornton las valoraba considerablemente.

"Supongo que las variedades de té son más resistentes. Una descripción que es cierta para la mayoría de las otras especies en estas islas. ¿Asistirás a más veladas la próxima semana?" preguntó.

"Me temo que no puedo decirlo en este momento", admitió. La Sra. Thornton decidía sobre las invitaciones, y no compartía con anticipación sus pensamientos al respecto. A Emmeline simplemente le dijeron que se preparara para salir. Una vez más, Emmeline sintió que su relación no había alcanzado aún el punto necesario para considerarse una de buen compañerismo.

"Bueno, espero verla pronto", dijo. "Mejor me voy. Hay algunas cosas que debo hacer hoy ".

Él le hizo una rápida reverencia y la besó la mano antes de irse. Emmeline se sonrojó al tacto. No era común que caballeros le besaran la mano en Boston, sobre todo quizás, porque ella había pasado la mayor parte de su tiempo con niñas de doce años ".

Vio al Sr. Hart ocupado en discusiones con un hombre. Ella no lo había visto en algunos días, y no sabía que él asistiría hoy al servicio. Ciertamente no había viajado con ellos esa mañana, debió haber venido por su cuenta.

Él se percató de su atención y se dirigió hacia ella. "Srta. Durrant", dijo con una inclinación rápida, "espero que hayan disfrutado de nuestro servicio. A nuestro reverendo Magnus le gusta el sonido de su propia voz".

Emmeline sonrió. "Siempre hay familiaridad en el servicio dominical, ¿no?, y me resulta tranquilizador en tiempos de cambio".

"Lo básico del servicio supongo que es igual en todas partes. Por supuesto, usted todavía se está adaptando a nuestra encantadora isla verde. El reverendo tiende a ser moderado en sus puntos de vista, en comparación con el que en todas partes ve el fuego del infierno y la condenación. En un lugar como este quizás se necesita que el reverendo sea más circunspecto".

Emmeline conocía el tipo de reverendo que gustaba sermonear sobre el fuego infernal. En Boston había un sacerdote en particular, que era exactamente de ese tipo. Todas las personas eran pecadoras y todas iban al infierno, e incluso hasta los más piadosos estaban también en riesgo. Ella había notado que tendía a alienar a gran parte de la congregación, mientras inspiraba lealtad ferviente solo en unos pocos. Afortunadamente, no todos los eclesiásticos eran así, y ella se alegró de escuchar que no iba a ser sometida a tales sermones en el futuro cercano.

"No le vimos en el camino esta mañana", le dijo ella.

"Los sábados por la noche, tiendo a pasarlos en la ciudad", admitió él estando un poco avergonzado.

"Entiendo. No me había dado cuenta".

"Como se puede imaginar, uno está muy aislado en Rose Hill. Los sábados por la noche prefiero la compañía de otras personas".

"Naturalmente. Tengo entendido que hay muchas diversiones en la ciudad".

En cuanto al aislamiento, él obviamente era susceptible a eso. En el tiempo que ella llevaba en Rose Hill, él nunca había sido invitado a cenar en la casa. Se sonrojó ante la idea de que descartaran su presencia, pero no era su competencia el determinar el tipo de relaciones que tenía la Sra. Thornton con la gente que administraba la plantación.

Aunque todo era nuevo y curioso para ella, temía llegar a sentir el aislamiento como él lo sentía. A diferencia de él, ella nunca sería libre de buscar entretenimiento en la ciudad, totalmente dependiente como era de la Sra. Thornton. Él se despidió y se alejó de la iglesia justo cuando la Sra. Thornton estaba saliendo. Le habló largamente al reverendo antes de que finalmente estuviera lista para irse. Joseph estaba esperando junto al carruaje no muy lejos. La mayoría de los carruajes se habían ido en cuanto ya estaban listos para hacerlo, porque así evitaban el forcejeo para despejar la vía.

*

Emmeline en la tarde pasó dos horas leyendo para la Sra. Thornton. Era un libro francés de obras de teatro del siglo XVII. Eran historias interesantes y Emmeline las disfrutaba, pero su voz se debilitó hacia el final. Se fue cuando la Sra. Thornton se había quedado dormida en su silla. En silencio, Emmeline salió tratando de no molestar a la señora.

Por un momento, se detuvo en la galería respirando el aire perfumado. A esta hora del día hacía demasiado calor para pasar el tiempo afuera, así que Emmeline encontró una silla en donde simplemente podía sentarse y mirar. Hoy no había nadie trabajando en los campos y toda la plantación parecía inquietantemente silenciosa.

¿A dónde iban cuando no estaban trabajando?, se preguntó. Sabía que los esclavos tenían sus cabañas no muy lejos, y a las que llegaban por un sendero entre árboles por donde estaba el ingenio azucarero. Ella nunca había ido allí, pero todos los días, excepto hoy, llevaron la cosecha de caña para ser procesada y hacer el azúcar. Ella había visto los sacos de arpillera llenos de azúcar, que luego eran llevados en carreta hasta el puerto.

Emmeline, antes de regresar a su habitación, se sentó un rato para leer antes de la cena. En Rose Hill, a menudo sentía que siempre estaba esperando algo, esperando la cena, esperando a la Sra. Thornton, esperando nuevas órdenes.

Joseph ya estaba en el comedor cuando ella llegó, pero la Sra. Thornton aún no había hecho su aparición. A diferencia de los demás, Joseph no parecía tener los domingos ningún tiempo libre fuera de su trabajo regular. Al parecer la Sra. Thornton dependía de él para todo. Estaba allí desde la primera hora de la mañana hasta la última hora de la noche, y siempre toleraba las declaraciones, a menudo insensibles, de la Sra. Thornton. La relación entre los esclavos y sus ... amos, no era algo con lo que ella hubiera tenido alguna experiencia, y estaba contenta por ello. Boston era bastante incondicional estando en contra la esclavitud. Legalmente en Boston no había sido abolida la esclavitud, pero ya habían pasado algunas generaciones desde la última vez que hubo esclavos en la comunidad bostoniana. Le avergonzaba pensar que, inicialmente cuando ella aceptó este puesto, no se le hubiera ocurrido que allí habría esclavos, lo que le pareció un descuido extraordinario, ya que toda la economía del Caribe funcionaba con el trabajo de los esclavos. Para ella la propiedad de los esclavos no encajaba bien con los valores con los que había sido criada y educada, o con los exaltados por la iglesia cristiana.

"¿Algunos de ustedes no tienen la oportunidad de ir a la iglesia?", le preguntó a Joseph mientras esperaba a la dueña de la casa.

"Oh, sí, señorita. Hay una iglesia cercana para los negros, pero por el momento no tiene eclesiásticos".

"¿Qué dice?".

"Teníamos al reverendo Tillsome", dijo en voz baja, "pero se ha ido. No a todos les gustó. Todavía no han enviado a nadie para reemplazarlo, por lo que no hay muchos servicios en este momento".

"Lamento escuchar eso. ¿Hace cuánto tiempo sucedió?".

"Hace dos años".

"¿Dos años?", dijo Emmeline con asombro. "Seguro que normalmente no les lleva dos años encontrar un reemplazo".

Joseph miró a su alrededor, aparentemente incómodo. "El buen reverendo molestó a algunas personas, tuvo puntos de vista con los que no todos estaban de acuerdo. Temen que solo tengan a otros reverendos como él, por eso quizás piensen que es mejor no enviar a nadie".

"¿Un abolicionista?", susurró Emmeline.

Joseph hizo un leve gesto de asentimiento.

Eso era interesante, pensó Emmeline. Un abolicionista había estado predicando en la iglesia local y había sido removido. Parecía que el tema de la abolición estaba vivo en estos lugares; más bien sofocado. "¿Alguna vez asistió *Lord* Cresswell a esa iglesia?".

"No. Algunas personas no van a la iglesia, y otros van a su manera".

Ella no sabía exactamente a qué se refería con ese comentario, pero no tuvo tiempo de preguntar porque la Sra. Thornton llegó con una expresión nerviosa.

"Este calor juro que está empeorando. Joseph, ¿están todas las ventanas abiertas?".

"No *madame*", dijo Joseph, "las he cerrado a todas".

"Bien", dijo ella y se sentó. Joseph les sirvió el plato de sopa que estaba hecha con mariscos y crema. Al igual que la mayoría de las demás que había servido, este plato tenía sabores con los que ella no estaba familiarizada, hierbas que no reconocía, pero que sabían muy bien. El pescado fue servido nuevamente como plato principal y estaba preparado maravillosamente, realmente comieron muy bien.

Cenaron en silencio y luego se retiraron al salón, donde a Emmeline le sirvieron vino de Jerez en un pequeño vaso de cristal tallado. "Esto viene directamente de Portsmouth", dijo la Sra. Thornton tomando un sorbo de su vaso. Emmeline lo saboreó. A decir verdad, el vino de Jerez no era de su gusto, pero ella no estaba preparada para rechazar la hospitalidad de su patrona. "Mi Philip importó mucho vino de Jerez para nuestro consumo", continuó diciendo sentándose en el sofá con un gemido. "Philip era todo un conocedor".

Emmeline escuchó un sonido rítmico en el fondo, pero no supo qué era. Por un momento, se preguntó si había comenzado a llover nuevamente, tal vez lloviznaba.

La Sra. Thornton frunció el ceño profundamente. "Esos malditos tambores", dijo siniestramente. "Joseph", llamó, "¡Joseph!", volvió a llamarle al no aparecer de inmediato.

Finalmente él apareció. "¿Sí *madame*?".

"¿No podemos hacer algo con esos malditos tambores?".

"Simplemente están disfrutando la noche", dijo Joseph.

"Sabes muy bien que no se trata simplemente del simple disfrute. Están haciendo todo tipo de cosas indescriptibles", acusó la Sra. Thornton como si Joseph fuera el responsable.

"¿Le gustaría que fuera a hablar con ellos?", preguntó él.

La señora pareció considerarlo por un momento, sus ojos se movieron rápidamente y retorcía sus manos retorcían en el regazo. "No", dijo después de un rato, "hablaré con el Sr. Hart por la mañana".

Con una cortés inclinación de la cabeza, Joseph retrocedió y cerró la puerta de la sala.

Emmeline no estaba muy segura de lo que acababa de oír y observar. ¿Qué significaban exactamente esos tambores? La Sra. Thornton estaba claramente angustiada a causa de ellos, y por su aspecto, sentía también algo de miedo.

Torpemente, la Sra. Thornton se levantó de su silla. "Me voy a retirar", dijo en voz baja y con aspecto deprimido. "Sugiero que hagas lo mismo. No salgas esta noche. El mal está en acción".

La Sra. Thornton salió del salón y Emmeline aún estaba sosteniendo su bebida en la mano. ¿Qué quería decir con que el mal estaba en acción? ¿Eso era lo que los tambores significaban, algún tipo de maldad? Ella buscó los ojos de Joseph, pero solo le revelaron el tener paciencia.

Levantándose de su asiento, Emmeline se retiró a su habitación. Las contraventanas estaban cerradas, pero aún podía oír los tambores a lo lejos. No parecían estar cerca, lo que tal vez fuera alentador. La Sra.

Thornton tampoco había querido que Joseph fuera allá para pedirles que pararan de tocarlos. ¿Que significaba eso? ¿Por qué no querría que Joseph fuera cuando él se le ofreció a hacerlo? Tal vez esto estaba relacionado con que la Sra. Thornton temía que algo pudiera suceder al anochecer.

Los tambores continuaron sonando hasta bien entrada la noche cuando Emmeline ya estaba en la cama, y finalmente, ella se durmió sumergida en sueños perturbadores acerca de lo que le estaba sucediendo.

Capítulo 7

El sol de la mañana hacía brillar las persianas. La oscuridad y la preocupación de la noche anterior fueron borradas por la brillante luz del sol. Una cálida brisa y dulces aromas la envolvieron cuando abrió las persianas. Absolutamente todo parecía estar exactamente como debería ser, esto hizo que Emmeline se preguntara, qué había sucedido realmente anoche. La Sra. Thornton había tenido miedo, casi temblaba de preocupación, aunque Joseph particularmente no había estado preocupado; eso era todo lo que Emmeline podía decir. Por otra parte, ¿qué mostró Joseph en sus expresiones que no fuera una continua tolerancia?

La noche anterior había dejado a Emmeline conmocionada. No entendía lo que había sucedido, qué era lo que la Sra. Thornton había temido tanto. Obviamente tenía algo que ver con los esclavos, ya que Joseph se había ofrecido a caminar hasta sus casas para hablar con ellos.

Sentía que había algo importante que nadie le mencionaba. Si había peligro ahí, ella tenía que saberlo.

La sensación de inquietud no disminuyó mientras se vestía y salía de su habitación. Se quedó un poco más cerca de la casa de lo normal, pero por lo que pudo ver, nada parecía estar fuera de lugar. Cualquiera que haya sido el peligro, ya debía haber pasado.

El calor estaba aumentando rápidamente y Emmeline tuvo que retirarse a la casa de nuevo. La Sra. Thornton aún no se había levantado. El hambre estaba empezando a mordisquear a Emmeline, pero esperaría. Joseph le traería el desayuno si ella lo pedía, pero aún sentía que era su deber esperar a la Sra. Thornton, quien claramente no había sido sincera cuando había exaltado que era madrugadora. Tal vez eso solo contaba los domingos.

Mordiéndose el labio, Emmeline evaluó qué debía hacer mientras esperaba. No estaba de humor para leer, o incluso para acostarse en su habitación. En lugar de eso, se paseaba por los corredores, moviéndose silenciosamente de habitación en habitación. Era una casa encantadora, construida para el clima tropical con ventanas grandes y ventiladas, pisos de madera oscura y paredes blancas.

La terraza protegía del sol a lo largo del día, lo que mantenía a la casa fresca. Los muebles suaves no prosperaban en el calor, porque dejaban un olor desagradable en las habitaciones en desuso, y de las cuales había bastantes en la casa.

Los Thornton tenían algunos adornos preciosos y retratos majestuosos. Uno de ellos era de una elegante casa inglesa, Clevedon Hall, decía en la pequeña placa de bronce al pie del marco dorado, aunque notó que el marco había sido devorado por alguna plaga de insectos. Ese lugar tenía que tener cierta importancia para que lo colocaran en lugar tan prominentemente en la sala, donde todos los invitados que llegaban lo veían. Quizás era de donde procedía la familia. No era inusual que los hijos menores hicieran su fortuna en el Caribe. Podría ser que el Sr. Philip Thornton hubiera sido esa clase de hijo, hermano de quien ahora era el poseedor del título de propiedad de esa casa.

También había un retrato del Sr. Philip. Él había sido un hombre corpulento, de barriga prominente y ojos redondos. Por lo que había dicho la Sra. Thornton, parecía que le habían gustado los licores, y la palidez de su rostro sugería que así fue. El siguiente era del Sr. Percy, que no podía tener más de catorce años cuando la pintura fue realizada. Él era delgado, de rostro alargado y cabello rubio oscuro. A diferencia del Sr. Philip, en el que había visto orgullo en sus ojos, la expresión del Sr. Percy era indeterminada; sus ojos no decían nada, pero eso no era algo sorprendente en un joven.

El siguiente retrato era de otro joven algo mayor, había arrogancia en sus ojos, el parecido familiar era obvio, ojos verdes como el resto, y un poco más ancho de hombros que el joven Sr. Percy. ¿Era este su hermano? Ella no había oído hablar de un hermano. Quizás era un primo. Por el estilo de los retratos, ella podía decir que eran del mismo artista, y el fondo de los retratos era claramente el estudio de esta misma casa.

Emmeline miró el retrato por un momento. ¿Quién era esta persona?, ¿y por qué nunca la habían mencionado? Seguro que debió haber muerto o haber sido deshonrado de alguna manera.

Un crujido que venía del comedor la distrajo. Joseph estaba haciendo los preparativos del desayuno. Emmeline caminó hasta que estuvo a la vista de Joseph. Él estaba colocando un cuenco de plata sobre la mesa cubierta de encajes.

"Buenos días Joseph", le dijo ella.

Él sonrió. "Srta. Emmeline, ¿puedo servirle el desayuno?".

"Pensé que esperaría a la Sra. Thornton".

"Peor creo que hoy vendrá más tarde. Usted no debería esperarla".

"Está bien", dijo cediendo a su apetito. Ella tomó su asiento habitual, mientras que Joseph desapareció por la puerta de la cocina, donde nunca ella había estado. Regresó al poco tiempo con un plato de pan, huevos y jamón.

"¿La Sra. Thornton tuvo otro hijo?", preguntó Emmeline mientras él la servía.

"Ella tuvo otros dos hijos, llamados Harold y Rufus. Ambos, por desgracia, ya no están con nosotros".

Joseph tenía una expresión seria, y estaba claro que no le gustaba hablar sobre eso.

"Lo siento", dijo Emmeline inmediatamente.

"Eran muchachos animados, Rufus era solo un niño, Harold era un joven y Percy era el niño del medio", dijo Joseph. Emmeline se dio cuenta de que había visto crecer a todos los Thornton, les había servido como a la Sra. Thornton. "Esta casa solía ser muy diferente".

Había tristeza en la voz de Joseph. Él se había preocupado por esos chicos, por la familia. Tal vez por eso era tan tolerante con la Sra. Thornton. Emmeline siempre había supuesto que lo era porque tenía que serlo, pero tal vez las pérdidas que la Sra. Thornton había sufrido la habían vuelto una persona amarga y desagradable. Emmeline sentía que había sido poco generosa, por haber albergado pensamientos críticos ante el trato que su empleadora le daba a su sirviente.

Era difícil imaginar esta casa con tres niños bulliciosos, habría sido muy diferente. La tristeza en la voz de Joseph le impidió preguntar cómo habían muerto.

Joseph se fue, y Emmeline comió escuchando en silencio a los pájaros trinando en el jardín. Parecía que la familia Thornton había sido extremadamente desafortunada, perdiendo tanto su cabeza, Philip, como a dos de sus hijos. Las familias golpeadas por la tragedia no eran raras. Siendo un puerto de comercio, la fiebre amarilla siempre ha sido temida en Boston, porque a veces llega y acaba con familias enteras.

Cuando Emmeline terminó de desayunar, apareció la Sra. Thornton que caminaba con pasos pesados y su rostro parecía demacrado. Emmeline le sonrió, pero la Sra. Thornton en cambio la ignoró. "Joseph", le llamó la señora con impaciencia.

"*Madame*", dijo Joseph llevando ya la bandeja del desayuno de la Sra. Thornton, aparentemente anticipándose a su llegada.

"No saldremos hoy", dijo la Sra. Thornton después de un rato. "No me apetece. No después de lo de anoche".

"Por supuesto. Si puedo preguntar ...", comenzó a decir Emmeline.

"No puede", dijo la Sra. Thornton cortándola bruscamente.

Emmeline retorció su servilleta. "Quería preguntar sobre los tambores".

"Cállate muchacha", dijo la Sra. Thornton en voz baja y en tono de advertencia. "Estás diciendo tonterías. Tambores. Solo eran algunas personas que tocaban música. Probablemente no sea algo que hayas oído en tu escuela del convento".

Emmeline parpadeó, no muy segura de qué era lo que le provocaba semejante mal genio. Evidentemente la Sra. Thornton no estaba de humor para hablar, así que Emmeline frenó su curiosidad.

"Muchacha, deja de merodear como un fantasma, y sal de aquí".

Emmeline se levantó, porque no sabía qué más hacer. Nunca antes la habían tratado así. "Lo siento", murmuró y salió de la habitación. El único lugar donde podía pensar en irse era afuera. Hasta el momento, este era el estado de ánimo más malhumorado con el que había estado la Sra. Thornton. Nunca fue agradable, pero hoy estaba muy cáustica.

Pobre Joseph, que tenía que quedarse y servirla en todos los momentos del día.

Hacía calor afuera y Emmeline agarró una de las sombrillas, que había en un gran jarrón en la terraza, para proteger su cabeza del sol. El aire parecía pesado, aunque la atmósfera era mucho más liviana aquí que dentro de la casa. Era casi como si Emmeline, al enterarse de las pérdidas de la Sra. Thornton, hubiera hecho que se atormentara más, aún cuando la mujer no podía haber sabido sobre su discusión con Joseph, pues seguramente, ella no había estado escuchando. Emmeline no podía imaginarlo. Tal vez todavía eran los tambores los que la habían puesto tan desagradable esta mañana, a pesar de que Emmeline los había descartado como simplemente gente que tocaba música.

Más abajo, en uno de los campos, vio al Sr. Hart cabalgando lentamente por el borde del campo de caña. Los esclavos estaban trabajando y él estaba supervisándolos.

Emmeline decidió ir hacia él, porque él parecía ser la única persona que le daba respuestas directas.

"Srta. Durrant", dijo asintiendo mientras ella se acercaba. "Un poco tarde para que salga, ¿no?".

"Sí, lo usual", respondió ella.

"Bueno, tenga cuidado con el calor. El golpe de calor es una afección grave, mata especialmente a las mujeres que están fajadas, pues la faja no les permite que los pulmones se extiendan adecuadamente, que es lo que particularmente tratan de hacer con este clima caluroso".

"Gracias por el consejo, Sr. Hart", dijo Emmeline. "Quería preguntarle algo", continuó diciendo ella.

Sus ojos volvieron a verla después de otear la plantación. "¿Qué es lo que quiere preguntarme?", dijo con altanería.

"Los tambores ...", comenzó a decirle, "los tambores de anoche, ¿qué significaron?".

Hart se rió entre dientes. "Vudú, Srta. Durrant,", dijo señalando a los esclavos del campo con la empuñadura de su látigo, "todos ellos nos maldicen para que muramos dolorosamente en las horas más oscuras de la noche".

Emmeline abrió la boca con asombro y frunció el ceño. Por supuesto, había oído hablar sobre el vudú, las maldiciones, los hechizos y la brujería. Cuentos contados para asustar a los niños. ¿Estaba bromeando con ella? Su voz sonaba completamente melodramática. "Sin duda, no habla en serio".

La sonrisa permaneció en su rostro. "Bueno, no han tenido éxito hasta ahora. Sin embargo la señora corre alrededor de su casa como un pollo sin cabeza cada vez que lo hacen. Creo que lo hacen a propósito", dijo con voz medio susurrante y luego arreó su caballo. "Buenos días, Srta. Durrant, no se preocupe por los tambores, las sombras del miedo afectan a las personas de mente débil en todas partes, y hasta ahora, usted no me ha parecido que sea débil de mente".

Cabalgó más abajo por el campo de caña hasta donde uno de los carros estaba ahora lleno de cañas cortadas, y Emmeline lo observó por un momento, todavía ella no estaba segura de cómo tomar cualquier cosa de lo que él hubiera dicho. Parecía que el Sr. Hart no sentía el mayor respeto por la Sra. Thornton, lo que implicaba que en verdad era una mujer temerosa y débil.

Capítulo 8

La Sra. Thornton había estado acostada durante unos días, y no necesitó a su dama de compañía. Parecía que la había afectado la melancolía, lo que no era sorprendente considerando que su familia había sido diezmada.

Para Emmeline, sin embargo, el aburrimiento estaba comenzando a invadirla e incluso extrañaba a las chicas de la escuela donde ella había enseñado. Siempre sucedía algo en la escuela, pero aquí, el silencio de la casa era lo que sonaba en sus oídos.

Incontables veces ella se la pasaba en la terraza y miraba hacia los campos, y la había recorrido en toda su extensión más veces de las que podía recordar. Tal vez podría considerar un proyecto, pero ¿qué? Quería algo más imaginativo que el bordado; algo que reflejara sus circunstancias y su pensó en hacer manualidades con conchas marinas. Una vez había visto una representación de flores hechas con conchas en el salón de los patrones de la escuela, un ramo hecho de conchas de colores que era muy hermoso.

Este era el lugar ideal para trabajar las conchas, y ella no estaba tan lejos de la orilla del mar. Al llegar, había visto hermosas playas blancas al borde del exuberante follaje tropical que cubría toda la isla.

"Joseph", lo llamó ella mientras entraba en la casa, caminando de habitación en habitación hasta que lo encontró. "¿Qué tan lejos de aquí está la costa?".

"Cerca de cinco kilómetros", dijo él, "pero no puedo llevarla ahora, pues *madame* ha enviado el carruaje a la ciudad, porque hoy está llegando desde Inglaterra un barco con suministros".

"¿Es difícil llegar? Creo que puedo caminar cinco kilómetros". Hoy estaba un poco nublado, así que el calor no era tan fuerte como normalmente solía serlo.

"Hay una cabaña pequeña por allá, y una carretera que conduce a la playa a unos setenta metros del gran roble blanco".

Emmeline recordó el gran roble blanco. Se había preguntado, cuando pasaron en el carruaje, quién lo habría plantado.

"Creo que iré caminando", dijo Emmeline.

"Tome en cuenta el clima. Nettie dice que va a llover por la tarde, ella lo siente porque tiene artritis".

"Volveré antes de la tarde", respondió mientras se dirigía a su habitación. "Por las dudas, llevaré un paraguas".

Se sintió bien por tener algo planeado. Había estado merodeando por la casa durante días, y ahora tenía una ocupación y un propósito; iba a hacer algunos dibujos de conchas. Al pasar por su habitación, agarró su sombrero y una pequeña cartera que utilizaría para recoger las conchas, y luego se puso en marcha, casi iba corriendo por la carretera que atravesaba los campos de caña.

También se sintió muy bien al poder moverse en libertad. En la casa, siempre estaba pendiente y preocupada de no hacer ruido, porque eso molestaba a la Sra. Thornton. En verdad ella nunca había estado tan inactiva como lo estaba allí. El leer y dibujar distraían su mente, pero eso no era suficiente en favor de su buena salud y condición.

Cinco kilómetros no eran nada; ella podía caminar esa distancia fácilmente. Tal vez la orilla del mar podría llegar a ser un santuario para ella y que visitaría regularmente. Ella nunca había pisado una verdadera playa de arena. La costa de Boston era más piedra que arena, y las olas eran brutales con las conchas que lavaban, y que además eran pequeñas.

En poco tiempo llegó a la carretera principal y, tal como Joseph lo había descrito, encontró la pequeña carretera que la conduciría más lejos de la casa. Era poco más que un sendero, dos franjas de grava compactada con vegetación creciendo por el medio.

La jungla era densa a su alrededor, oscura, sombría, de gran espesor, y cubría cualquier vista de la finca Rose Hill. No se había dado cuenta de que la vegetación sería tan imponente, pero ella seguía las indicaciones que se suponía la conducirían hasta la orilla de la playa.

La jungla que la rodeaba era ruidosa, los pájaros chirriaban y trinaban, y ocasionalmente se escuchaba el preocupante chasquido de una ramita. Por lo que ella sabía no había animales peligrosos de los que preocuparse, como los tigres, pero aún así saltaba cada vez que escuchaba algo, recordando las serpientes devoradoras de hombres que el Sr. Hart le había mencionado. El crujido de la grava debajo de sus pies era fuerte, y a veces se detuvo para mirar hacia atrás cuando creyó haber escuchado un chasquido de una ramita, o lo que fuera que escuchara. Era exactamente como ella se imaginaba que sonaría el que algún animal la acechara. Un escalofrío la recorrió.

Escuchando atentamente trató de distinguir los ruidos, pero nada aparecía. Sin embargo por un momento se preguntó, si debería darse la vuelta y regresar a casa. Ella tenía su paraguas para defenderse si algo la atacaba, pero no había nada cuando sus ojos recorrieron el verdor a lo largo del borde de la carretera. No, ella solo estaba conduciéndose como una tonta.

Acelerando el paso, ella corrió por un rato, queriendo escapar de la sensación opresiva que la había invadido. Mantuvo el ritmo durante un tiempo y tuvo que aminorar la marcha para recuperar el aliento. Tal vez este viaje no era la mejor idea, o bien, simplemente estaba siendo fantasiosa frente a la intimidante franja de selva.

La cabaña finalmente apareció a la vista y Emmeline suspiró de alivio. No se le había ocurrido que se sentiría tan perdida, una vez que estuviera fuera de la vista de la civilización. Siempre había pensado que era una chica sensata, pero estaba siendo vergonzosamente asustadiza. Solamente era, que no estaba acostumbrada a estar sola en lo que esencialmente era un ambiente solitario.

La cabaña estaba cerrada, tenía un candado grueso y oxidado en la puerta, parecía que nadie había estado allí en bastante tiempo.

El océano se escuchaba antes de ser visto, las olas rugían estrepitosamente. El agua reluciente asomó entre los árboles y, de repente, llegó a la playa. La arena cegaba con su brillo al salir de la selva oscura. La sensación ominosa desapareció de inmediato y esta visión le trajo pura felicidad. El agua cantaba cuando irrumpía y luego se retiraba de la playa brillando como diamantes, dejando atrás el rugir de las olas y la arena dorada de tonos oscuros.

Ella vio las conchas, incluyendo algunas absolutamente impresionantes, decoradas por la naturaleza con los patrones más extraordinarios. Incluso cuando se veían, se podía imaginar un guepardo manchado, manchas cuadradas marrones y beige, su color no se corría en sus dedos y se sentía tan suave como la porcelana. Una tenía un cangrejo adentro, y la devolvió suavemente al agua con las diminutas patas del cangrejo agitándose en el aire.

Caminando por la playa se sentía como si estuviera caminando a través de una pintura. Todo era brillante y hermoso. El mar era como una joya gigante, azul y brillante. Su corazón se aceleró con grata emoción.

El sol se había ido, y la brisa del mar hacía que el calor fuera soportable. Con un suspiro se puso de pie y lo observó todo por un momento. Resulta que ella amaba el mar, amaba la playa; amaba todo lo relacionado ellos. Había maravillas hacia donde fuera que mirara, y por un momento, deseó tener a sus alumnas allí para poder estudiar cada detalle. Sentía lástima de estar viendo toda esta maravilla ella sola.

Se puso a recolectar conchas, para la ilustración que iba a hacer quería conchas pequeñas y coloridas, aunque no podía evitar ser distraída por las que eran grandes con sus bonitas cúpulas curvas. Su cartera estaba empezando a sonar cuando adentro se movían todas las conchas. Siempre aparecía un siguiente caparazón que parecía prometedor.

La siguiente vez que levantó la vista, se había puesto considerablemente más oscuro. El sol se había retirado detrás de las nubes otra vez. ¿Cuánto tiempo había estado distraída coleccionando las conchas? Era difícil decirlo. En un momento todo estaba brillante, y al siguiente levantó la vista y el mar se había puesto mucho más apagado. Nubes oscuras y pesadas se habían reunido en lo alto, pero lo peor era que había perdido el lugar por donde entró en la playa. ¿Qué tan lejos había caminado? ¿Y cómo iba a encontrar el camino otra vez? ¿Por qué no había prestado atención para ubicar por dónde había salido hacia la playa?

La vegetación que bordeaba la playa no le daba ninguna pista, toda le parecía igual. Ella siguió sus huellas hasta que no encontró más. Algunas habían sido borradas por el mar. Como no vio más, supuso que era allí por donde había salido hacia la playa. Seguramente podría caminar y adentrarse hasta que viera una cabaña, pero ¿había caminado demasiado lejos?, ¿o no estaba lo suficientemente lejos? Era imposible decirlo, ella había estado demasiado distraída. Maldita sea, ¿cómo pudo haber sido tan estúpida?

Las gruesas gotas de lluvia marcaron los hombros de su vestido, casi golpeándola con su pesadez. ¡Oh no!, ella se había quedado demasiado tiempo y ahora estaba empezando a llover. Las gotas seguían cayendo y la apertura del paraguas parecía estar atascada. Sus hombros estaban prácticamente empapados cuando lo abrió. La lluvia tamborileaba sobre el paraguas.

Al voltear, vio la imagen que el aguacero creaba en la arena y en la superficie del mar. Su paraguas logró evitar que la lluvia cayera directamente sobre ella, aún así, su pelo ya estaba empapado, y un hilo de agua comenzó a serpentear por su frente.

Caminando hacia la jungla ella trató de ver la cabaña que se negaba en aparecer a la vista, o tal vez ya la había pasado y ahora estaba caminando en la dirección incorrecta. ¿Por qué no habría prestado una mayor atención?

Después de caminar un rato, la inseguridad se apoderó de ella y retrocedió en la dirección por donde había venido, pensando que ya podría haber pasado la cabaña. Tenía que estar cerca, no estaba tan lejos de la playa, tal vez a cien metros.

Controlando su pánico se dijo a sí misma que tenía que ser sensata, pero fue difícil serlo cuando la lluvia se intensificó. Ahora el agua estaba rebosando hacia dentro por los bordes de su paraguas. Su falda estaba empapada y se pegaba a sus tobillos y a sus piernas. El golpeteo de la torrencial lluvia sobre la jungla creó una estridente orquesta con un ruido que ahogaba el sonido de sus pasos.

Tal vez era mejor esperar hasta que la lluvia cesara. Cuando llegara a la cabaña, ella se pondría a cubierto en el porche por un tiempo hasta que se calmara la lluvia, que con suerte se extinguiría, aunque no había forma de saberlo, pues le habían dicho que podía llover durante horas, incluso durante días enteros.

Una vez que encontrara el camino de vuelta, nada más la importaría. Con lluvia o no, ella encontraría el camino a casa. La lluvia después de todo no era el fin del mundo, ¿verdad?

Los charcos la rodeaban mientras caminaba sin poder encontrar la maldita cabaña. Su vestido estaba pesado, la humedad empapaba la tela, lo que hacía más difícil el caminar.

Se sentía como si hubiera estado tratando durante horas de encontrar la cabaña sin suerte, pero finalmente encontró lo que parecía ser un sendero. No tenía idea de a dónde conducía, pero algunas personas caminarían regularmente por él y era probable que condujera a la carretera, y eso era más de lo que ya había logrado, así que lo siguió. Una vez que encontrara la carretera, dirigirse a Rose Hill no debería ser tan difícil.

El sendero se prolongó durante siglos, y ella lo siguió sin tener otra opción. Ya se había internado más allá de la cabaña, pero iba a arriesgarse en seguir por este camino, en lugar de regresar y encontrar la escurridiza cabaña. La vegetación de la jungla estaba muy cerca, y al ir caminando el paraguas rozaba las ramas y las hojas.

El problema era que el sendero la llevaba a un torrente, a una gran corriente de agua que corría violentamente a lo largo de una hendidura en la tierra, era una quebrada que cortaba el camino y era demasiado ancha para cruzarla. Mirando a su alrededor, no vio nada más que la densa jungla. Por lo que ella había caminado, ahora ya tenía que estar cerca de la carretera principal.

Ese razonamiento se comprobó cuando escuchó lo que sonaba como cascos de caballo golpeando la grava. "¡Ayúdenme!", gritó tan fuerte como pudo.

Los golpeteos de pezuñas se detuvieron.

"¡Estoy por aquí! ¡Parece que estoy atrapada!", gritó en la oscuridad de la jungla. "¡¿Podrían ayudarme?!".

Se escucharon quebrarse las ramas hasta que apareció un hombre a caballo al otro lado de la quebrada. Los ojos oscuros y glaciales de *Lord* Cresswell la miraron desde debajo del sombrero. La lluvia le chorreaba por los bordes y su cabello estaba empapado. Su boca estaba apretada con una expresión de sorpresa. "¿Qué diablos está haciendo aquí?".

"Me perdí", dijo, soltando rendidamente su bolso. "Estaba en la playa y perdí de vista el camino".

"Y ahora está del otro lado de una quebrada", le dijo él.

"¿Sabe cómo puedo cruzarlo?".

"Puede esperar hasta que la lluvia se detenga", sugirió con aspereza. "¿No tiene la sensatez de entender que estas son condiciones peligrosas? No es el momento de salir a pasear".

"Perdí la noción del tiempo".

Por tener él la boca apretada, ella podía decir que no estaba impresionado.

"Por favor, ayúdeme", dijo con los dientes apretados. Ella sabía muy bien que había cometido un grave error; no necesitaba que se lo señalara. En ese momento ella estaba en problemas, y un poco de ayuda sería más apreciada que su durísimo juicio.

"Siga por la orilla de la quebrada hasta que salga al borde de un campo, y allí nos encontraremos, y por el amor de Dios, no se caiga a la quebrada porque será arrojada al mar y nunca más se la volverá a ver".

La advertencia le provocó un calambre por su espinazo. El agua era turbulenta y poderosa, y sin duda no sería capaz de salir de la quebrada si caía en ella, su vestido era pesado y quedaría atrapada por la corriente, pero ahora se veía obligada a abrirse camino a través de una selva tan espesa, que no le quedaba más remedio que caminar lo más cerca posible de la quebrada.

Eso era muy adecuado para él, pensó ella, dejarla cruzar una quebrada por su cuenta, pero ¿qué otra cosa podía hacer él ?, admitió ella luego. Él realmente no podía ayudarla, así que no tuvo más remedio que hacerlo sola. El paraguas era demasiado incómodo de llevar y tuvo que dejarlo, aunque la Sra. Thornton podría enojarse por la pérdida, pero no valía la pena salvar un paraguas arriesgando su vida.

Sintió como si hubiera pasado una hora agarrándose al follaje colgante que podía, para mantener el equilibrio mientras cruzaba por ese paso de la quebrada, pero finalmente salió al borde del campo de caña donde él la estaba esperando en su caballo.

"Gracias por su ayuda", dijo ella, "creo que puedo encontrar mi camino desde aquí".

"¿De verdad?, ¿tiene idea de dónde se encuentra?".

"Estoy segura de que puede señalarme la dirección correcta", respondió con los dientes apretados.

"¡Oh! ¿Acaso el aguacero en el que nos encontramos simplemente ha aturdido sus sentidos? ¿Cree que esta es la única quebrada? ¿Ves esa montaña allá?" , dijo él señalándole. "Es el gran volcán. Toda el agua que ha caído allí ahora viene para acá como una inundación, y no solo llega hasta aquí, sino que también llega a la mayoría de las tierras bajas".

"Tendré cuidado. Si pudiera mostrarme el camino", dijo caminando a su lado con su pesado vestido pegándose a sus talones a cada paso, estaba todo rozado y manchado y el ruedo estaba cubierto de barro.

"No lo creo", dijo él, y ella sintió un brazo que la rodeaba y la levantaba. "Tendrá que venir conmigo". Él la colocó sin ceremonias en la parte delantera de la silla.

Luchaba por bajarse. El aferrar la correa de su cartera le mantenía ese brazo restringido, por lo que no podía hacer más que luchar impotentemente. "Suélteme".

"Estoy seguro de que la dragona que es tu patrona, no estará tan complacida conmigo si yo me mantengo al margen, y dejo que su muchacha sea arrastrada por una inundación".

"¡Qué noble es!, o puede simplemente secuestrarme".

"Cuando deje de llover, haré que un carruaje la lleve a su casa. No debería estar vagando por su cuenta. ¿En qué estaba pensando?".

En su enojo, Emmeline no iba a responderle. Le dolió el sentarse en la silla de montar, aunque los muslos gruesos de él la hacían algo más suave, pero ella todavía estaba profundamente ofendida.

"Bueno, esto la enseñará a no deambular por la jungla durante una tormenta. Considere que ha tenido suerte porque yo la haya encontrado, de lo contrario, se hubiera ahogado".

Tristemente, ella no podía discutirle, no podía afirmar que sabía lo que estaba haciendo, porque se había perdido en un sitio desconocido quedando atrapada bajo un enorme aluvión de agua. Lo más probable es que ella habría tratado de cruzar la quebrada.

Capítulo 9

*L*ord Cresswell tuvo la amabilidad de sentarla en su montura, pero no estaba por liberarla. Aunque estaba molesta por ese trato, no podía negar que en cierta manera entendía su negativa a dejarla ir. Él bien podría estar en lo cierto y ella podría enfrentar peligros innumerables en su camino de regreso a Rose Hill. No valía la pena morir por esa ofensa, pero aún así, su trato hacia ella era rudo e inconcebible.

Cada parte de su persona estaba empapada y trató de sentarse lo más adelante posible sobre el caballo, consciente de que había un hombre demasiado cerca a sus espaldas, de hecho, no creía haber estado hasta ahora tan cerca de un hombre. Sus brazos se extendieron a los lados de ella para sostener las riendas, lo que en verdad era una situación sumamente incómoda, y esta menos disminuía por el hecho de ser un hombre de moral cuestionable; la mayoría de las personas que había conocido la habían advertido que tuviera cuidado con él.

En ese momento *Lord* Cresswell la estaba llevando a la casa de él, y su mente la advertía que esa era muy mala idea. Él había dicho claramente que, una vez que estuviera a salvo, la llevaría a Rose Hill en un carruaje. Podía imaginarse la expresión de la Sra. Thornton al verla llegar a casa en el carruaje de él; no le sorprendería que la señora le pidiera a ella que empacara y se fuera.

Los empapados campos de caña estaban completamente vacíos. De hecho, no parecía haber nadie cerca mientras se acercaban a la casa, pero eso no era sorprendente, ya que nadie estaría en el campo trabajando bajo una tormenta. Toda la isla estaba desierta, excepto por *Lord* Cresswell, que había decidido volver con ella a casa en medio de una tormenta. Podría ser que él tampoco la había previsto, y realmente no lo había hecho, ni siquiera Joseph, aparte de la molesta sensación de la artritis de Nettie.

Aquí las tormentas surgían de repente, y esta se había desarrollado rápidamente en un día aparentemente normal. ¿Cómo se suponía que uno supiera cuándo se avecinaba una tormenta si salían de la nada?

Lentamente, se acercaron a su mansión. El camino estaba cubierto con grandes charcos y áreas inundadas por las que el caballo debía pasar. La cantidad de lluvia era extraordinaria, y en ese momento no había señales de que se calmara.

Una vez en la casa, él la instó a bajar sujetándola del brazo para sostenerla, luego ella desmontó. No se habían dicho una palabra desde el momento en que la había arrastrado bruscamente para llevarla con él.

"Después de usted", dijo él indicándola la gran entrada de la casa. Era una casa blanca de tres pisos, y era diferente a la de Rose Hill con sus estructuras de madera y amplias terrazas. Esta casa estaba construida con piedra y estuco, con dos escaleras opuestas hasta la entrada principal que era un piso al ras del suelo. Interminables ventanas se extendían por toda su fachada, y tenía también un balcón de piedra a lo largo del piso del medio.

Era una casa elegante, tal vez fuera un diseño francés. Los exteriores de las escaleras opuestas estaban cubiertos de vegetación, en realidad, si se los inspeccionaba de cerca se veía que los jardines estaban cubiertos de maleza, y los arbustos rastreros y las enredaderas crecían por donde quiera.

La puerta principal era de madera y *Lord* Cresswell la abrió con un empujón entrando luego a un pasillo oscuro. Los interiores eran de colores mucho más oscuros y apagados que los de Rose Hill. Todos los muebles eran de caoba traídos de Europa.

Una doncella apareció para ayudar al *lord* con su chaqueta empapada. Era una joven negra que apenas había terminado de crecer. "Si pudieras mostrar a la señorita ... perdón, no he tenido el placer de conocer su nombre".

"Srta. Durrant".

Sus ojos oscuros la estudiaron por un momento. "Lleva a la Srta. Durrant a una habitación donde puede refrescarse", dijo *Lord* Cresswell.

La doncella le asintió, e instó a Emmeline a seguirla por una gran escalera. Una gran ventana en la parte superior de la escalera mostraba solo la gran humedad de afuera. Esta casa ciertamente no tenía la sensación de ser ligera y aireada como Rose Hill, era todo lo contrario, una casa construida para un clima completamente diferente.

La habitación a la que la condujeron pertenecía a una mujer, pero tenía la sensación de vacío de ser un lugar abandonado, aunque estaba limpia, tenía un frío vacío que demostraba que nadie había vivido allí durante bastante tiempo. Las paredes tendían a absorber las vidas de las personas que albergaban y esta habitación no tenía ningún sentimiento, cualquier vida que hubiera albergado ya se había disipado.

La doncella regresó con una toalla y Emmeline la usó para secar su cabello. La tela de su vestido se pegó a su piel incómodamente. "Voy a traerle un vestido para que lo use", dijo la negra con una sonrisa mostrando sus hermosos dientes blancos. Tenía una expresión seria, como si estuviera emocionada por ver a esta persona que había llegado. Tal vez *Lord* Cresswell no recibía visitas con tanta frecuencia. Nadie había mencionado a una esposa, y si alguna vez hubo una, ya se había ido.

La doncella sacó del armario un vestido de muselina blanca estilo imperio. Se lo llevó antes de que Emmeline tuviera la oportunidad de echarle un buen vistazo, pero mientras flotaba a su lado, parecía ser un vestido muy fino. La idea de usar el vestido de otra persona era incómoda, pero peor era estar vestida con tela empapada apretando cada parte de su cuerpo.

Se desvistió sola y colgó su vestido en el borde del armario. Goteaba en el piso, lo que era un sonido molesto en una casa que de otro modo sería silenciosa. La toalla se la envolvió alrededor de ella, y esperó mirando por el gran ventanal el paisaje mojado de afuera, pues aún no había dejado de llover.

Su estómago gruñó de descontento, apenas había comido ese día y ahora sentía los efectos del hambre. Caminar por la jungla había requerido una cantidad desmesurada de energía, y estaba empezando a sentirse temblorosa por no haber comido nada. Ella no tenía nada que comer; tendría que pedirle a *Lord* Cresswell un reconstituyente y algunos bizcochos que estuvieran disponibles.

El crujido de unos pasos llamó su atención y la muchacha apareció con el vestido balanceándolo. "Un poco de calor del fuego de la cocina sacó la mayor parte del moho".

"Gracias", dijo Emmeline con una sonrisa. "¿Está segura de que al *lord* no le importará que use esto?".

"Debe ponerse algo. No creo que tengamos nada más que sea apropiado. Mientras tanto secaré su vestido". Ella tomó con cuidado el vestido que goteaba. "Mi *lord* está en el salón. Nunca usa el salón, por lo que la está esperando".

"Oh", dijo Emmeline, quien no estaba segura de querer abandonar el cobijo de la habitación que le habían dado, pero si él estaba esperando su compañía, ella no podía negarse a ir.

Bajó las escaleras con pasos inciertos. A ella no le gustaba esta casa, estaba oscura y sombría, parecía como si las paredes mismas la desaprobaran a ella por estar ahí.

"Confío en que te hayan atendido", dijo él en cuando ella entró a lo que debía que ser el salón. Las paredes estaban vestidas con un papel tapiz oscuro, rosa oscuro, desteñido. La decoración había visto días mejores.

"Su sirvienta ha sido muy amable", dijo ella.

"Tilly no recibe muchos visitantes por los que deba preocuparse".

"Me di cuenta". Cuando miró a su alrededor, vio que no había nada nuevo, de hecho, algunas cosas, como el reloj en la repisa de la chimenea, tenían alrededor de cien años. "Espero que no le importe que use este vestido. El mío se está secando".

"No me había dado cuenta. Consérvelo".

"No puedo". Era un vestido fino, así que era una oferta demasiado generosa.

"Tengo poco uso para los vestidos. Si hay más, tómelos también". Un vestido podría aceptarlo, pero aceptar todo un guardarropa lleno de vestidos sería indecoroso.

"Creo que eso podría causar molestias", admitió ella.

"¿Verdad?". Él pareció sorprendido. "Entonces, Srta. Durrant, ¿de dónde viene?".

"Vengo de Boston".

"Y has venido aquí para ser la dama de compañía de la Sra. Thornton. Espero que sea dócil la vieja dragona".

Sería una mentira decir que la mujer era amable, pero era la dueña de su lealtad. "Ella ha sido muy generosa".

Él bufó. "Generosidad; no en su alma".

"Conoce a su familia", dijo ella. Por supuesto que él sí la conocía; habían sido vecinos durante mucho tiempo. "Parece que tuvieron una suerte espantosa".

Al girar su cabeza, él la miró desde donde estaba sentado con las botas recostadas sobre la mesa. Un vaso de líquido oscuro descansaba suavemente en su mano. "¿Quiere tomar algo?".

Ella asintió con la cabeza.

"¿Una ginebra?, o tal vez un vino fortificado".

Emmeline nunca había bebido licores tan fuertes. "Tal vez un poco de vino de Jerez".

"No tengo vino de Jerez".

"Oh". Ahora ella estaba perpleja. "Entonces quizás un vino fortificado". Tomar ginebra, ella ya había sido advertida en su contra, era el trago de la ruina, socavaba a toda la sociedad con su corrosiva tentación, ciertamente no debía permitirse nada tan peligroso, particularmente en sus circunstancias actuales.

Levantándose, se acercó a la mesilla y vertió un líquido oscuro de una jarra. Era una porción más grande de lo que ella quería, pero ella lo aceptó con una sonrisa.

"Iré a cambiarme", dijo él dejando su vaso al salir de la habitación.

Emmeline se quedó sola con su vaso, medio lleno con algo horrible. Ella tomó un poco con pequeños sorbos; el sabor salvaje explotó en su boca. No hubo sorbos lo suficientemente pequeños como para hacerlo aceptable.

"Entonces, ¿dónde están sus padres?", preguntó él cuando regresó vestido con una camisa blanca fresca y un chaleco desabrochado. Sus pantalones oscuros habían sido reemplazados por otros más ligeros. Sus pies estaban desnudos. Emmeline intentó no mirarlos.

"No tengo padres".

"Una huérfana. ¿Y cómo fue que terminaste aquí?".

"La oferta fue entregada a la escuela donde trabajaba".

"Así mismo", dijo él.

"A menudo es así como se hacen las cosas", le aseguró ella.

"¿Lo es? No lo sé", dijo él. "Nunca he contratado a señoritas jóvenes y educadas".

Emmeline lo miró a los ojos mientras él se sentaba de nuevo sin decoro, apoyando los pies en el borde de la mesa, lo que debía saber que era algo grosero incluso en la casa más vulgar, y mucho menos en la casa de un *lord*. A él parecía no importarle.

Desviando su atención, ella miró por la ventana viendo nada más que la lluvia agitada por el viento. "Se preocuparán por mí", dijo distraídamente.

"He enviado una nota para decir que has buscado refugio en mi casa".

Emmeline hizo una mueca.

Él sonrió. "La Sra. Thornton no estará contenta".

"Si era lo suficientemente fácil enviar un mensajero, quizás debería haberme ido".

"No era lo suficientemente seguro que se fuera, no podemos hacer que luego envíen una partida en su búsqueda, ¿verdad? No mientras aquí esté seca y a salvo. No se preocupe, Srta. Durrant, no tengo la costumbre de abusar de jóvenes inocentes".

Un rubor de incomodidad brilló en sus mejillas, odiaba lo intensamente que él la estaba observando. Emmeline miró hacia su regazo, preguntándose si esta pequeña travesura terminaría con su empleo. Esto no era su culpa, ella no había ido allí voluntariamente.

"No, la Sra. Thornton no estará satisfecha en lo absoluto", continuó él como si leyera sus pensamientos. "No soy su vecino favorito. Antes era diferente, tenía ganas de que me casara con una sobrina suya, pero no lo hice. Me casé con otra persona".

"¿Qué le pasó a su esposa?", preguntó Emmeline. En realidad era una pregunta demasiado directa, pero después de la forma en que la estaba atormentando con preguntas, él podría recibir algunas a cambio.

"Descubrimos que somos mucho más amistosos si vivimos en partes del mundo completamente diferentes".

"¿Entonces ella está viva?", dijo Emmeline con sorpresa.

"Por lo que sé, está en algún lugar de París. Es francesa, ya ve, una aventurera, de hecho no era una de las doncellas inglesas con las que se suponía que debía casarme, no era para nada adecuada, y resultó ser que tal vez todos tenían razón", suspiró y miró hacia otro lado por un momento. "La Sra. Thornton nunca me perdonó. ¿Qué dice la vieja dragona sobre mí?".

"Realmente no estoy en posición de hablar sobre eso".

"Lealtad", dijo él con una sonrisa. Sus ojos oscuros estaban otra vez sobre ella, con la cabeza apoyada en su índice, y sintió su atención como un contacto físico. "Más de lo que merece. Vieja bruja supersticiosa".

Evidentemente la aversión entre los vecinos era mutua.

"Creo que la cena está lista", dijo. Nadie había venido a decírselo, era como si acabara de decidir que estaba lista. Él no hizo ningún movimiento para levantarse, simplemente se quedó como estaba, sentado allí haciéndola sentir incómoda. "Tendrás que soportar mi hospitalidad un poco más. Eres muy hermosa".

Emmeline sintió su mirada estudiando cada parte de ella. "Gracias", dijo sintiéndose intensamente incómoda.

"Las mujeres hermosas siempre son un problema, lo he aprendido".

¿Cómo podría ella responder a eso? "Tal vez no son las bellas mujeres las que causan problemas, sino la persona que las acusa".

Una sonrisa estalló en los labios de él. Hablando de hermosura, sus labios eran generosos, con una sonrisa que sugería maldad. "Creo que en el fondo escucho la charla de sus monjas".

Emmeline abrió la boca, pero la cerró de nuevo. Finalmente, él se levantó extendiendo su brazo para que ella lo tomara de camino al comedor. A veces, él mostraba una total falta de decoro o fingía falta de conocimiento, otras veces, insistía en ser caballeroso, incluso cuando no era lo deseado por ella.

Capítulo 10

La luz del sol saludó a Emmeline al despertar por la mañana. Por un momento, estaba completamente desorientada, insegura de dónde estaba, no estaba familiarizada con la habitación, había seda verde en las paredes, y le tomó un tiempo recordar que estaba en una habitación de la casa de *Lord* Cresswell.

Con un suspiro ella se sentó. La Sra. Thornton en realidad no iba a estar feliz, aunque la noche anterior, aparte de preguntas incómodas e inquisitivas, *Lord* Cresswell se había comportado con ella de manera hospitalaria.

Su cena había sido en un comedor oscuro, con solo unas pocas velas a lo largo de la mesa. El tamaño de la mesa no había sido propicio para la conversación, por lo que habían comido mayormente en silencio, de hecho, Emmeline había luchado por mantener los ojos abiertos durante la comida, y tan pronto como su hambre se aplacó, ella no quería nada más que dormir.

La ventana de su habitación reveló un paisaje anegado, había charcos de agua en el camino y probablemente en los campos de caña de azúcar, aunque era difícil saber qué había debajo de las cañas por estar muy tupidas. El cielo era azul y no llovería en el futuro inmediato. Era hora de regresar a casa, así que procedió a vestirse.

Un golpe en la puerta la detuvo, seguramente, no era él llamando a la puerta. "¿Quién es?".

"Soy Tilly", dijo con voz ligera la sirvienta, "tengo su vestido".

"Oh, maravilloso", respondió Emmeline dejando el vestido de muselina sobre el respaldo de una silla donde lo había puesto la noche anterior. Tilly entró y dejó el vestido en la cama.

"El carruaje ya ha sido preparado para usted, mi *lord* supuso que le gustaría irse en la primera oportunidad".

"Sí, por supuesto. Tal vez debería agradecerle antes de irme".

"Mi *lord* no está aquí", dijo Tilly, "salió desde esta mañana".

"Oh." Emmeline no lo había escuchado irse. ¿A dónde se precipitaba a la primera luz de la mañana? Ciertamente no era asunto de ella.

"¿Le gustaría comer algo?".

"No, pues debo irme a casa de inmediato".

Emmeline miró el vestido de muselina. Él se lo había dado, y era un vestido hermoso. ¿Podría llevarlo con ella sin que la Sra. Thornton lo notara? Bueno, la señora no estaría despierta a esta hora del día, y el viaje en carruaje suponía que no podría durar más de veinte minutos, era una corta distancia que por la lluvia había parecido enorme el día anterior.

Ella realmente podría usar otro vestido. La tentación se hizo demasiado fuerte como para resistirla, especialmente porque no servía de nada el resistirse. Era el vestido perfecto para el clima, si bien era más sofisticado de lo que podía ella pagar, pero no por eso sería inmediatamente comentado, la gente simplemente asumiría que sus habilidades de costura eran mejores de lo que realmente eran.

Mientras se abrochaba el vestido, se sentó junto al espejo mientras Tilly le cepillaba el cabello porque había insistido bastante en querer peinarla. En Rose Hill no se le asignó a ninguna sirvienta para que hiciera ese tipo de trabajo, y en su escuela estos eran unos usos más allá de sus expectativas. Se sentía extraña al tener a alguien peinándola, y en cuanto a eso, Tilly tampoco tenía mucha experiencia, lo cual no era sorprendente teniendo en cuenta su edad, no debió haber tenido a nadie con quien aprender. En un momento dado, el peine se hundió en el cuero cabelludo de Emmeline causándole bastante dolor pero se negó a reconocerlo, queriendo evitar así cualquier disculpa o sugerencia de que Tilly estaba haciendo un trabajo deficiente. Emmeline básicamente la estaba permitiendo practicar.

"Gracias", dijo una vez que Tilly terminó. "Será mejor que me vaya. Por favor, dale las gracias de mi parte a *Lord* Cresswell cuando regrese".

"Lo haré", dijo Tilly, "aunque será dentro de un tiempo".

"¿Sí?".

"Su señoría pasa largos períodos de tiempo lejos de aquí".

"Debe tener un capataz en quien confíe", dijo Emmeline.

"El Sr. Roderick se fue hace unos meses", dijo Tilly. Verdaderamente ella sentía algo de desagrado por ese hombre, parecía que no lamentaba que se hubiera ido.

"¿Y no ha sido reemplazado?".

"No", dijo Tilly mientras hacía la cama. "Aquí ya no hay capataz".

Eso era algo extraño. ¿Cómo podría pasar *Lord* Cresswell tanto tiempo lejos de allí, si no había nadie que supervisara la plantación? "Entonces, ¿quién está administrando este lugar?".

"Lo hacemos nosotros", declaró Tilly con una sonrisa.

Emmeline parpadeó, dándose cuenta de cuán diferentes eran las cosas ahí. Se confiaba en que los esclavos gobernaran la plantación en ausencia del propietario, quien seguramente debía tener una muy buena relación con ellos. La idea alegró su corazón. Esta idea de una buena cooperación y el respeto mutuo era encomiable. Siempre había una esperanza en su corazón de que las personas bajo el cuidado de estos propietarios de plantaciones no estuvieran sufriendo. Siempre existía el temor de que al voltear una piedra y viera un revoltijo de gusanos ondulantes, es decir, que tuviera que ver algo horrible que no pudiera olvidar.

Hasta el momento ella no había visto sufrir a nadie, por lo que estaba muy agradecida, pero los esclavos y los propietarios de las plantaciones estaban completamente separados los unos de los otros, por lo que luego ella vería. Aparte de Joseph, y ahora Tilly, ella no había conocido a ninguno más de los esclavos.

El Sr. Hart era el que administraba a los esclavos y los vigilaba como un halcón, y *Lord* Cresswell, no los vigilaba en absoluto, sino que confiaba en ellos para que cuidasen de él y de la propiedad. Eran una formas radicalmente diferentes de dirigir.

"Mejor váyase ahora", dijo Tilly, "Félix la está esperando".

"Sí, está bien, gracias", dijo Emmeline y salió de la habitación y bajó las escaleras. La casa estaba totalmente silenciosa, solo se escuchaban sus suaves pasos, incluso a la luz del día, el lugar estaba oscuro y sombrío. Emmeline prefería la iluminada y aireada casa de Rose Hill.

La puerta de la entrada estaba abierta y más abajo había un pequeño asiento para el conductor delante del asiento principal. Un anciano negro estaba esperando al lado del carruaje. No sonrió cuando Emmeline se acercó, pero tendió su mano para ayudarla a subir. El caballo era blanco con manchas negras en su grupa. No era el caballo en el que la habían traído, y el que probablemente *Lord* Cresswell se había llevado consigo cuando se fue, lo cual debió haberlo hecho al rayar el alba.

Félix, suponía ella, se sentó en el puesto del conductor y consiguió que el caballo se moviera con algunos chasquidos de su lengua. El cuero del asiento estaba rajado, lo que demostraba que se trataba de un carruaje bastante viejo, y era fácil de arreglar, pero nadie parecía haberse molestado, por otra parte, *Lord* Cresswell probablemente no usaba él mismo ese carruaje.

El caballo se abrió paso con cuidado a través de los charcos a lo largo del camino. Emmeline miraba a su alrededor, y por primera vez vio gente de pie en la distancia, algunos estaban caminando, sin embargo, no había nadie en el campo de caña de azúcar. El Sr. Hart ya habría tenido trabajando a los esclavos a su cargo, pero no había nadie trabajando en esos campos. Más de cerca, los campos de caña no eran del mismo color que los de Rose Hill. Había parches marrones donde las cañas de azúcar estaban secas. Tampoco había las hileras ordenadas que habría esperado. Estos campos no eran tan productivos, o bien eran administrados de manera muy diferente.

Dejar los campos sin administración no pareció dar como resultado plantas sanas y productivas. La idea era preocupante, pero una vez más, a ella no le importaba cómo *Lord* Cresswell había decidido administrar su patrimonio, simplemente le parecía extraño, eso era todo. ¿Qué agricultor decidiría dejar su cosecha de esta manera, sin supervisión?

Al pasar, un negro estaba parado al lado de la carretera con el ceño fruncido en su rostro curtido por el clima. Él dijo algo, cuando ella pasó, en un idioma que no entendió. Por el lenguaje corporal, ella asumió que no era un saludo, definitivamente había hostilidad en su expresión.

Emmeline se volvió para mirar al hombre, al que vió escupiendo el camino todavía mirándola mientras el carruaje se alejaba. Se le puso la piel de gallina a lo largo de sus brazos, ella nunca antes había enfrentado tanta hostilidad, claro que había habido algún borracho que gritaba obscenidades en Boston, pero este hombre no parecía borracho; él era simplemente hostil.

Volviéndose en su asiento, no supo qué pensar de eso. El hombre que conducía, Félix, no dijo nada a modo de explicación, solo siguió conduciendo. ¿También estaba contento de deshacerse de ella a la primera oportunidad? ¿Qué había hecho ella para merecer tanta hostilidad? Ella ni siquiera había conocido a este hombre antes, pero entonces tal vez no era nada personal, pudiera ser que la despreciaran por lo que ella era.

Las palabras del Sr. Hart le vinieron a la mente, ella había pensado que estaba siendo melodramático y bromista cuando dijo que todos los maldecían con tener horribles muertes, y al ver a ese hombre ella podía creer eso, incluso podía ser que él hubiera lanzado una maldición en ese momento. Que bárbaro.

Emmeline no sabía cómo reaccionar a esto que estaba más allá de su experiencia, nunca antes en un conflicto había estado en un bando en particular, especialmente en un bando que oprimía al otro, incluso cuando ella no tenía participación directa o poder en tal asunto. Ella era miembro de ese bando por asociación, pues viviendo con los dueños de una plantación, sería difícil insistir en que no había ninguna asociación.

Diciendo esto, estaba muy contenta de dejar la propiedad de *Lord Cresswell* para regresar a Rose Hill. En realidad, por un momento, deseó seguir yendo de seguido hasta el puerto para saltar al siguiente barco que navegaba hacia el norte, y escapar del desafío a su sentido de justicia y equidad en pro de la igualdad de todos los hombres en esta tierra, pero ella no lo había hecho porque no tenía el dinero para el pasaje, ni unos ahorros como para abandonar su puesto. La fortaleza había sido inculcada en ella más allá de cualquier otra cosa, y algunas experiencias desagradables no la harían doblarse como papel mojado.

Podría ser que al llegar la Sra. Thornton la enviara a hacer las maletas, pero en este momento, quería la comodidad y la seguridad de la casa de Rose Hill, y dejar atrás toda esta experiencia. Todo esto había dejado una terrible molestia y una tensión nerviosa a todo lo largo de su espinazo. Todo por algunas conchas que resultaron ser unas conchas muy costosas. Nunca más se aventuraría a salir de la plantación sin el carruaje. Esta excursión se había convertido en un desastre absoluto, dejándola completamente vulnerable e indefensa, y era un sentimiento que no quería volver a experimentar.

Capítulo 11

Emmeline no tuvo tanta suerte como para que cuando regresara, la Sra. Thornton estuviera dormida. Por una vez, la señora se había levantado temprano y estaba sentada en el comedor con su desayuno. Volvió sus ojos hacia Emmeline mientras esta permanecía de pie junto a la puerta. "Así que al parecer, anoche tuviste que buscar refugio con el mismo diablo", le dijo con aspereza.

Emmeline comenzó a abrir la boca para hablar, pero no sabía qué decir. "Estaba tratando de regresar a casa, pero estaba atrapada detrás de una quebrada, un desagüe al parecer, demasiado ancho para cruzarlo. *Lord* Cresswell se topó conmigo e insistió en que no podía regresar yo sola, que era muy peligroso hacerlo".

Con la boca apretada, la Sra. Thornton inmovilizó a Emmeline con los ojos. "¿Así fue?".

Como era de esperar, la señora no estaba contenta, pero Emmeline no había hecho eso a propósito. Tal vez la Sra. Thornton hubiera preferido que se ahogara en lugar de aceptar refugio durante la tormenta. "Regresé en la primera oportunidad".

"Obviamente esto no habla bien de tu reputación, pasar la noche con un hombre libertino como él".

"Se comportó perfectamente como un caballero". Eso era en parte, pues aunque no la había exigido comportarse con él de manera inapropiada, la había arrastrado y puesto en su silla de montar como si fuera un saco de azúcar. Un hombre sin tacto, era tal vez una mejor descripción de esta persona. "Hubo una sirvienta que me atendió".

También era un exageración de la verdad, la acusación era injusta, sugiriendo que ella simplemente se entregaría a las atenciones de un hombre porque era demasiado débil para resistir. Era improcedente e injusta. Estaría magullada y golpeada si alguien hubiera intentado forzarla, porque ella pelearía con uñas y dientes para evitarlo.

La Sra. Thornton resopló. "Muchacha, tú misma te has perjudicado".

"Bueno, eso no podrá ayudarme", dijo Emmeline con su paciencia agotándose. Acababa de soportar una difícil situación y estaba al borde de un ataque de nervios. "Era totalmente inseguro el estar afuera con ese clima, y prefiero estar viva en vez de haberme ahogado y que mi cuerpo fuera arrastrado al mar".

Las cejas de la mujer se levantaron ante la impertinencia. A Emmeline no le importaba si era impertinente. Ella no se arrastraría por algo que no hizo. Si esta mujer la despedía, entonces tal vez no sería una gran pérdida, aunque en realidad, sería devastador para ella regresar antes de un mes de servicio y sin una referencia. La única oportunidad que tendría sería pedirle a su escuela que la llevara de regreso, ya que ellos conocían su carácter y no creerían ningún rumor difamatorio que pudiera seguirla desde el Caribe.

"Por supuesto que ninguno de nosotros querría ver eso", dijo bruscamente la Sra. Thornton. "Sería muy desafortunado".

"Según la sirvienta que me atendió, la propiedad de *Lord* Cresswell no tiene capataz," dijo Emmeline suavemente después de un rato, estando aún con la sensación incómoda de la mañana. "De hecho, toda la plantación parecía un poco descuidada".

"Eso se debe a que ese hombre se niega a invertir un centavo más en la plantación, y se le está derrumbando. Aunque uno tiene que cuestionar cuánto control tiene, pues parece totalmente esclavo de sus propios vicios. Nunca ha sido del todo respetable, pues desde el día en que nació ha sido un problema".

Emmeline normalmente no hablaba, pero había algo que la preocupaba sobre la propiedad de *Lord* Cresswell y sobre él mismo, bueno, no estaba completamente segura de si algo estaba mal con él, además de su falta de decoro y caballerosidad . Parecía tener poco respeto por su rango y sus posesiones, por la forma como él las percibía.

Según sus palabras, su relación con los Thornton había sido favorable hasta que él decidió no aceptar el matrimonio que la Sra. Thornton le había estado promoviendo. Emmeline no sabía si eso era cierto; ella no tenía ninguna evidencia de lo contrario, salvo a la Sra. Thornton diciendo que él siempre había sido un problema. Seguramente ella no habría promovido que su sobrina se casara con él, si siempre hubiera pensado eso.

Al parecer él admitió que había tomado malas decisiones en su vida, especialmente con respecto a su esposa. Pero Emmeline solo tenía sus palabras, y por lo que sabía, podría haber sido un marido terrible y su esposa habría huido de la isla por tenerle miedo a él. Ese escenario tal vez era un poco melodramático, pero era sabido que sucedían cosas así.

Emmeline suspiró ya que, ha pesar de haber dormido, todavía estaba cansada. Lo sucedido el día anterior aún tenía agotadas sus fuerzas y necesitaba descansar más.

"Bueno, será mejor que te laves", dijo la Sra. Thornton, "para que la inmundicia no te siga".

Esa era una idea extraña y Emmeline no sabía exactamente a qué se refería, pero no valía la pena saberlo ahora. Parecía que por el momento la Sra. Thornton no la echaría a la calle, así que probablemente por eso le convendría estar agradecida.

En realidad, tomar un baño sonaba maravilloso.

*

La humedad era terrible, su cabello no se secó después del baño, sino que permaneció húmedo hasta que se lo secó repetidamente con una toalla. El calor era pegajoso e incómodo, y la ausencia de brisa no despejaba la incomodidad.

También había charcos de agua en la plantación de Rose Hill, pero los esclavos estaban cortando caña de azúcar como lo hacían cada día. Desde la terraza vio a lo lejos al Sr. Hart montado en su caballo vigilándolo todo.

Un ruido cercano le llamó la atención y vio a Joseph cuidando las rosas de la casa. La tormenta había destruido los rosales en flor, y él estaba cortando cuidadosamente los capullos.

"¿Le gustaría tener un poco de ayuda?", le preguntó ella mientras bajaba las escaleras para llegar a donde él estaba.

"No es necesario, señorita".

"No importa, me dará algo que hacer. Al parecer, la Sra. Thornton se ha acostado otra vez".

"Así es señorita", confirmó Joseph.

"Eso hace que me pregunte por qué solicitó una dama de compañía, pues parece desear muy poca".

"A veces la embarga la melancolía", dijo Joseph hablando en voz baja mientras cortaba una flor rosada aplastada y con los pétalos dañados y empapados.

Tal vez Emmeline estaba siendo un poco egoísta con la señora, y *Lord* Cresswell era definitivamente poco generoso al llamar dragona a la Sra. Thornton. Emmeline casi se rió entre dientes en ese momento, porque había entendido su perspectiva. "Hay poca estima entre la Sra. Thornton y *Lord* Cresswell", continuó diciendo Joseph.

"Una vez escuché a un caballero decir: 'La familiaridad engendra el irrespeto'. Creo que eso es cierto en este caso. *Lord* Cresswell no siempre ha sido un hombre amable, y a la Sra. Thornton le gusta mantener las distancias".

"Insinuó que su esposa lo dejó".

"Eso creo".

"Es una casa muy sombría".

"Fue construida por su abuelo hace mucho tiempo. Dijeron que hubo un escándalo en Inglaterra que hizo que el por entonces *Lord* Cresswell huyera, y aquí es donde terminó estableciéndose. Los viejos dicen que su esposa nunca se unió a él, pero finalmente su hijo heredó".

"Así que son relativamente nuevos en la isla".

"Aunque no son tan nuevos como los Thorntons".

"No me había dado cuenta", dijo Emmeline.

"El difunto Sr. Thornton se hizo cargo de la plantación hace unos veinte años, tal vez un poco más. Los años parecen volar en estos días. A mi edad no puedo hacer un buen conteo", aseguró él.

"Pero naciste aquí".

"Sí señorita, aunque yo no estaba con la familia Thornton en aquel entonces. Estaba con los Rosenblooms; buena familia, pero con problemas".

Debió haber sido de ahí de donde vino el nombre de Rose Hill. "Joseph, si le soy completamente honesta, no he conocido a muchas familias aquí, pero todas parecen tener problemas".

Joseph se rió entre dientes. "Puede estar segura de ello".

Emmeline guardó silencio por un momento mientras estaba cortando un par de capullos. "¿Cómo murió el Sr. Philip Thornton?", preguntó luego en voz baja.

"De enfermedad repentina, y lo mismo ocurrió con los más pequeños; en un momento estaban felices y saludables, y al día siguiente estaban muertos".

La muerte por enfermedad repentina no era desconocida. Las fiebres solían afectar a las personas rápidamente, al igual que los trastornos cardíacos o los dolorosos cólicos.

"¿Y el Sr. Harold, su hijo mayor?".

"Se cayó de su caballo cuando regresaba de Plymouth. Me dijeron que había bebido mucho licor. Él nunca llegó a casa, pero su caballo sí, lo encontramos al día siguiente, y de eso hace ya casi un año".

"Eso es terrible".

"Creo que la muerte del Sr. Harold ha sido lo más duro para la Sra. Thornton. Su primogénito siempre tuvo un lugar especial en su corazón".

Ahora la Sra. Thornton solo tenía al Sr. Percy, quien había sido enviado a Inglaterra para su educación. Todas sus esperanzas estaban ahora cifradas en el hijo que le quedaba con vida. Tenía que ser desgarrador perder a la mayoría de la familia.

"¿Estaba el Sr. Percy aquí en ese momento?", preguntó ella.

"No, ya se había ido, aunque sí estaba aquí cuando murió su hermano menor, el señorito Rufus, quien fue el primero en irse".

"Eso es horrible", dijo Emmeline nuevamente. Tan privilegiados como eran, los Thornton no tenían defensa contra la tragedia y las circunstancias nefastas. El Sr. Percy era ahora el único heredero de la familia. "Pobre Sra. Thornton". No se podía decir que alguna vez se llevaran bien, pero la señora había padecido mucha tragedia y dolor, y eso hizo que Emmeline desease tener una mejor relación que ella.

Por alguna razón, la Sra. Thornton no la encontraba apta para el propósito que la trajeron aquí. "No creo que la Sra. Thornton me quiera", admitió. "Sospecho que ella me enviará de vuelta".

Joseph no dijo nada. ¿Qué podía decir? Nadie podía decir que su llegada aquí había sido provechosa.

Posando sus tijeras de jardín, Emmeline suspiró. "¿Cuánto tiempo pasará antes de que se quite esta humedad?". Esta se sentía como si una gruesa manta invisible se hubiera extendido por toda la tierra.

"En un día o dos el sol secará el agua rápidamente".

Capítulo 12

Joseph estaba en lo cierto, al día siguiente el agua empozada en los campos de caña y en los charcos de la carretera era mucho menos. Afuera todo volvía a la normalidad, al igual que dentro de la casa. Emmeline se sentó en la galería con su libro, y de vez en cuando oía a la Sra. Thornton entrar ordenando a Joseph que hiciera algo.

Emmeline no había hablado mucho con la Sra. Thornton desde su regreso de la propiedad de *Lord* Cresswell. Con todo lo que ya sabía, Emmeline realmente sentía simpatía por la señora y podía entender por qué era un poco mordaz a veces. La mayoría de las veces Emmeline trataba de mantenerse fuera de su camino, pues había notado una cierta tensión en la boca de la señora cuando estaba cerca de ella.

Era una sorpresa que la señora aún no la hubiera mandado a empacar, considerando que ellas no estaban congeniando.

Un pequeño carruaje subía por la carretera, era un elegante vehículo con cuatro ruedas rojas y una pequeña plataforma en la parte posterior. Era el servicio de correo entregando cartas. Emmeline bajó los escalones para encontrarse con el hombre, aceptando un pequeño paquete de sobres. No habría nada para ella. ¿Quién la escribiría?

Su única amiga, Mary, estaba casada y se había mudado a St. Louis. Al comienzo habían tenido correspondencia, pero a medida que sus hijos crecían en número, había recibido cada vez menos cartas hasta que dejaron de llegar por completo.

Cuanto deseaba Emmeline el tener a alguien con quien ponerse en contacto. A veces se preguntaba si ella era tan desagradable, pues no parecía tener tantos amigos como otras personas, y ella no sabía el por qué, bueno, a veces era brusca, pero nunca era desagradable a propósito. Por otra parte, como había pasado la mayor parte de su tiempo con niños de doce años, no era sorprendente que no conociera a muchas personas de su edad que pudieran ser sus amigos.

Al regresar adentro entregó el paquete a la Sra. Thornton que estaba sentada en el salón. Emmeline se sentó en lo que extraoficialmente era su silla y colocó sus manos sobre las rodillas. A veces, la Sra. Thornton miraba a Emmeline con desaprobación, como para hacerle ver que todavía no estaba contenta con las circunstancias de su reciente ausencia.

"Una invitación a la velada del gobernador. Qué bien", dijo la Sra. Thornton con voz suave y complacida. "Él hace unas veladas maravillosas. Creo que iremos. Joseph, tráeme un poco de pergamino y una pluma". Joseph apareció y se dirigió al escritorio en la esquina de la habitación. "No, no ese, el más fino. Tiene un tono más amarillo. Sí, ese. ¿Qué es esto?" La Sra. Thornton volteó la carta. "Es de Percy". Con entusiasmo la abrió y comenzó a leer, sus ojos corrían frenéticamente por las líneas. "Él viene pronto. Muy pronto".

Apresuradamente escribió una carta y la dobló. "Mi Percy está por llegar. ¿No es emocionante? Joseph, pídele a la muchacha que se ponga mi vestido azul", dijo la Sra. Thornton cuando terminó de escribir su respuesta a la invitación."Y pídele a alguien que entregue esto".

"Sí, *madame*. Creo que tenemos un visitante", dijo con su habitual voz firme, mientras miraba por la ventana hacia el tramo de la carretera que podía verse desde el salón.

"¿Quién es?", preguntó la Sra. Thornton y se levantó. Su expresión se oscureció. "Es ese hombre horrible. ¿Qué está haciendo aquí? ¿Vamos a sufrir su presencia por siempre?".

La Sra. Thornton se dirigió hacia la entrada principal y se paró en lo alto de la escalera con los brazos cruzados como si protegiera la casa contra él.

Lord Cresswell estaba llegando por el camino. La cola de su chaqueta de color burdeos estaba cubriendo la grupa de su caballo mientras cabalgaba con la espalda recta. Tenía un buen porte y se veía guapo, realmente era un hombre extraordinariamente apuesto. Su chaleco y corbata eran ambos negros. Emmeline no entendía mucho de trajes, pero sabía que el hombre se vestía muy bien.

"Sra. Thornton", dijo llevando su dedo enguantado hasta el borde de su sombrero a modo de saludo. No se desmontó porque no tenía la intención de quedarse, o no esperaba ser invitado.

"Cresswell. ¿A qué debemos este honor?". La voz de la Sra. Thornton tenía un matiz de sarcasmo.

"Parece que su hermosa dama de compañía se ha separado de algo que es de ella".

La Sra. Thornton arqueó las cejas. Volteándose en su silla de montar, desenganchó algo del otro lado y lo tomó, era la bolsa de Emmeline llena de conchas. A Emmeline se le sonrojaron las mejillas, preguntándose qué podrían pensar de eso.

"Parece que dejaste tu tesoro olvidado", dijo Lord Creswell y Emmeline bajó los escalones a regañadientes hacia él. El bolso sonaba mientras ella lo tomaba en sus manos. "Un tesoro insignificante para arriesgar tu vida", dijo él en voz baja y suave. Él no le soltó el bolso completamente y ella lo miró. Había esa mirada enigmática que a veces mostraban sus ojos, y con la que el tiempo parecía alargarse. La estaba observando de nuevo y la hacía sentirse incómoda. Como regla general, su mirada la hacía ponerse tensa. También Emmeline se dio cuenta de que la Sra. Thornton los estaba mirando, probablemente notando un exceso de familiaridad, o tal vez actuaba de esa manera con todos.

Emmeline reunió sus fuerzas negándose a encogerse de miedo o a ser intimidada. "Muy amable de su parte, mi *lord*. Como usted dijo, es un tesoro insignificante, y no tenía por qué haberlo traído de vuelta, después de todo, es solo una bolsa con conchas".

"Lo que para unos es basura, para otros es un tesoro".

Finalmente, y aparentemente de forma inesperada, soltó el asa del bolso y el peso cayó completamente en las manos de Emmeline. Sus ojos dejaron de verla directamente mirando por encima de su cabeza, y ella sintió la liberación de su atención con gran alivio. "Espero que la tormenta no haya sido demasiado problemática para usted", le dijo a la Sra. Thornton. Emmeline observó el rostro de él mientras hablaba; tenía la tez bronceada por el sol, elegantes cejas que enmarcaban sus ojos oscuros, y sus labios estaban bien formados y firmes. Todo en él era hermoso, pero había una intensidad en él que para ella era incómoda de soportar.

"Nos las arreglamos bien con tales situaciones, *Lord* Cresswell", dijo la Sra. Thornton con firmeza. "Aunque entiendo que tu cosecha sufre por tener un deficiente drenaje".

Los ojos de *Lord* Cresswell volvieron a mirar a Emmeline como si ella hubiera estado chismorreando sobre él. Ella no pudo evitar que el rubor le tiñera las mejillas.

"Mi cosecha está muy bien", dijo con sus ojos fijos por un momento en Emmeline, antes de liberarla de nuevo de su mirada.

La Sra. Thornton bufó: "Quizás si le prestase más atención a sus responsabilidades, entendería cómo se logra un cultivo próspero".

Una media sonrisa se formó en sus labios mientras entrecerraba los ojos. "Ninguno de nosotros prosperamos aquí, Sra. Thornton, y bueno, usted ya lo sabe".

Él le lanzó una última mirada antes de arrear a su caballo, haciéndolo virar bruscamente poniéndose en camino sin mirar atrás.

Emmeline subió las escaleras hacia donde la Sra. Thornton aún estaba de pie y con los brazos cruzados, mirando al hombre como si quisiera asegurarse de que no se desviara del camino para salir de su propiedad.

"Buen viaje", dijo la Sra. Thornton estremeciéndose. "No deberías tener nada que ver con ese hombre. Quién puede decir los tipos de males en los que está involucrado".

"Sin duda, … ", comenzó a decir Emmeline.

"No dejes que ese hermoso rostro te engañe, ese corazón es tan negro como ellos. Corrompido, así es. ¿Qué es eso que tienes ahí?". Sus ojos estaban puestos en el bolso de Emmeline.

"Son solo conchas que recogí de la playa".

"Todo esto por solo algunas conchas. Eso es una estupidez única".

"No esperaba que las cosas me fueran tan mal".

"Bueno, espero que hayas aprendido tu lección". Con un suspiro la Sra. Thornton se relajó un poco. "En el futuro, si te quedas atrapada en la jungla, lo mejor es que te quedes donde estés, y alguien irá por ti. Es más fácil para Joseph encontrarte más o menos donde se supone que debías estar, que deambular por la jungla de la isla por Dios sabe dónde. Hay algunos lugares a donde no debes ir".

Emmeline quería argumentar que estaba lloviendo bastante, y que ninguna persona en su sano juicio simplemente se quedaría quieta, pero se mordió la lengua. "Ya no voy a vagar tan lejos".

"Si quieres conchas, puedes enviar a Joseph para que las consiga".

Me pregunto si él podía esperar de usted algo más simple, pensó Emmeline, pero luego se recordó a sí misma que tenía que ser amable.

La Sra. Thornton volvió a entrar cuando *Lord* Cresswell desapareció de su vista, y Emmeline se quedó un rato afuera con la bolsa colgando de su muñeca. El hombre era interesante, pero había algo en él que era discordante; sería la manera directa en que él la miraba, ella no lo sabía. La aversión de la Sra. Thornton hacia él era mucho más profunda, iba más allá de objetar a un hombre con vicios, las reacciones y declaraciones de la Sra. Thornton sugerían algo mucho más oscuro en él; la maldad.

La maldad no existía. Así lo había entendido ella, pues no eran el tipo de sacerdotes exaltados los que visitaban el orfanato, listos para reclamar a los incautos si no luchaban contra la maldad con fuerza y determinación. Emmeline nunca había visto ninguna evidencia de tal maldad. El diablo no se escondía debajo de su cama, esperando a que ella se durmiera. La oscuridad y la tristeza eran tal vez incómodas, pero no equivalían al mal. En su momento, en la casa de *Lord* Cresswell, él pudo carecer de etiqueta y normas de comportamiento, pero ella no había observado nada en él que fuera del otro mundo, o que fuera intencionalmente cruel.

El mal existía en los actos de las personas, existía la crueldad, ella misma lo había visto en pequeña medida, si bien no había llegado a su propia vida en ningún grado, ella había visto indicios de ella en otros. Tal vez la Sra. Thornton tenía alguna evidencia de tal falta de amabilidad de parte de *Lord* Cresswell. La crueldad podría ser la razón del matrimonio fallido de *Lord* Cresswell, pero eso era mera especulación, y no era bueno especular sin ningún tipo de prueba. Aun así, tenía que haber algo detrás del decidido odio de la Sra. Thornton hacia ese hombre. Sin lugar a dudas, había algo más que simplemente el hecho de que él escogiera a alguien que no fuera su sobrina para ser su novia, resultando en un vehemente rechazo.

Capítulo 13

Su carruaje pasó a través del tráfico hasta que llegaron a la cerca blanca del cementerio. Emmeline había decidido que era una iglesia encantadora, aunque tal vez un poco pequeña para el tamaño de la congregación. Debió haber sido construida en un momento en que la población de los anglicanos en la isla era más pequeña.

Algunas de las lápidas eran viejas y estaban desatendidas, otras eran grandes con capas de piedra. Se le ocurrió que algunos miembros de la familia de la Sra. Thornton estaban enterrados ahí, y que el hecho de venir provocaba un agridulce sentimiento en la Sra. Thornton, era un nuevo recordatorio de lo que había perdido. Un escalofrío recorrió la espalda de Emmeline.

Aunque sabía que algunas personas nacieron y se criaron aquí, aún se sentía extraña en este lugar, y no le gustaría ser enterrada aquí tan lejos de ... bueno, esa era otra historia. Como huérfana, ella realmente no tenía un hogar como tal. Boston era más un hogar que cualquier otra cosa, pero no se podía contar realmente a una ciudad como un hogar, realmente no.

No se trataba de decir que ella viniera de una larga línea de huérfanos. Ella tenía que tener un patrimonio en alguna parte, un pueblo donde su familia se remontara por generaciones, podía ser inglés, o tal vez incluso francés, pero ese vínculo se había roto y ella nunca sabría de dónde vino realmente, sin embargo, eso era común en las colonias así como en el Caribe, ese vínculo con la historia propia se descartaba y se perdía. ¿Cuántas de estas personas realmente irían a su hogar, a donde pertenecían, donde su familia había vivido durante generaciones? Algo se había perdido, y era algo importante. Emmeline suspiró, ella nunca conocería su historia familiar.

La idea de que algún día se encontraría con un hombre con quien formaría su familia, era emocionante y conflictiva. En cierta forma, no podía imaginarse el pertenecer a otra persona, eso le parecía una idea extraña, aunque viera eso mismo en otras personas todos los días. Como siempre había estado sola, no podía imaginarse no seguir así, incluso mientras sufría por no conocer o no tener un compañero de vida.

Lord Cresswell estaba solo, por lo que ella pudo ver no tenía a nadie, su esposa estaba ausente y su plantación abandonada. La Sra. Thornton tenía al Sr. Percy, y en cierta manera, a Joseph. La relación entre la Sra. Thornton y Joseph, no era el tipo de relación que Emmeline entendiera. Los criados eran un lugar común en la isla, y tenían relaciones de larga duración con las familias a las que servían, y realmente, él era un sirviente en todos los aspectos, excepto en uno crucialmente importante; la Sra. Thornton era su ama. ¿Cómo podría un ser humano ser el amo de otro?

¿Cómo podría el vicario predicar los valores cristianos de que todos los hombres son iguales ante Dios, cuando justo afuera de estas puertas la realidad era diferente? ¿Cuándo dentro de esta iglesia había personas que no tuvieran esclavos? ¿Cómo se toleró esa discrepancia siendo diametralmente opuesta?

Emmeline no podía entenderlo. La economía era la raíz de todo esto; el Sr. John Wilkins, su compañero de viaje en el barco, se lo había dicho. La economía en el Caribe iba a lomo de los esclavos, y eso aparentemente hizo que las personas ignoraran deliberadamente sus enseñanzas religiosas, incluso cuando se sentaban en la iglesia todos los domingos.

Por otra parte, el reverendo Magnus había eludido el problema de manera efectiva en un par de ocasiones, pues al parecer todos eran cómplices.

El hombre estaba parado en el púlpito hablando de perdón. El perdón era divino y era un concepto con el que había luchado toda su vida: perdonar a sus padres. Era su deber perdonar, incluso a la Sra. Thornton, a quien algunas veces la debía perdonar por su comportamiento brusco para con ella.

El sermón terminó y Emmeline parpadeó. Hoy se sentía introspectiva, perdida en sus propios pensamientos, pues había una confusión en ella que no podía entender del todo, relacionada con la idea de que ella estaba allí, siendo una persona no deseada en esa casa por su señora, y confundida por las cosas que había visto, el sometimiento y el odio de un pueblo, y la discrepancia de los valores religiosos y morales, siendo ambos, el blanco y el negro, seres humanos.

Por aquí nada parecía ser simple, y en todas partes donde miraba, debajo de cada superficie había una historia más profunda y más oscura, enmascarada y disfrazada de 'buenos valores cristianos'.

La Sra. Thornton se levantó y caminó hacia la entrada, y Emmeline la siguió. "Estás tranquila hoy, muchacha", dijo mientras hacían cola para salir, pues el reverendo Magnus se tomaba su tiempo para hablar con todos.

¿Qué podría decir ella? "Ha sido una semana ocupada y con mucho en qué pensar".

La Sra. Thornton se volvió hacia ella con ojos fríos. "¿En qué piensas? Sin familia, sin responsabilidades, sin preocupaciones".

"Todos pensamos, Sra. Thornton".

Dando un bufido, la señora se dio la vuelta juntando sus manos delante de ella. "¿Pensando en hombres apuestos y perspectivas futuras?".

Emmeline frunció el ceño, preguntándose qué pasaría a veces por la cabeza de la Sra. Thornton. "En realidad, estaba pensando en los valores cristianos", dijo Emmeline como respuesta lacónica. A ella no le gustaba que la Sra. Thornton insinuara qué pensamientos había en su cabeza. No se conocían lo suficiente para tal especulación.

El rostro de la Sra. Thornton mostró sorpresa, pero no dijo nada.

Realmente no había esperanza para ellas en ser compañeras, ¿o sí la había? Esta empresa había sido un fracaso total, y ahora Emmeline no sabía qué hacer. ¿Debería buscar otro empleo? ¿Cómo? Ella no tenía medios para hacerlo, y tener un empleo por un tiempo tan breve no era satisfactorio. Ella realmente tenía que esforzarse más en ser una buena dama de compañía. Tal vez fuera el hecho de que ella era una huérfana, lo que le dificultaba el establecer una relación de compañerismo entre ellas.

La Sra. Thornton habló amablemente con el reverendo y luego llegó la hora de regresar a casa. El Sr. Hart estaba allí de nuevo. Emmeline lo vio tomar su caballo y cabalgar hacia el poblado. Al igual que *Lord* Cresswell, cuando podía, prefería pasar su tiempo alejado de la plantación y sus actividades.

Joseph estaba sentado en el asiento del conductor del carruaje, con sudor en la frente. Parecía que habían sido demasiado tarde para que él encontrara un lugar sombreado. "*Madame*", dijo él, y saltó del carruaje para ayudar a subir a la Sra. Thornton, quien seguidamente abrió su paraguas de encaje para protegerse del sol. Con una sonrisa, Emmeline supuso que el orgullo masculino prohibiría a Joseph recurrir a usar un paraguas de encaje para mantenerse fresco.

"Joseph, llévanos a casa. ¿Llegó el paquete desde Inglaterra?"

"Sí, *madame*", dijo Joseph conduciendo a través del tráfico. "Ya ha sido enviado a la casa".

"Excelente. Tendremos bollos y crema con nuestro té de esta tarde". La Sra. Thornton parecía complacida con la perspectiva.

El regreso fue tranquilo, era agradable estar lejos de la casa. Emmeline había estado caminando cerca de la casa después de la tormenta, y era encantador observar algunas vistas nuevas.

El agua se había secado en el follaje del jardín aunque llovía día por medio, no como lo había hecho durante la tormenta, sino más suave.

Durante el viaje, la Sra. Thornton se puso cada vez más quisquillosa, se enderezó la falda, se puso los guantes; era el placer de los bollos suavizando un ceño fruncido.

Sus dedos se cerraron en un puño apretado al pasar por la carretera que conducía a la plantación. Había personas y esclavos que pasaban cerca de la casa y la Sra. Thornton se inclinó hacia adelante en su asiento. "¿Qué están haciendo, Joseph?", preguntó con voz tensa y afectada. "No los quiero aquí".

Una treintena de esclavos con sus ropas gastadas y rotas, tanto mujeres como hombres, permanecieron quietos y silenciosos. Sus miradas siguieron al carruaje cuando se detuvo junto a las escaleras, pero no se movieron.

"Joseph, diles que se vayan", exigió la Sra. Thornton con voz aún más alta. "Tienen que tratar con el Sr. Hart. Dígales ahora mismo que hablen con el Sr. Hart".

Joseph bajó de un brinco, pero la Sra. Thornton se negó a moverse. Emmeline abrió la puerta del carruaje de su costado y bajó. Al cerrarla, vio que la Sra. Thornton miraba decididamente hacia adelante, pero le temblaban las manos como hojas.

Joseph habló con uno de los hombres, tan bajo que no se escuchaba nada. De hecho, todo era inquietantemente silencioso, ya que nadie hablaba ni se movía. Después de un momento, Joseph regresó. "Tienen un problema que desean discutir".

"No pueden ir a la casa", chilló la Sra. Thornton. "Es con el Sr. Hart con quien tienen que lidiar. Diles que se vayan, no los voy a escuchar, no así. Deben irse".

Emmeline intentó sonreír mientras estaba allí, entre el carruaje y los visitantes, y todo esto asustó tanto a la Sra. Thornton, que la hizo sentirse completamente incómoda sin saber muy bien dónde poner sus manos. ¿Cuál sería la magnitud del problema, que pensaron que tenían que venir y hacer el reclamo? Si vinieron, tenía que ser algo importante. ¿O sabían que estaban desconcertando a la señora? Era difícil de decir por sus caras inexpresivas, además ellos sabían que el Sr. Hart no estaba allí.

La mayoría estaba mirando a la Sra. Thornton, pero una mujer, una anciana, la miraba sin pestañear. Emmeline siguió sonriendo, de alguna manera tratando de ser conciliadora.

Emmeline no sabía exactamente lo que pasaba, pero parecía una confrontación.

Joseph regresó nuevamente a hablar en voz baja con uno de los hombres. No se escuchó ni una sola palabra, pero el hombre resopló, y con los ojos entornados comenzó a alejarse. Los otros lo siguieron, lanzando miradas ariscas mientras caminaban entre las cañas en dirección al ingenio azucarero.

"No se les permite venir aquí", dijo la Sra. Thornton con firmeza mientras Joseph la ayudaba a bajar. La mujer estaba claramente angustiada, su voz era entrecortada y delgada. "¿Por qué el Sr. Hart no está aquí?".

"Es su día libre", dijo Joseph con calma.

La Sra. Thornton gimió. "Él tiene que estar aquí, tiene que tratar con ellos. Yo no puedo". Entró en la casa y Emmeline la vió en el salón caminando de un lado a otro.

"Traeré un poco de té", dijo Joseph en voz baja. "El cocinero hará algunos bollos, estarán calientes y deliciosos, vendrán directo del horno. Hoy en el paquete llegó mermelada de frambuesa. Siempre los bollos son exquisitos con mermelada de frambuesa". Joseph hablaba con voz calmada y tranquilizadora, como si apaciguara a un niño asustado. Luego desapareció en dirección a la cocina.

"Van a tocar esos tambores esta noche, porque saben que los odio. Me atormentan, y lo hacen a propósito. Vinieron para desconcertarme".

Por la mirada orgullosa en algunas de las caras de los esclavos, Emmeline no se atrevió a discutir esa opinión. Tal vez los señores podrían ser propietarios de los cuerpos de los esclavos, pero no de sus pensamientos.

"Sra. Thornton, ¿por qué no se sienta?", le dijo Emmeline suavemente.

"No me digas qué hacer muchacha", dijo rudamente la señora caminando de un lado a otro. "El Sr. Hart tiene que estar aquí. Él no puede irse".

"Tiene derecho a un día libre".

"Pero mira lo que hacen. Saben que él no está aquí, y yo solo tengo a Joseph para que me defienda".

Tocándose la sien, Emmeline decidió que tal vez fuera mejor no mencionar que Joseph realmente pertenecía a ellos también. Había crecido allí y, por lo que sabía, eran los miembros de su familia con los que él había estado hablando, pero la Sra. Thornton no veía eso, para ella, la lealtad de Joseph era total y segura.

"Quizás solo necesitaban ser escuchados porque tienen una preocupación", dijo Emmeline.

"¡Jo!", dijo la Sra. Thornton en voz alta. "Haberlos escuchado. ¿Qué preocupaciones tienen? Ellos vienen a aterrorizarme con sus ojos fijos y brillantes, saben exactamente lo que están haciendo. Mis niños. ¡Ellos mataron a mis hijos!". La Sra. Thornton gimió y luego lloró, apoyándose en una mesa que estaba a su lado.

Esta era una acusación que Emmeline no había escuchado antes. La Sra. Thornton acababa de acusarlos de ser responsables de las muertes en su familia. Emmeline tuvo que preguntarse si la señora estaba completamente cuerda, ¿o es que lo que estaba diciendo era cierto?

"Quizás deberíamos llamar al médico", dijo Emmeline cuando Joseph regresó con el servicio de té.

"Se calmará pronto", dijo Joseph en voz baja, con la seguridad de alguien que había visto esta misma situación en numerosas ocasiones. "Tal vez pondremos un poco de láudano en su té. Eso la tranquilizará". Se fue y los ojos de Emmeline volvieron hacia la Sra. Thornton, que gemía intermitentemente o con gemidos contenidos y silenciosos.

Emmeline no sabía qué era más aterrador, los visitantes en su silencio estoico o la reacción de la Sra. Thornton contra ellos. Algo estaba terriblemente mal.

Cuando Joseph regresó, vertió de un frasco una pequeña cantidad de líquido claro en la taza de té de la Sra. Thornton. "Aquí tiene, *madame*, una buena taza de té para calmar los nervios". Joseph realmente habló más ahora de lo que normalmente lo hacía. Si estaba preocupado por la visita, no lo demostró, solo mostraba preocupación por calmar a la Sra. Thornton. Eso le dio a Emmeline cierta seguridad de que nada era espectacular e inmediatamente amenazante.

Este evento también le mostró que el odio que ella había observado en la plantación de *Lord* Cresswell no era el único. Ese mismo odio existía aquí también, y ¿quién podría culparlos? La injusticia y la hipocresía de ninguna manera eran justificables. Lo que sucedía aquí, iba en contra de sus propios valores. El dinero estaba en el fondo de esto y siempre había sido así. La miseria humana se pasa por alto el bien por el dinero, el poder y la influencia.

Capítulo 14

Sueños perturbadores habían perseguido a Emmeline durante toda la noche. Había algo oscuro e invisible, algo que la acosaba, y estaba atrapada en un laberinto de cañas de azúcar, sin poder ser capaz de llegar a refugiarse en la casa. Aún así, una parte de ella había deseado ser atrapada, quería asumir el riesgo de vencer al acosador. Unos ojos oscuros estaban mirándola allí desde algún lugar en la distancia.

Se despertó con un sobresalto, el sudor todavía humedecía su camisón mientras el sol entraba por las persianas de la ventana. Otro día cálido y húmedo estaba por delante.

Una vez sentada, Emmeline se frotó la cabeza, un dolor se le había desarrollado durante la noche y la empalagosa sensación de peligro todavía tensaba sus hombros. En el ambiente esplendoroso de la mañana parecía tonto pensar que hubiera algún peligro, y en verdad no había peligro alguno, solo los nervios alterados de la Sra. Thornton habían creado este malestar general en ella.

Lo que ahora estaba claro era cuán profundo era su miedo, al ver que la Sra. Thornton de alguna manera había culpado a los esclavos por la muerte de los miembros de su familia. ¿Cómo podrían ser responsables? El mayor se había caído de un caballo, y el más joven había muerto por la fiebre. No, eso no estaba bien, en verdad había sido una muerte repentina; fue ella quien automáticamente había asumido que había fallecido por la fiebre.

Negando con la cabeza, Emmeline intentó disipar todas las nociones de brujería por ser una completa tontería, estas creencias recordaban los viejos tiempos y las antiguas usanzas.

La Sra. Thornton obviamente tenía una disposición nerviosa, tal vez el vivir en ese lugar fue lo que le puso este tipo de pensamientos en la mente. Emmeline tuvo que admitir que también había tenido pensamientos perturbadores desde que llegó ahí. Había llegado a la conclusión que era por lo extraño del lugar, o tal vez era simplemente la consecuencia de la subyugación; los actos equivocados generan sensibilidades equivocadas.

Emmeline se lavó y se vistió con su vestido de muselina más sencillo. Sospechaba que la Sra. Thornton no saldría de su habitación hoy. El Sr. Hart volvería y trataría cualquier reclamo que los esclavos quisieran presentar.

Emmeline caminando por la casa silenciosa se dirigió al comedor. No tendría sentido esperar a la Sra. Thornton hoy, pues podría ser que todavía estuviera sedada por láudano.

Joseph estaba allí esperándola y ella sonrió. "Buenos días, Joseph".

"Señorita", respondió. "Le traeré un plato", él salió y Emmeline esperó a que regresara. Estaba colocado un plato en su lugar habitual en la mesa, pero Emmeline no tenía ganas de sentarse todavía.

"¿Qué querían ayer?", se preguntó. "Los ... trabajadores del campo". No podía obligarse a llamarlos esclavos delante de él pues parecería desconsiderado, aunque tratar de pasar por alto la situación también podría considerarse descortés. No había una forma apropiada de lidiar con esto, aunque parecía que algunas de las personas a las que había conocido, simplemente adoptaron la visión de que todo era como debería ser, y el orden social gravitaba en torno a que unos dominaban a otros.

"Una mejor comida", dijo Joseph acomodando el mantel.

Emmeline parpadeó tratando de entender. Ese sí era un concepto que ella podía entender; había momentos en el orfanato donde las cuentas se habían agotado y todo lo que tenían para comer eran gachas. "¿La comida ha empeorado en calidad?".

"Así es", concluyó Joseph.

"Han eludido al Sr. Hart para decírselo directamente a la Sra. Thornton", dijo ella adivinando lo que estaba pasando. Le parecía que los esclavos no confiaban en que el Sr. Hart atendiera sus quejas, o que no fuera efectivo al tratar de resolver la situación.

Joseph no dijo nada.

"Porque ya se lo han dicho y él no está transmitiendo el mensaje", supuso ella.

"Él es responsable de administrar la plantación y sus cuentas".

Emmeline se mordió la mejilla. "La comida es un derecho básico".

La Sra. Thornton parecía incapaz de lidiar con esto. Por lo que Emmeline había visto, la Sra. Thornton y el Sr. Hart no tenían conversaciones regulares sobre el funcionamiento de la plantación. Si él no estaba alimentando a la gente, ese era un problema que la Sra. Thornton tenía que enfrentar, pues seguramente tenía que haber algunas leyes contra tal abuso.

Se sentía extraña al sentarse a desayunar, cuando la noche anterior la gente se había reunido afuera de la casa porque no tenían suficiente comida. Emmeline comía con moderación, consciente de cada bocado que tomaba. ¿Qué tan mala era esa situación? Si el Sr. Hart estaba abusando de la gente, algo tenía que hacerse.

Como era de esperar, la Sra. Thornton no salió de su habitación, y entonces Emmeline paseó por la galería como tantas otras veces. El Sr.

Hart apareció al otro lado de los campos, sobre su caballo y a la sombra. ¿Era tan insensible que mataría de hambre a los esclavos?, se preguntó ella. La malversación le vino a la mente. ¿Estaba forrando sus propios bolsillos a expensas de los demás?

Yendo a paso rápido, ella caminó por el borde del campo hacia donde él estaba. El campo era enorme, por lo que le tomaría varios minutos alcanzarlo. Él se quedó exactamente donde estaba por un momento, pero cuando ella comenzó a acercarse, él cabalgó hasta ella. "Srta. Durrant, ¿haremos una caminata larga esta mañana?".

"¿Sabe que los esclavos vinieron a la casa anoche?".

"Escuché algo al respecto". Su rostro era impasible. No tenía la expresión avergonzada que había esperado. "No deberían haber hecho eso".

"Querían hablar sobre la comida. Parece que sienten que es un problema de tal gravedad que tuvieron que abordarlo directamente". Su voz era acusadora.

"No se mueren de hambre, si eso es lo que está insinuando", dijo él. Se movió en la silla de montar, luego giró la pierna y saltó hacia ella. Comparado con ella era más alto, y Emmeline dio un paso atrás. Él notó su vacilación. "Los precios del azúcar están bajos Srta. Durrant, muy bajos. La cosecha no se vende tanto como antes. En toda la costa continental, como Belice, y en otras islas, el azúcar se cultiva en cantidades tan grandes que Gran Bretaña está siendo ahogada en azúcar. Hay menos ingresos, así que todos necesitan apretarse el cinturón. Esa es la naturaleza de estas cosas. Es lo mismo para todos, y no hay mucho que yo pueda hacer al respecto. Sí, la comida no es tan apetecible ahora, pero sí hay suficiente. La única otra opción es tener menos bocas que alimentar, vender algunos esclavos, pero eso significa menos cultivos para vender en el futuro, lo que empeora la situación".

No había sido la explicación que había esperado, habiendo asumido que sucedía algo mucho más nefasto, pero también sabía que él no estaba mintiendo. El Sr. Wilkins había dicho lo mismo; ella simplemente no lo había asociado con las consecuencias reales en las plantaciones. Solo eran palabras que le entraron por un oído y le salieron por el otro, pero aquí estaba una consecuencia.

"Quizás podamos poner más esfuerzo en cultivar nuestra propia comida", sugirió ella.

"Eso también eliminaría la mano de obra y la tierra para cultivar y cosechar la caña de azúcar", aseguró él.

"Puede valer la pena.", insistió Emmeline.

"No es una decisión que yo pueda tomar", admitió él. "La orden de la Sra. Thornton es mantener las cosas igual".

"Voy a hablar con ella", dijo Emmeline.

"Buena suerte", dijo él con un bufido. "Entiendo que quiera actuar como una defensora, pero creo que encontrará que ella prefiere entretener sus miedos antes que atender cualquier cuestión práctica".

Emmeline lo miró mientras se alejaba. Había algo agudo e incómodo en el Sr. Hart. Tenía una respuesta para todo, y una actitud bromista que sugería que todos los demás eran unos estúpidos. De acuerdo, los temores perturbaban a la Sra. Thornton, pero eso debería generar su simpatía, no su desprecio.

El camino de regreso corría a lo largo del borde del campo de caña por donde lindaba con la espesa e impenetrable jungla. Una esclava caminaba hacia ella, vestida con un poco más que harapos, con el cabello gris recogido hacia atrás mostrando su rostro curtido. Era ella la que había estado mirando fijamente a Emmeline la noche anterior. Ella se ayudaba al caminar con un palo largo mientras llevaba un cubo.

Emmeline sonrió forzadamente al pasar junto a la mujer.

"Debería irse de aquí", dijo la mujer en una voz profunda y temblorosa.

"¿Perdón?".

"Debería irse. Aquí hay maldad".

Involuntariamente, un escalofrío recorrió la columna de Emmeline.

"Señorita, aquí no hay nada para usted. Váyase a cualquier otro hogar que encuentre en otro lado". Girando, la mujer siguió caminando afincando su bastón en la tierra y haciendo muecas de dolor debido a las articulaciones de sus piernas. "No le vendrá bien quedarse en este lugar maldito. Solo los demonios viven aquí y reclamarán su alma".

Aturdida, Emmeline miró a la esclava. Horribles palabras inundaron la mente de Emmeline. ¿Esta mujer estaba tratando de aterrorizarla? 'Maldito' era una palabra que surgía una y otra vez acerca de este lugar, pero esta era la primera vez que alguien decía que esta maldición sería dirigida de alguna manera hacia ella. Demonios, ¿qué significaba todo eso?, el único demonio mencionado en repetidas ocasiones era *Lord* Cresswell, más de una vez la Sra. Thornton lo había llamado así, ¿era él el demonio al que se refería esta esclava?

Cada viejo sermón que la había puesto la piel de gallina por la impresión regresó a ella. El demonio sale a tomar almas, y podía tomar la de ella. De niña, había creído cada palabra, había pensado que el diablo estaba en cada esquina esperando que ella pusiera un pie en el camino equivocado. Como adulta, había intentado descartar esas advertencias oscuras y ominosas.

Cada uno de ellos eran unos demonios, eso había dicho la mujer. Desde su punto de vista, tenían que serlo, por imponer su voluntad restringiendo la libertad y el bienestar de los demás, incluida ella por asociación. Entonces, ¿por qué la advertencia? ¿Estaba la mujer tratando de asustarla? ¿Era así como habían hecho temer a la Sra. Thornton, con palabras y advertencias viciosas y siniestras?

Enderezando su espalda, Emmeline se sacudió la tensión que sentía. Ella no se inclinaría ante tales conceptos. Infundir temor, eso era lo que hacían. El Sr. Hart había dicho que todos los maldecían deseando que la gente de la casa enfermara y cayera en desgracia, siendo este el precio a pagar por el mal que hacían.

Mientras se acariciaba la garganta, Emmeline se volvió y caminó hacia la casa lo más rápido que pudo. En contra de su propio juicio, comenzó a ver la casa como un puerto seguro en medio de una tormenta de malos deseos. Al parecer, los temores de la Sra. Thornton eran contagiosos. Pensamientos oscuros poblaban las mentes e infectaban miedo y aprensión, y ahora ella también estaba contaminada.

Si tan solo tuviese un lugar adonde ir, estaría feliz de seguir el consejo de la anciana esclava. La triste verdad era que ella no lo haría, porque su futuro sería infinitamente peor si se fuera ahora, incluso podría llegar a la completa indigencia. Estos males les suceden a las mujeres que no tienen medios para mantenerse. Parecía que tenía que pagar un precio no importando lo que hiciera.

Lo que tenía que en verdad hacer, era controlar este miedo que se estaba arraigando en su corazón. Ella no era una criatura absurda y supersticiosa. Había asuntos prioritarios que ella necesitaba comprender, para que la gente no jugara con su bienestar esclavizándola con temores y preocupaciones. Tal vez era un precio justo por ser parte y testigo de las cosas que se hacían allí.

Capítulo 15

La casa del gobernador estaba brillantemente iluminada cuando ellas llegaron en el carruaje, las ventanas brillaban contra los colores brillantes del crepúsculo. La Sra. Thornton estaba claramente entusiasmada por la noche, mientras que Emmeline simplemente era consciente del hecho de que irían de vuelta a la casa en la oscuridad. Con el tiempo, parecía que el miedo de la Sra. Thornton a la oscuridad se le había contagiado a ella también. Era extraño cómo el miedo se contagiaba de esa manera.

El miedo de la Sra. Thornton parecía disiparse antes de una reunión social. La mujer era una mariposa social, concluyó Emmeline, por eso, estando sola y aislada en esa gran casa, no era sorprendente que anhelara la compañía de sus conocidos.

Emmeline subió las escaleras detrás de la Sra. Thornton. Un lacayo estaba de pie en la puerta listo para ayudar, mientras que otro tenía bebidas en una bandeja de plata.

La habitación estaba iluminada, y el espacio tenía un matiz dorado. Era una gran sala de recepción con escasos muebles y con los retratos de las personas que habían ocupado el cargo de gobernador de esa isla. Los cambios en la moda y el favoritismo se mostraban en esos retratos viendo el pasar del tiempo. Los helechos en macetas decoraban el borde de la habitación situados entre bancos acolchados.

Las mujeres se arremolinaban con sus trajes ligeros, mientras que los hombres hablaban en tono serio. Emmeline llevaba el vestido que *Lord* Cresswell le había dado, ya que era lo mejor que tenía y que se adaptaba a una fiesta como esta. Durante el día se sintió incómoda al usarlo frente a la Sra. Thornton, como si la señora la acusara de algo.

Hablando del demonio, ya estaba allí, parado de espaldas a ella, enfrascado en una conversación con un hombre que ella no conocía. Esa noche él vestía de negro, lo que acentuaba su forma, su ancha espalda recta y su cintura estrecha; una buena forma de hecho. Para ser tan degenerado, se vestía impecablemente bien, pero eso era lo que hacía como un demonio: tentar para luego engañar.

Emmeline lo observó por un momento mientras tomaba su copa de champán. Era la primera vez que ella probaba el champán, y le pareció que era agradable, de un sabor afrutado y fresco, sin embargo, honestamente preferiría una copa de cordial, pero esos eran recuerdos de su infancia cuando, en días especiales, se les permitía tomar cordial de grosellas negras. La mayoría de sus recuerdos más queridos estaban relacionados con la comida.

La gente en ocasiones era amable con los huérfanos. Un verano la Sra. Becknell les había permitido tomar sus fresas, lo que todavía recordaba la mente de Emmeline como un día maravilloso.

Hoy también era un día maravilloso. Esta era una fiesta tan buena como nunca había visto, y disfrutaba el observar a la gente que asistía, su vestimenta y sus modales. En comparación con ellos, ella se sentía menos refinada.

Paseando tranquilamente vio una cara familiar, un hombre sentado al borde de la habitación y que parecía estar completamente incómodo. Emmeline lo conocía, los dos habían sido pasajeros en el barco que venía a la isla.

"Sr. Wilkins", dijo ella sorprendiéndolo un poco. Aparentemente, había sido atrapado en su propia ensoñación.

"Srta. Durrant", dijo levantándose de su silla. "No esperaba verla aquí, aunque tal vez debería haber venido como mi compañera. ¿Cómo le va?".

"Bueno, resido con la Sra. Thornton en una plantación llamada Rose Hill".

"Recuerdo que lo mencionó en el pasado. Espero que todo lo haya encontrado de su agrado".

"He tenido que acostumbrarme, sobre todo al calor. Descubrí que no estaba bien preparada para eso".

"No estoy seguro de que pueda prepararse", dijo sacando su pañuelo para limpiarse la frente perlada por el sudor. "Estoy descubriendo que el maldito calor me tiene molesto".

"¿Trabaja aquí?".

"En este mismo edificio", respondió él.

"Eso debe ser emocionante".

"Lo es, más de lo que suponía para ser una isla pequeña. Trabajé en Liverpool anteriormente en su importante puerto. Esperaba que Montserrat no tuviera tanta actividad, pero hay toda clase de problemas con los que debe lidiar esta oficina: malos negocios con Venezuela, por supuesto".

"Me temo que no estoy tan familiarizada con esas cosas".

"Es un asunto trillado, créame. Sin embargo, es un momento de gran tensión". Los ojos del Sr. Wilkins cruzaron la habitación. "Reuniones como esta reflejan cuán malas son las cosas, y que además van a empeorar".

Emmeline le escuchaba con creciente preocupación. "Siento escuchar eso".

"Mire, los precios del azúcar han bajado sustancialmente. La mayoría apenas está llegando a un punto muerto y los impuestos han sido devastadores, si los precios no se recuperan, las cosas se pondrán realmente mal".

"No me había dado cuenta", dijo ella. En realidad, el Sr. Hart había dicho algo similar; ella simplemente hasta ahora no lo había creído completamente.

"Y, por supuesto, Whitehall está dando avisos, pero lo han hecho durante años. La gente aquí cree firmemente que sería imposible para la corona hacer un cambio tan sustancial porque el imperio sufriría demasiado".

"¿El cambio es la emancipación de los esclavos?", preguntó Emmeline.

Los ojos de Wilkins recorrieron la habitación de nuevo. "Hay una fuerte facción política a favor, y yo diría que se están haciendo más fuertes, y que se dice que preparan un proyecto de ley, pero la mayoría lo descarta como infructuoso, como los sueños creados por algunos activistas moderados que alguna vez lograron algo, pero hay demasiadas personas con mucho que perder en este juego si se logra tal cambio ".

Los pensamientos rebotaban en la cabeza de Emmeline. Las cuentas y la política no eran cosas que ella entendía, pues estos no se había visto como temas apropiados para impartirse en las escuelas para niñas, pero ella sí sabía que un proyecto de ley era una propuesta de ley, y lo que estaba escuchando era que había un grupo que estaba proponiendo un proyecto de ley para declarar la emancipación de los esclavos, aunque por lo que el Sr. Wilkins dijo, parecía ser que nada de eso resultaría.

El hombre que era el gobernador llamó al Sr. Wilkins con un gesto de mano, e inmediatamente él se excusó. Emmeline se retiró a uno de los bancos y se sentó, pero no llegó a descansar mucho, pues al poco tiempo una campanilla los llamó para pasar al comedor.

Tranquilamente el grupo allí reunido se dirigió hacia el comedor, donde las tarjetas de identificación mostraban los lugares designados en las mesas. La de Emmeline estaba en el medio, muy lejos de ambos, del gobernador y de su esposa, esa era una zona donde los invitados no eran especialmente favorecidos. El Sr. Wilkins se sentó unos pocos asientos más allá al otro lado de la mesa. Junto a Emmeline estaba sentada la Sra. Tomlin, una mujer mayor que charlaba interminablemente hablando de sus gatos, su pájaro enjaulado y su jardín. Emmeline entendió por qué la mujer había sido seleccionada para sentarse en la zona desfavorecida.

Durante toda la cena, que era servida con la plata más fina que brillaba hermosamente a la luz de la vela, y que estaba elaboradamente tallada con remolinos e incluso flores, su mente volvía a los comentarios del Sr. Wilkins y así se alejaba del parloteo de la Sra. Tomlin. Si este proyecto de ley fuera aprobado, la esclavitud sería oficialmente abolida, y las leyes aprobadas por Whitehall se aplicarían a todo el Imperio Británico. Era una amenaza que colgaba como un espectro sobre este grupo, sus esclavos podrían ser puestos en libertad por personas que estaban a miles de kilómetros de distancia.

Una risa tintineante de una mujer se escuchó en la mesa y Emmeline vio que su diversión era por algo que *Lord* Cresswell le había dicho. Aún siendo un conocido degenerado, al parecer era bienvenido en este grupo, y una mujer con el busto ligeramente descubierto estaba disfrutando inmensamente de su compañía.

Los oscuros ojos de él se movieron y se encontraron con los de ella por un momento, y entonces levantó su vaso de clarete para saludarla.

Emmeline no se dió por saludada, pues la Sra. Thornton estaría furiosa si lo hiciera, y tampoco es que Emmeline quisiera darle algún tipo de reconocimiento especial. Antes de que pudiera decidir cómo responder, en todo caso, la mujer se inclinó hacia adelante y su contacto visual con él se interrumpió.

Emmeline miró hacia otro lado, consciente de estar sonrojada. Miró alrededor de la habitación para ver si alguien había notado el reconocimiento de *Lord* Cresswell. ¿Por qué tenía que ser tan arrogante con respecto a cosas como su reputación? Ella vivía y moría por su buen nombre y él le había hecho suficiente daño por ser como era. Eso era quizás un poco injusto. Él no había sido responsable por la tormenta, o el hecho de que ella había sido atrapada en ella y ser incapaz de regresar a casa.

Solo la buena voluntad de la Sra. Thornton había impedido que toda la isla lo supiera. No sabían que ella había pasado la noche en su casa, ¿verdad? Mirando a su alrededor, inspeccionó la mesa, pero ninguna de las mujeres le prestaba particular atención a ella. Uno de los hombres más jóvenes miraba hacia ella, pero ella lo ignoró a él y a sus ojos vagabundos.

Parecía que el Sr. Chiswick, a quien había conocido en su primera visita a esta sociedad, no había sido invitado esa noche, lo que era una pena, pero de haber venido tendría que mostrarse cariñosa, porque tampoco parecía haber sido demasiado amistosa con él antes. Estas reglas eran una pena, porque eran los caballeros quienes tendían a conversar con ella. Ninguna de las mujeres la había abrazado lo suficiente como para tener una conversación con alguna de ellas, y eso lamentablemente incluía a su patrona.

La Sra. Tomlin habló durante toda la cena, casi como si tuviera una cuota de palabras que a juro necesitaba dejar salir. La señora no hizo ninguna pregunta; ella simplemente habló sobre ella y su vida. Al final de la cena, Emmeline sabía más sobre esta señora que sobre la Sra. Thornton, tal vez incluso más que sobre cualquier otra persona que hubiera conocido.

"Los caballeros estarán muy contentos de que una chica tan bonita como usted haya venido a la isla", continuó diciendo la Sra. Tomlin, hablando por primera vez de algo más que sus preocupaciones inmediatas. "A los caballeros siempre les gusta tener la compañía de una dama bonita, les gusta ver cosas bellas. Debe tener cuidado, dirán y harán todo lo que puedan para mantener la atención de una dama hermosa".

Emmeline tardó un momento en darse cuenta de que la Sra. Tomlin estaba hablando de ella, pero los pensamientos de la mujer se movieron hacia su difunto esposo, quien aparentemente había profesado repetidamente lo bonita que había sido para él la Sra. Tomlin, y que se la había robado al Caribe.

Capítulo 16

Se sentaron en la gran barcaza junto al puerto, observando cómo un barco se acercaba a lo lejos. Era un barco mucho más grande que en el que ella había navegado, tenía un brillante casco negro debajo de grandes velas blancas. La nave había navegado directamente desde Portsmouth trayendo lo que la Sra. Thornton pensaba que era la carga más preciada del mundo.

Esa mañana la señora difícilmente podía contener su emoción, y se levantó incluso antes que Emmeline. Habían llegado temprano de la velada, pues la Sra. Thornton no quería arriesgarse a llegar más tarde que cuando llegara el Sr. Percy. Tan pronto como el barco había sido visto a lo lejos, se envió un despacho a la casa e inmediatamente se fueron al puerto.

"Ten más cuidado con el paraguas", dijo la Sra. Thornton, y Emmeline notó que lo había dejado caer sobre su hombro. "Tu piel no soporta el fuerte sol de aquí".

"Estoy usando un sombrero", indicó Emmeline.

"Muchacha, solo haz lo que te digo", dijo la Sra. Thornton con dureza, sin tomar en cuenta el desafío. Emmeline inmediatamente levantó el paraguas de nuevo. Ella no había notado que se le había deslizado. Era como si la Sra. Thornton también temiera al mismísimo sol, como a todo lo demás.

El gran barco se deslizó lentamente y hubo en él un enjambre de actividad a medida que se acercaba al puerto, ya que los marineros preparándose para su llegada, bajaban las velas y recogían las cosas. Emmeline no estaba muy segura de lo que estaban haciendo, pero daban gritos como cuando había llegado ella.

Los pasajeros fueron despachados primero y Emmeline pudo ver al Sr. Percy caminando por la pasarela. Se veía muy similar a su retrato, quizás un poco mayor y más maduro, aún así, el artista había logrado plasmar un buen parecido. La Sra. Thornton se levantó a su lado e instó a Emmeline a salir del carruaje para que pudieran verlo.

El Sr. Percy se dirigió hacia ellos a largos pasos. Era alto y delgado, exactamente como Emmeline había esperado. La Sra. Thornton corrió hacia él y lo abrazó. "Mi niño, estás hecho una pieza. Estaba tan feliz cuando recibí tu carta diciéndome que vendrías, pero no pasó mucho tiempo antes de que lo hicieras".

"Debería haber escrito antes, pero se me olvidó. Joseph", dijo él. Joseph respondió asintiendo con la cabeza, sonriendo verdaderamente. Joseph estaba feliz de verlo nuevamente de vuelta. "¿Y quien es ella?".

"La señorita de la que te hablé, la dama de compañía".

El Sr. Percy le tomó la mano y se inclinó profundamente. Emmeline hizo una reverencia, sintiéndose un poco incómoda al hacerlo, le extrañaba ver al Sr. Percy en persona ya que solo lo había visto en el retrato.

La Sra. Thornton conversaba cuando el Sr. Percy la ayudó a subir al carruaje. Su deleite era obvio. Con una mano firme, también ayudó a Emmeline, luego subió él al carruaje y cerró la pequeña puerta. "En marcha Joseph", ordenó el Sr. Percy. Parecía que ahora el Sr. Percy automáticamente se había hecho cargo de ordenar a Joseph, y Emmeline se preguntó qué más asumiría él.

Con suerte, estaría dispuesto a tratar asuntos prácticos más que su madre, sin embargo la Sra. Thornton solo hablaba de otras personas. Durante todo el camino a casa, ella habló de lo que había sucedido en la isla en su sociedad, no mencionando nada sobre los asuntos prácticos de la plantación, pero ya habría tiempo suficiente. Al parecer, la Sra. Thornton tenía diferentes prioridades.

Los ojos del Sr. Percy se posaban en Emmeline de vez en cuando y Emmeline trató de ignorar el escrutinio. Obviamente, tenía curiosidad sobre la nueva residente en la que en realidad era su casa. Él no le preguntó nada y ella guardó silencio durante todo el viaje de regreso.

"Estoy tan emocionado de tenerte de regreso, mi amor", dijo la Sra. Thornton cuando llegaron a casa. "Como puedes ver, muy poco es lo que ha cambiado por aquí".

"Algunas cosas han cambiado", dijo el Sr. Percy mientras ayudaba a Emmeline a salir del carruaje.

Emmeline notó que la boca de la Sra. Thornton se tensaba por desaprobación. Quizás ella también había notado las miradas perdidas de él. Al momento un rubor subió por la cara de Emmeline, aún cuando ella no podía hacer nada sobre de el comportamiento de él.

Con una mirada expectante, la Sra. Thornton esperó a tomar el brazo de su hijo mientras subían las escaleras. Emmeline se quedó atrás. Cuando ella entró a la casa, la Sra. Thornton la estaba esperando mientras el Sr. Percy se había adelantado. "Ahora, actuarás con decoro", le dijo a Emmeline con voz grave.

"Por supuesto", dijo Emmeline, sintiéndose ofendida de que ella sugiriera lo contrario. ¿Cuándo no había actuado con decoro? Eso no iba a cambiar ahora.

"Si no lo haces, estarás en el siguiente barco navegando lejos de aquí".

Emmeline reprimió la réplica inicial que ansiaba escapar de sus labios. "No le he dado ninguna razón para suponer que no haría algo así".

"No creas que no haya notado que hablas con un hombre tras otro cada vez que salimos de la casa, sonriendo y coqueteando".

"No sonrío ni coqueteo. Tiene que saber, que los únicos temas de conversación han sido los problemas económicos y políticos que afectan a esta isla".

La Sra. Thornton resopló y se alejó balanceando las faldas al ras del suelo mientras marchaba en busca de su hijo.

Sintiéndose injustamente acusada, Emmeline se fue afuera. Sus servicios como dama de compañía serían especialmente indeseados ahora, al menos eso sospechaba ella.

*

El comedor estaba más brillante esa noche porque se encendieron más velas, y la Sra. Thornton estaba de buen humor con su hijo que había regresado, incluso se habían visto en el salón antes de la cena.

El Sr. Percy estaba elegantemente vestido con un chaleco de terciopelo azul oscuro y calzones pálidos. "Es curioso estar de vuelta. No creerías lo frías que están las habitaciones en Oxford. Una mañana, creo que en realidad había una fina costra de hielo en el cuenco de agua".

"Debe ser tan agradable para ti estar de regreso", dijo la Sra. Thornton sonriendo. Era como si fuera una mujer completamente diferente, sus ojos se iluminaban con el afecto por su hijo.

"Se siente como si pudiera relajarme por primera vez. El frío es ineludible. ¿Y de dónde viene, Srta. Durrant?".

"De Boston".

"Bueno, por lo que entiendo, allá también hace bastante frío", le dijo el Sr. Percy.

"Sí, lo hace". En Boston había hielo en el agua con bastante frecuencia en invierno, pero para él, no habiendo crecido en Oxford, debió ser mucho más impactante.

La luz del fuego de las velas bailaba en sus ojos mientras se sentaba a la cabecera de la mesa. Técnicamente, esta era su plantación ahora y lo correcto era que él se sentara en la cabecera de la mesa. En poco tiempo, la Sra. Thornton podría tener que renunciar a su puesto en favor del nuevo dueño de la casa, y puede también que no pasase mucho tiempo para que el Sr. Percy tomra una esposa.

"Es bueno estar de vuelta", dijo alegremente.

"¿Cuánto tiempo estuvo en Oxford?", preguntó Emmeline.

"Poco menos de tres años, y fue interesante; lo reconozco. Y Londres por supuesto que también fue interesante, pero no hay lugar como el hogar. Conocí a otros compañeros de los confines del imperio, muchos con grandes propiedades en la India y en África. Fui particularmente amistoso con Henry, cuya familia vive en Ceilán. Nosotros, los *extranjeros*, tendemos a pasarlo juntos". Su tono se hizo más serio. "Los caballeros propios del lugar no entienden muy bien lo que es crecer en los confines del imperio".

"Henry va a asumir una comisión en la armada", continuó diciendo con más intensidad. "Faltan unos meses antes de que lo haga. Suena terriblemente emocionante. Él no tiene los compromisos que algunos de nosotros sí tenemos". Sonrió a su madre, quien le devolvió la sonrisa.

"Percy ya se había planteado asumir una comisión en la armada ... pero las cosas cambiaron", explicó la Sra. Thornton.

"Madre se refiere a antes de la muerte de Harold", dijo Percy claramente, ya que no veía necesidad de eufemismos. "Las cosas cambian de repente e inesperadamente. Así son las cosas. Tenemos que cambiar con los tiempos. Se habló mucho sobre la emancipación de los esclavos en Londres. Se discutió en detalle en Oxford ... fue algo absurdo, regateos sin sentido la mayor parte, debatidos por personas que no entienden cómo son las cosas por acá. Otros incluso plantearon la idea de la independencia si algo llegaba a cambiar".

"No podemos ser independientes", dijo la Sra. Thornton. "Somos una pequeña isla. Sin la protección de la Armada Real, seríamos invadidos en una semana".

La declaración de la Sra. Thornton sorprendió a Emmeline, quien nunca antes la había escuchado hablar sobre política.

"Ante la amenaza podemos llegar a tener nuestra propia armada, esta es nuestra forma de vida, debemos defenderla, es lo mismo en todo el mundo. No podemos cumplir con esta noción idiota que nos amenaza a todos, si todos presionamos por la independencia como resultado el Parlamento tendrá que retroceder".

La Sra. Thornton sonrió. "Estoy segura de que lo has pensado mucho". Bajó la mirada, y se preocupó por su comida, ya no le interesaba la política.

"¿Entonces parece que se presentará una ley de abolición de la esclavitud?", preguntó Emmeline.

"Por supuesto, hay facciones que lo intentarán, pero la corona tiene demasiado que perder. Hay innumerables obstáculos para que desaparezca la esclavitud, y al final verán cuánto perderán si continúan con algo tan temerario".

Un ruido llamó la atención de Emmeline; la Sra. Thornton había dejado caer su cuchara en su plato de sopa. "Todo lo que hacen está causando problemas", declaró la Sra. Thornton. "¿Por qué la gente siempre causa problemas? Siento que hay lobos en la puerta y por todos lados".

Parecía que su preocupación y su miedo, se negaban a mantenerse a raya durante más tiempo. "No se preocupe, madre, todo estará bien".

La sonrisa de la Sra. Thornton parecía más bien una mueca. "Debemos celebrar una fiesta para celebrar tu regreso, e invitaremos a toda la isla".

Capítulo 17

Un grupo de personas había venido para ayudar a Joseph a hacer los preparativos para la fiesta. Toda la casa se limpió a fondo y los muebles se movieron fuera del camino para crear un área grande donde reunirse los invitados. La Sra. Thornton los dirigía con una certeza que Emmeline no había visto antes.

Emmeline intentó mantenerse al margen. La idea de una fiesta parecía contraria a la situación tal como lo entendía, pero no era su derecho decir cómo deberían dirigir su plantación, ella era solo la dama compañía, y pobre además.

Al comenzar la fiesta, Emmeline, de pie con su elegante vestido de muselina, estaba detrás de la Sra. Thornton y del Sr. Percy, quienes recibían a los invitados que llegaban formando una larga hilera de luces con sus carruajes, y que se extendía por la negrura de la carretera. Algunas de las caras empezaban a serle familiares a Emmeline. El Sr. Chiswick estaba allí con su madre, aunque en cuanto al Sr. Wilkins, este no era lo suficientemente importante en esta sociedad como para recibir una invitación para esta fiesta.

Un murmullo de voces pronto llenó la casa mientras la música se se oía suavemente en el salón principal. Emmeline se mantuvo al margen tratando de no llamar la atención. Aún le dolía el comentario de la Sra. Thornton acerca de la atención masculina que ella atraía, pues de ninguna manera ella era quien los invitaba a conversar.

La Sra. Thornton estaba animada siendo el centro de atención, la fiesta le estaba sentando muy bien, especialmente cuando su hijo estaba ahí para verla. ¿Era ese el papel que el Sr. Chiswick realizaba también, ser el acompañante de su madre? La idea hizo sonreír a Emmeline, aunque para el momento, el Sr. Chiswick estaba hablando con una de las mujeres más jóvenes, solteras, y su risa tintineante se escuchaba entre el alboroto de la multitud. Emmeline concluyó, que el Sr. Chiswick estaba coqueteando con todas las mujeres jóvenes de la isla.

La presencia de *Lord* Cresswell en la puerta del salón, pareció cambiar la atmósfera notablemente. Emmeline pareció saber que él estaba allí, antes de verlo realmente, al levantar la vista de su asiento para mirarlo vestido de negro con su pelo rizado alrededor de su cuello. Los ojos de él recorrieron la habitación y encontraron a los de ella. No hubo expresión en ellos hasta que frunció el ceño. ¿Por qué fruncía el ceño?

Ese era un cambio en las relaciones cordiales, siendo ya no tan excesivamente directas como las que habían tenido antes. Él pareció no verla más y entró a la habitación. Siempre había habido algo frío en él, y Emmeline sintió ese frío al ponerse en sus brazos la piel de gallina, así que ella también se negó a verlo.

Decidió ir a estirar las piernas, se levantó y salió al pasillo central. Un par de hombres, parados al lado de la pared, estaban hablando sin prestarle atención a ella cuando salió.

"¿Merodeando por los pasillos?", preguntó el Sr. Percy apareciendo a su lado. Llevaba una chaqueta oscura que lo hacía parecer delgado y alto. "¿No es de fiestas?".

"Quizás no", dijo ella. "Realmente no conozco a nadie".

Él se rió entre dientes. "Sé que aquí conozco a todos. Parece que nada ha cambiado desde que me fui. Bueno, a excepción de las notables ausencias". Pareció estar triste por un momento.

"Lo siento por su pérdida", dijo Emmeline. "Entiendo que perdió a su hermano y a su padre mientras estaba fuera".

"Por supuesto que fue una impresión terrible, y al estar tan lejos, era poco lo que podía hacer". Sus ojos se movieron hacia los retratos de sus hermanos. "Solo sirve para demostrar cuán rápido pueden pasar las cosas. Vivimos aquí un momento, y luego nos vamos".

Emmeline quería preguntarle acerca de la creencia de su madre de que las muertes habían sido causadas por influencias externas, pero sabía que era inapropiado hacer algo así en ese momento.

"Dice mi madre que usted no tiene familia".

"Así es", respondió Emmeline con una sonrisa.

"Por lo tanto, tuve que buscar un lugar en casas de fincas lejanas".

Bromear no era la palabra que le gustaba aplicar para sí misma ni para su situación. "A decir verdad, lo vi como una gran aventura. Navegar a través del mar hacia una isla del Mar Caribe. Algunas personas lo tienen más difícil".

"Es optimista. Me alegra ver que no está amargada por su situación".

"No, ¿por qué debería estarlo?" Bueno, existía la amenaza del despido, pero ella siempre podía dar clases. No siempre era una vida cómoda, pero existían peores situaciones. "Por lo que he visto, he tenido una gran fortuna".

El Sr. Percy se rió. Ella podía ver por el brillo de sus ojos, que él ya había bebido bastante. Él puso su mano sobre su brazo, y ella se sintió incómoda. ¿Estaba probando con sus insinuaciones lo acogedora que podría ser con él? Suavemente ella retiró su brazo.

"Entiendo que su familia tiene su origen en esa casa de la pintura que está allá, Clevedon Hall. ¿Fue a verla?"

"Sí, pero todos ellos son de miradas estrechas. No puedo decir que disfruté mucho. Piensan solo en sí mismos, solo en ellos. Nos miran con desprecio. Debo decir que mis puntos de vista sobre mi lugar de origen han cambiado bastante desde que pasé un tiempo allá. Todas las viejas reglas y tradiciones son estructuras estúpidas de la edad oscura. ¿Y para qué? Ustedes tenían razón, ustedes los estadounidenses se independizaron".

Emmeline no tenía la intención de comenzar una conversación sobre política; ella simplemente había buscado cambiar el tema de la conversación. "Bueno, nos gusta pensar eso", dijo ella.

El Sr. Percy se mordió el labio mientras la miraba. De nuevo, Emmeline tuvo la incómoda sensación de que él estaba pensando en asuntos que no debía. Bueno, él se daría cuenta que ella no estaba dando la bienvenida a acciones de esa naturaleza. Puede que ella no tuviera medios económicos, pero sus logros no se dieron en fiestas, o a la ligera.

"¿Qué está haciendo aquí ese hombre?", intervino la Sra. Thornton con voz aguda. "¿Lo invitaste?".

El Sr. Percy gimió. "Sí, madre. Él es nuestro vecino".

"Él no es el tipo de personas que queremos aquí. ¿Por qué has hecho esto Percy?; ir en contra de mis deseos expresos".

"Porque él es un miembro importante de esta isla, y tenemos que hacer nuestro gran esfuerzo para llevarnos bien".

"¿Y que estás haciendo aquí?", preguntó la Sra. Thornton volviéndose hacia Emmeline.

"Yo ... yo solo estaba tomando algo de aire". Emmeline se escabulló, antes de que cualquiera de ellos tuviera la oportunidad de decir algo más, volviendo al salón iluminado donde la multitud podía brindarle protección contra cualquier consulta o acusaciones inapropiadas.

Con la llegada del Sr. Percy la relación de Emmeline con la Sra. Thornton había empeorado, y además ahora tampoco estaba segura de llegar a llevarse bien con el Sr. Percy. Las cosas se pondrían infinitamente peor para ella si el Sr. Percy resultaba problemático. Afortunadamente, el comportamiento de ella lo había disuadido, quedó sofocada cualquier idea de que ella aceptaría cualquier tipo de cita con él.

Lord Cresswell pareció notar que ella regresaba a la habitación. Él la miró desde donde estaba parado con un grupo de hombres. Emmeline regresó a su asiento, viendo que la incomodidad provenía de todas las direcciones.

Al regresar a la habitación, la Sra. Thornton buscó compañía con un grupo de mujeres de edad similar, estaba claramente disfrutando la fiesta a pesar del invitado no deseado que estaba en la habitación. Un poco más adelante, dos mujeres más jóvenes susurraban intensamente y Emmeline se sentía excluida. El Sr. Chiswick había ido a entretener a otra joven con su ingenio y anécdotas, y al parecer su amabilidad era siempre la misma para todos los que conocía.

Las mujeres aquí habían dejado en claro que ella nunca pertenecería a esta sociedad. Su presencia era tolerada por la naturaleza de su posición, pero nunca sería parte de sus conversaciones. Sentirse como una extraña era algo a lo que estaba acostumbrada. Al crecer, había sido difícil ver cuando los padres excluían de sus conversaciones a los niños, pero ella nunca se había sentido tan sola como se estaba sintiendo aquí ahora, sentada en una habitación llena de gente. Una sensación de fracaso le agregó una capa adicional a su situación de soledad.

El Sr. Percy la hizo notar cuán lamentable era su situación, para que ella realmente lo viera; ella allí era una completa forastera y nadie en particular la quería.

Con un profundo suspiro, Emmeline alisó una pequeña arruga de su guante. Su humor se había ensombrecido, y ahora se sentía incómoda al estar sentada en el borde de esta habitación siendo ignorado por todos. Se estaba haciendo tarde, por lo que posiblemente podría retirarse en la noche. Podría ser visto como grosero por algunos, pero ¿quién iba a notarlo?

Levantándose de su silla, lentamente salió de la habitación y volvió de nuevo al pasillo. Para su inmenso alivio, el Sr. Percy no estaba por ningún lado. Un ruido la hizo girar bruscamente temiendo verlo, pero no era el Sr. Percy, era *Lord* Cresswell.

"¿Está yéndose?" dijo secamente con aburrimiento en su voz por la falta de diversión.

"Yo ..." comenzó, sin saber realmente cómo terminar. ¿Debería admitir que ella ya se estaba yendo?

"Parece que tienes el hábito de hacerlo, huir y meterte en problemas".

"En realidad me estaba retirando a mi habitación. Difícilmente eso es un acto de gran peligro".

Una media sonrisa estiró un extremo de su boca. "¿Demasiado leal para estar en la fiesta?".

No importaba lo que ella le dijera; ella siempre era algo, lo sospechaba. Él sentía placer al señalar sus defectos.

"De hecho", continuó diciendo él. Emmeline se armó de valor para afrontar lo que dijera. "Yo sí me estoy yendo. Estoy harto de las miradas venenosas de la Sra. Thornton. Además, esta reunión es demasiado tranquila para mi gusto".

"Entonces, ¿por qué vino?".

"Para explorar algo". ¿Qué hay para explorar en una fiesta?

"Entonces espero que su tiempo haya sido fructífero".

"Ha sido interesante". Separó los labios ligeramente como si quisiera decir algo más, pero lo pensó mejor. En cambio, inhaló y se enderezó, inclinando la cabeza casi imperceptiblemente, a modo de despedida, antes de volverse hacia la puerta principal y salir. Emmeline lo miró irse. En base a todo lo que la Sra. Thornton pensaba de él, era un hombre raro. Emmeline sentía que no sabía del todo qué esperar cada vez que él se dirigía a ella.

Cuando él se perdió de vista, Emmeline rápidamente se dirigió a su habitación cerrando la puerta detrás de ella.

No se desvestiría por si la necesitaran, pero al menos aquí sentía que podía respirar. Ella no sabía qué era peor, ser observada por alguien o no ser observada en lo más mínimo por todos los demás.

Con pesadez se sentó en la silla junto a su escritorio, deseando nuevamente el tener alguien a quien escribirle. Para no ceder a la depresión, ella tomó su libro y comenzó a leer tratando de distraer su atención de las conversaciones raras que tenía con *Lord* Cresswell. Por un momento se preguntó con quién la Sra. Thornton preferiría verla hablando menos, con *Lord* Creswell o con el Sr. Percy. La señora había decidido que Emmeline estaba interesada en el Sr. Percy, cuando nada podía estar más lejos de la verdad. El Sr. Percy estaba bien a salvo de las intenciones de ella.

A veces, escuchaba a la gente afuera en el jardín, hablando y riendo. Esas eran personas afortunadas que tenían un lugar al que pertenecían, y alguien con quien divertirse, y no tenían esa gran incertidumbre sobre ellos; la sensación de estar perdidos en el mundo.

Pasó el tiempo y Emmeline siguió leyendo hasta con un suave golpe llamaron a la puerta. "Srta. Durrant", dijo una voz, que a pesar de que estaba muy mal articulada, ella sabía que era la del Sr. Percy. "Deseo tener una palabras contigo".

Emmeline cerró los ojos, convencida de que las palabras no estaban en su mente en ese momento. Parecía que la fiesta ya casi había terminado. La charla ya no era tan contínua, aunque había ciertas personas que hablaban más alto que antes.

El Sr. Percy golpeó de nuevo la puerta. "¿Srta. Durrant? ¿Está durmiendo?" Él se rió entre dientes. "Abra la puerta".

Mordiéndose los labios consternada, Emmeline permaneció inmóvil hasta que escuchó unos pasos irregulares alejarse. Ella podría estar completamente sola, pero no era tan estúpida como para abrir esa puerta y arriesgarse a ser abusada por un torpe borracho. Tanto el convento como la escuela habían sido muy buenos en enseñarla a mantener ese comportamiento alejado de ella, al igual como lo había hecho la Sra. Thornton; hasta ahora.

Sí, al parecer su situación había empeorado infinitamente.

Capítulo 18

Una conmoción llamó la atención de Emmeline y esta salió de su habitación para ver qué estaba pasando. El Sr. Percy estaba parado en el pasillo con hilos de sangre brotando de su cabeza por un corte en la frente. Su ropa estaba manchada y rasgada.

"Qué sucedió", dijo la Sra. Thornton que llegaba corriendo desde el salón.

"No lo sé. Me caí", dijo frotando la sangre con sus dedos empeorándose más.

"Dios mío", dijo la Sra. Thornton. "Oh, querido". Ella se tambaleó ligeramente y su rostro perdió toda expresión como si se fuera a desmayar en cualquier momento, y de hecho, al instante ya estaba desmayada. Emmeline se abalanzó para agarrarla cuando comenzó a caerse al suelo, pero la mujer era muy pesada.

Joseph apareció al instante y la agarró por debajo de los hombros, llevándola a una silla.

"Buscaré sus sales", dijo Emmeline corriendo hacia el salón donde usualmente se sentaba la Sra. Thornton. Sus sales estaban en una caja de plata cónica con una tapa pequeña. La Sra. Thornton, por lo que Emmeline había visto, nunca antes había usado las sales, pero el ver a su hijo sangrando era suficiente para que la mujer se desmayara. "Aquí están", dijo mientras regresaba, y luego puso las sales en la nariz de la Sra. Thornton. Ella revivió inmediatamente y empujó a las personas para que se alejaran de ella.

"Sabía que esto sucedería", dijo llorando la Sra. Thornton. "Nunca deberías haber regresado".

"Está diciendo tonterías, madre. Simplemente me caí por las escaleras en el molino". Sin embargo, algo en su rostro no parecía del todo convincente. Sus ojos los tenía grandes, casi conmocionados. "Es solo una pequeña cortada".

"Será mejor que le vean esa cortada", dijo Emmeline.

"Joseph, busca al doctor", ordenó a Sra. Thornton.

"Sí, *madame*", respondió y se fue.

"Le tomará una hora llegar hasta aquí", agregó el Sr. Percy.

"Esa cortada necesitará ser cosida o no dejará de sangrar. Las cortadas en cabeza nunca lo hacen. Toma", dijo la Sra. Thornton dándole su pañuelo.

"Permítame", dijo Emmeline agarrando el pañuelo y extendiendo la mano para cubrir y presionar la cortada del Sr. Percy. La humedad de la sangre caliente se filtraba bajo sus dedos.

"Gracias, Srta. Durrant", dijo el Sr. Percy en voz baja.

"Tal vez debería sentarse", sugirió Emmeline.

"Llévalo a la sala", ordenó la Sra. Thornton.

Torpemente se movieron al unísono, Emmeline aún presionando el pañuelo contra la cortada del Sr. Percy, y él haciendo una mueca al moverse. El Sr. Percy se sentó en una de las grandes sillas acolchadas. La sangre había empapado el hombro de su camisa blanca. Cuando Emmeline retiró el pañuelo, vio una raja abierta de la que manaba de sangre. Realmente necesitaba que el doctor viniera a coserle la herida.

"¿Cómo pasó esto?", dijo la Sra Thornton dijo ocupando su asiento habitual y moviéndose incómodamente.

Su hijo no respondió inmediatamente. "Fue lo más extraño", comenzó a decir lentamente después de un rato. "No había nadie alrededor. El molino estaba vacío, pero juraría que sentí una mano en mi espalda empujándome cuando estaba en la parte superior de las escaleras".

La Sra. Thornton jadeó y luego emitió un agudo gemido. "Lo sabía. Sabía que algo así podría pasar".

"Podría haber jurado que alguien me empujó, pero no había nadie allí".

"Es la maldición", dijo la Sra. Thornton.

"No hay tal cosa como una maldición".

"He estado aquí", dijo la Sra. Thornton con dureza, "para ver cómo actúa sobre un miembro de la familia y luego sobre otro. No me digan que esta maldición no es real. He perdido a mi familia por esta maldición". Su tono de voz era aún más alto.

"Alguien debe haber estado allí", dijo Emmeline.

"Allá no había nadie", aclaró él.

"Debieron haberse escondido", razonó Emmeline.

"¿Pero quién haría eso?", continuó diciendo él.

Emmeline no respondió, pero asumió que casi cualquier persona de la plantación.

"Fue ese diablo", declaró la Sra. Thornton bruscamente. "Él quiere nuestra tierra, siempre lo ha hecho".

"Madre", dijo reprendiéndola, "*Lord* Cresswell no está tratando de dañarme".

"Sí, lo está. No sabes lo que está haciendo con sus plantaciones. Los esclavos no están en absoluto bajo su control. Se entregó por completo a ellos".

"Madre", dijo de nuevo con exasperación.

"Él está bajo el control de ellos", replicó la Sra. Thornton nuevamente.

Emmeline permaneció en silencio escuchando lo que se decía. La
Sra. Thornton dejó que sus temores se apropiaran de ella, pero era
difícil saber cuánto de eso era irracional. Lo que ella había visto con
sus propios ojos, era que los esclavos de la plantación de él parecían
andar por ahí como les parecía. La cosecha no era bien manejada.

"¿Cómo podría estar bajo el control de nadie?", dijo el Sr. Percy
levemente desafiante.

"Es vudú. Ellos le han maldecido y no puede resistirse a lo que ellos
quieren que él haga".

"Pero él rara vez está por allá", dijo Emmeline.

"Exactamente. Le mandan que se vaya y él es incapaz de resistirse".

"Madre, está muy equivocada. No existen las maldiciones".

"No me digas que no existe tal cosa. Al vudú lo he visto actuar
una y otra vez, y hoy actuó sobre ti. La mano en tu espalda, tú no te
imaginaste eso, te empujaron por las escaleras con la esperanza de que
lo hicieras ¡y te rompieras el cuello!". La Sra. Thornton se levantó de su
silla y paseó por la habitación. La angustia brotaba por toda ella. "¿Por
qué no pueden dejarnos solos? ¿Nadie puede ayudarnos?".

"Está siendo extravagante", dijo el Sr. Percy, pero la Sra. Thornton
se negó a calmarse.

"No serán felices hasta que nos maten a todos", se lamentó la Sra.
Thornton.

Un ruido afuera sugirió que el doctor ya había llegado. No le había
tomado tanto tiempo llegar como se esperaba, Joseph debió haber ido
a buscarlo galopando a caballo.

Un hombre con canas en las sienes llegó, y alivió a Emmeline de
su deber al quitar el pañuelo para examinar la herida. "Grande, ¿no es

así?", dijo el doctor casi divertidamente. "Con unos puntos todo estará bien".

La Sra. Thornton siguió caminando hasta que el Sr. Percy le dijo que se sentara.

Emmeline se retiró al borde de la habitación con la mente ocupada en los eventos del día. ¿Alguien realmente había intentado empujarlo escaleras abajo? ¿Fueron los espíritus actuando sobre él como dijo la Sra. Thornton? Fuera un espíritu o no, alguien estaba tratando de dañar al Sr. Percy.

La Sra. Thornton no mencionó al médico cuáles eran sus temores, probablemente sabiendo que él la obligaría a tomar algún tranquilizante que la hiciera dormir todo el día.

El Sr. Percy hacía una mueca con cada puntada, pero la herida abierta fué cosida pronto, dejando solo las consecuencias de la sangre derramada y la ropa en ruinas.

La Sra. Thornton vio al doctor afuera, donde Joseph estaba esperando para llevarlo de vuelta.

"Gracias por su influencia tranquilizadora", dijo el Sr. Percy.

Emmeline sonrió. "No estoy segura de tener influencia alguna sobre su madre".

Bajando su mirada, el Sr. Percy retorció el pañuelo lleno de sangre entre sus dedos. "Sobre la otra noche ...".

Poniéndose tensa, Emmeline miró hacia otro lado.

"Lo siento si actué de manera inapropiada. No recuerdo todo lo que pasó en la noche, pero tengo la sensación de que actué menos que caballeroso".

"Creo que muchas personas bebieron bastante anoche", dijo ella.

"Sin embargo, usted no lo hizo".

"No es realmente mi costumbre, o mi inclinación".

El Sr. Percy la estaba mirando, pero ella se mantuvo distraída. En realidad, ella no quería tener esta discusión, pero apreciaba la disculpa. Esta le dio un poco de esperanza de que su estadía ya no estaría llena de atenciones, no deseadas por ella, de parte de él, obligándola a esconderse en su habitación todas las noches.

La Sra. Thornton reapareció en el salón. "Percy, debes descansar".

"No necesito descansar".

"Debes descansar". La voz de la Sra. Thornton estaba llegando a un agudo tono de angustia, y su hijo aceptó descansar, solo para mantener la calma.

"Pero solo por una hora", afirmó él y se levantó.

Ambos se retiraron a sus habitaciones, dejando a Emmeline sola con sus pensamientos. Alguien estaba tratando de lastimar al Sr. Percy, lo que dio cierta credibilidad a la idea de que las muertes en esta familia no hubieran sido completamente fortuitas. ¿Alguien estaba sistemáticamente eliminando a la gente de aquí? Demonios, las palabras de esa esclava anciana en el campo de caña regresaron a su mente.

Esos pensamientos incómodos la hicieron levantarse y caminar buscando el aire fresco de la galería. Los exuberantes campos de caña se veían como siempre. En cierta forma, sintió que las cosas podían verse diferentes, pero todo estaba como debería ser; los esclavos estaban esparcidos por los campos cortando las cañas de azúcar con sus machetes, para luego recogerlas y llevarlas al ingenio azucarero.

El Sr. Hart estaba a lo lejos montado en su caballo, supervisando todo tal como lo hacía la mayoría de los días, pero al mirar detenidamente, ella vio que en la distancia había otra persona también montada a caballo que estaba por una esquina del campo de caña. Lo único que ella podía distinguir era el cabello oscuro de la persona, pero sabía que el caballo era del mismo color que el de *Lord* Cresswell. ¿Qué estaba haciendo él allí simplemente detenido y mirando? ¿Por qué estaba ahí? ¿Había venido del molino en donde empujó al Sr. Percy por las escaleras?

Lord Cresswell se volvió bruscamente como si notara su atención, y él y su caballo desaparecieron en la jungla. Esa no era su imaginación, él estaba allí ahora y sin dejar rastro. El Sr. Hart no debe haberlo visto, ya que no había cabalgado para acercarse a saludar al visitante. ¿Cómo pudo el Sr. Hart no haberlo visto? Él había estado allí ... visible.

Una voz perversa en su mente le decía que solo era visible para las personas que querían verlo. ¿De dónde le venían esas nociones ridículas? Pero ella lo había visto, ¿por qué querría que ella lo viera?, ¿estaba tratando de asustarla? Si era así, estaba funcionando. Todos los pelos de su cuerpo se erizaron de miedo. Y ahora él había desaparecido como si nunca hubiera estado allí, nadie había observado su presencia más que ella.

Capítulo 19

A pesar de que el Sr. Percy se había disculpado por su comportamiento, y la había tratado con el mayor respeto desde entonces, a ella todavía le parecía que él persistía en su intento de seducirla. Era como si supiera lo que había debajo de su apariencia exterior de bien educado, y que precisamente no era un alma amable y gentil. No era que fuera particularmente malvado o algo por el estilo, sino que cuando sus inhibiciones habían disminuido, la había comenzado a ver como a alguien a quien utilizar para su propio placer.

En apariencia era fácil pasarlo por alto, pero la confianza nunca podría ser restablecida, y ahora ella constantemente se preguntaba, qué era lo que realmente pensaba él bajo de esas sonrisas alegres. ¿Era solo la etiqueta lo que lo hacía caballeroso?, ¿y cuándo volvería a desconocer esa etiqueta?

Tanto como le era posible, Emmeline se quedaba en su habitación o se sentaba en la galería. Por alguna razón, al estar al aire libre se sentía más segura que atrapada detrás de las paredes, y no es que no hubiera nadie en la casa, los jardineros aparecían ocasionalmente haciendo su labor, pero no acudirían en su rescate si el Sr. Percy decidía actuar de manera inapropiada, y el Sr. Hart probablemente estaría demasiado lejos para ver la escena.

Con un suspiro, Emmeline dejó su libro. El crepúsculo comenzaba a teñir el cielo, y otra tarde había pasado ya por delante de ella. Por lo general cenaban y luego pasaban la noche en el salón. Emmeline siempre se excusaba ante la Sra. Thornton, prefiriendo no pasar tiempo a solas con el Sr. Percy, y eso le agradó a la Sra. Thornton, quien aún suponía que Emmeline quería pasar tiempo a solas con él.

Esas miradas acusadoras de la Sra. Thornton tampoco eran fáciles de soportar, y podía estar segura de que Emmeline no iba a seducir a su precioso hijo.

A medida que la noche se oscureció, Emmeline regresó a su habitación y se preparó para la cena. Por costumbre, cerraba las contraventanas cuando la oscuridad invadía la habitación. Sentía una inquietud desconocida, e incluso improbable, como un bulto en su pecho, una incomodidad que no podía precisar. Por momentos realmente deseaba compañía para no estar sola y atemorizada en una habitación oscura.

Salió de su habitación sacudiendo esa tonta idea de su mente, y mientras caminaba, la figura de *Lord* Cresswell montado en su caballo en el mismo borde de la propiedad regresó a ella. ¿Qué había estado haciendo él allí? ¿Había sido él quien había empujado al Sr. Percy, como un ser invisible y aparentemente espectral? Ella lo había visto; él había estado allí, eso estaba claro como el día.

Emmeline estuvo callada durante la cena, mientras el Sr. Percy charlaba acerca de una conversación que tuvo con el Sr. Ronald Harstone, quien había estado viajando en la isla por carretera. Aparentemente en ese momento, la armada real tenía unos cuantos barcos en el puerto, y todo Plymouth estaba invadido por marineros.

"Percy, debes mantenerte lejos de la ciudad. Esos hombres son tan ásperos como el papel de lija", dijo la Sra. Thornton.

"Madre, no tengo planes de ir a la ciudad", dijo con un tono aburrido y tomando un gran trago de su clarete. "¿Qué necesidad tengo de mezclarme en ambientes violentos?".

La Sra. Thornton estaba complacida.

Cubriendo su boca con la servilleta, Emmeline sonrió al ser capaz de imaginar, que cuando él era joven, cualquier cosa que sucediera en la isla era motivo de celebración y participación, pero este hombre recién retornado y con todas sus experiencias de Oxford y Londres, no veía la necesidad de salir corriendo cuando sucedía algo nuevo, sin embargo, ella sí suponía que *Lord* Cresswell estaría allí, pues al parecer él buscaba divertirse más que cualquier otra cosa.

"Retirémonos al salón", sugirió la Sra. Thornton, y Emmeline se levantó con ella. Estar con su patrona durante la noche, era algo que ella asumía como parte de sus deberes. El Sr. Percy se paseaba con un vaso de whisky en la mano, y parecía estar aburrido y distraído, pero las travesuras de los marineros borrachos no lo atraían.

"Livinia Myrcomb llegó recientemente", dijo la Sra. Thornton. "Ella es muy hermosa, y luce la más alta moda parisina. Es una pena que no haya podido venir a nuestra fiesta. Debes llamarla".

"¿Ya no tiene esas horribles pecas?".

"Percy, no es la ausencia de pecas lo que hace buena a una esposa".

"Deje que sea yo el que se preocupe, de qué es lo que hace buena a una esposa", dijo el joven despreocupadamente.

Emmeline sofocó un bostezo mientras continuaba con el bordado que había elegido llevar, principalmente para poder distraerse permanentemente de las miradas penetrantes de ellos. Ella se había levantado temprano esa mañana y había sido un día lleno de acontecimientos. Con la aguja se pinchó el pulgar e hizo una mueca, lo cual llamó la atención. "Podría retirarme antes de hacer un acerico de mi persona", dijo con una sonrisa tranquilizadora.

El Sr. Percy murmuró sus buenas noches, mientras que la Sra. Thornton permanecía en silencio. Emmeline parecía sentir alivio al salir de la sala, como si así pudiera respirar libremente otra vez. Cada momento con ellos, sentía que tenía que decir y hacer las cosas bien, nunca poner un pie en falso, o arriesgarse a las miradas condenatorias de la Sra. Thornton, o peor, una acusación de que estaba poniendo su mirada más alta de lo que debería.

Cerrando la puerta de su habitación detrás de ella, la trancó con llave. Estaba sola otra vez relajando su postura para respirar con facilidad. El aire en su habitación era cálido y pesado, haciéndola sentirse adormecida. Sería maravilloso escapar hacia sus sueños por un tiempo, experimentar algo que no fuera la monotonía de sus días ... y la constante sensación de que estaban pasando cosas que ella no entendía.

Ella se acostó con solo una sábana y el sueño embargando su mente y atrayéndola hacia su dulzura. Soñaba con viajar, pero no sabía a dónde o de dónde venía, ella simplemente estaba esperando llegar a su destino.

De repente, fue duramente apartada de su sueño y su mente hizo un balance de dónde estaba. Era de noche y ella estaba en su cama, era muy temprano para despertarse. Poniendo sus manos debajo de su mejilla, dejó que sus pensamientos volvieran a flotar, pero un crujido se apoderó de su mente. Ese ruido estaba tan fuera de lugar, que su mente se agudizó y se quedó escuchando tan quieta como pudo.

Sonó un rasguño como si fuera en su propia contraventana. Sus sentidos intensamente agudizados se enfocaron en el ruido y de inmediato se sentó en la cama. Un ruido de raspones comenzó a sonar y continuaba sonando sin cesar. Había alguien afuera. El silencio resonó en sus oídos mientras escuchaba con los ojos bien abiertos buscando algún movimiento. Cada ruido que sonaba en sus oídos reverberaba en su cabeza. Escuchó el crujido de un paso.

"¿Quién está ahí?", dijo ella y escuchó, pero nadie respondió. Inconscientemente, ella se cubrió con la sábana como si esta fuera una protección. Cada uno de sus cabellos se erizó y ella no se atrevió a moverse, ni siquiera se atrevió a respirar.

Un golpe hizo que su corazón se oprimiera con fuerza, y se sentó en la cama sobresaltada con sus ojos buscando ávidamente en la oscuridad hacia donde estaban las ventanas, y vio que no estaba del todo oscuro, había algo de luz, pero ella solo vio cuando una oscuridad se movió detrás de las ventanas, seguida por un sonido de arrastre.

El pánico se disparó dentro de ella. Su garganta se cerró e intentó respirar tan silenciosamente como pudo, pero afuera el ruido era tan fuerte, que ahogaba los sonidos que podrían salir de la habitación. Había alguien afuera; ella los había visto cruzar desde su ventana, y luego que ellos se fueron, no se vio más movimiento, pero aún así ella esperó silenciosamente.

Sus pulmones funcionaban lo necesario, pero su respiración era demasiado fuerte para que ella pudiera escuchar. Mirando a su alrededor desesperadamente, buscó algo que pudiera blandir, una especie de arma, pero no tenía nada, solo libros y un candelabro. Sin chimenea no había atizadores ni nada similar para defenderse.

Moviéndose silenciosamente agarró el candelabro, aunque no es que eso la ayudara mucho si alguien la atacaba. Con los pies descalzos, se acercó a la ventana. Un golpe en las ventanas la hizo gritar y soltar el candelabro. Las persianas vibraron con el impacto. Emmeline permaneció en silencio, con la idea equivocada de que era invisible y desconocida, incluso después de haber llamado para saber quién estaba allí, y que también había gritado cuando habían golpeado las ventanas. No había forma de que la persona que estaba allí no supiera que ella estaba dentro de la habitación.

Había alguien afuera, alguien trataba de entrar. Emmeline no sabía qué hacer, pero se agachó para buscar el candelabro y lo encontró. ¿Con qué facilidad podrían romper esas contraventanas? No servirían como una verdadera barrera, ¿verdad?

Tropezando hacia atrás, se movió hacia el rincón más alejado y aguzó el oído para escuchar. El silencio sonaba cada vez más fuerte en sus oídos. Podrían entrar en cualquier momento. ¿Cómo podría ella luchar contra ellos? Ella nunca había peleado con nada ni contra nadie.

Violentamente los latidos de su corazón sacudían su pecho. Se sorprendería si el que estaba afuera no los oyera. Con una mano temblorosa buscó algo más para usar como arma, pero no agarró nada más que un cepillo para el pelo. Aún así, se sentía mejor al tener algo en sus manos que no tener nada.

Con los ojos muy abiertos, intentó ver cualquier movimiento por fuera de las ventanas, pero no había nada. No se escuchaban pasos ni rasguños, solo había quietud y silencio.

¿Por qué estaba ella allí? ¿Cómo se había metido en esto? Ella habría estado a salvo en Boston. Ahora ella estaba allí frente a un intruso que pretendía Dios sabe qué. ¿Eran estos sus últimos momentos en este mundo? ¿Así es como terminaría su vida?

Un grito la sobresaltó tanto, que soltó el cepillo y casi gritó por el susto. Piensa, se dijo a sí misma tratando de controlar su mente en pánico. De hecho no había sido un grito suyo, el grito venía de otra parte de la casa. Vociferaban y eran voces masculinas. ¿Habían entrado en la casa?

Emmeline se agachó en la esquina, deseando que todo esto acabara. Otro grito, y esta vez sabía que era la Sra. Thornton y pensó en ella. ¿La estaban atacando? Ese horrible pensamiento la conmovió; ella debía ir a ayudarla.

Levantándose agarró de nuevo el cepillo para el pelo y corrió hacia la puerta. La cerradura no funcionaba por tener unos dedos entumecidos y que se negaban a soltar el cepillo. Una nueva sensación de pánico se apoderó de ella, por poder quedar atrapada y encerrada. Este miedo la consumió y lloraba. *No, cálmate y piensa*, se dijo a sí misma.

Con calma, colocando el cepillo entre sus muslos, abrió la puerta y se adentró en la oscuridad del pasillo. Su mano temblaba mientras blandía el cepillo para el pelo delante de ella. La Sra. Thornton seguía gritando.

"Madre", llamó el Sr. Percy desde algún lado. Él estaba allí con ellas. La mente de Emmeline se apoderó de esa circunstancia, tratando de sentir algo de seguridad por ello. Cuánta seguridad realmente era, no lo sabía, pero la ayudaba saber que no estaba sola.

Al final del pasillo, vio que la silueta de la Sra. Thornton emergía de la oscuridad con las manos apretadas contra el pecho. La vista casi le provocó un ataque al corazón antes de darse cuenta de quién era. "Hay alguien por ahí".

El delgado cuerpo del Sr. Percy apareció también, vistiendo su camisón. Joseph llegó poco después, trayendo una linterna con él. "Persíguelos, Joseph", dijo la Sra. Thornton, su voz era desesperada y estaba aterrada. "Sácalos".

Joseph caminó hacia la puerta principal. No era justo enviarlo a él solo a enfrentar todo eso. "Yo iré también", dijo Emmeline.

"No, Srta. Durrant", dijo el Sr. Percy, pero Emmeline no lo estaba escuchando.

El aire fresco la recibió cuando Joseph abrió la puerta. No se vio nada en la entrada y salieron. Un movimiento la congeló y su corazón dio un vuelco, pero luego se dio cuenta de que era solo la linterna de Joseph que creaba las sombras.

Joseph extendió su mano para agarrarla y evitar que avanzara, y Emmeline miró hacia abajo. Había un dibujo en el suelo y un bulto sobre una mancha oscura.

"Quédese aquí", dijo Joseph, y se alejó moviéndose cuidadosamente por la esquina de la galería quedando fuera de la vista de Emmeline.

Un crujido detrás de ella hizo que sus rodillas casi cedieran, hasta que se dio cuenta de que solo eran el Sr. Percy y la Sra. Thornton. "¿Qué es eso?", preguntó él sosteniendo una vela en su mano.

"Eso es brujería", dijo la Sra. Thornton, y su voz era un susurro aterrorizado. "Nos han maldecido".

El Sr. Percy se acercó a ver el dibujo … eran figuras extrañas y cruces. Bajando la vela, vieron que el bulto era un pájaro muerto, con el cuello en una posición antinatural.

Un gemido se escapó de la Sra. Thornton, quien caminaba nerviosamente de un lado al otro.

"Vamos adentro", ordenó el Sr. Percy, agarrando a Emmeline del brazo y llevándola hacia la puerta. Una vez dentro, él cerró la puerta.

A través de la ventana del salón, aunque también estaba cerrada, Emmeline podía ver la linterna de Joseph moverse de una ventana a otra, hasta que entró por la puerta y la cerró tras él. "Se han ido", dijo.

"Quiero que los azoten", gritó la Sra. Thornton con voz agrietada y dispar. "Quiero que se vayan". Su hijo la condujo al salón. "No me digas que todo está en mi cabeza", dijo ella, "porque no es así. Están tratando de matarnos. Intentaron matarte".

"Alguien está tratando de asustarnos", aseguró el Sr. Percy colocando su vela sobre una mesa.

"Son ellos, están tratando de deshacerse de nosotros, de embrujarnos para que hagamos lo que ellos quieren. Ustedes saben que ellos pueden hacerlo, lo han visto". Las lágrimas corrían por el rostro de la Sra. Thornton.

"Madre, no hay tal cosa, era solo alguien jugándonos una broma".

"Percy, viste con tus propios ojos ese ritual de magia vudú, el grisgrís". La Sra. Thornton señalaba hacia la puerta. "Nos están maldiciendo".

Joseph estaba allí con una cucharita y el frasco de láudano. La Sra. Thornton apartó su mano cuando la extendió hacia su boca. "No quiero drogarme y sumergirme en el olvido cuando hay peligro en nuestra propia puerta".

Más allá, Emmeline estaba de pie con los brazos apretados contra su pecho, y no podía pensar en otra cosa que hacer, más que el estar ahí parada.

"Haré un poco de té", dijo Joseph, y luego se fue dándose por vencido con el láudano.

"Tenemos que deshacernos de ellos", le suplicó la Sra. Thornton a su hijo.

"Madre, no podemos".

"Obtendremos nuevos esclavos, reemplázalos".

Él gimió con exasperación. "Está siendo ridícula".

"Percy, no me digas que estoy siendo ridícula. Niegas lo que está justo ante tus ojos".

"No siempre se puede confiar en lo que se ve. Es muy probable que algunos niños jueguen bromas", le replicó él.

"¿En medio de la noche?", dijo la Sra. Thornton con total incredulidad.

"Probablemente solo eran algunos marineros borrachos".

"Tu terquedad será la muerte de todos nosotros", declaró la Sra. Thornton. "Tienes que irte de aquí, Percy. Es a ti a quien intentan matar".

"Tonterías, madre. Toma algo de tu láudano y cálmate, verás esto de manera racional por la mañana. No hay tales cosas como maldiciones, solo los tontos se entregan a la histeria por esas cosas".

La Sra. Thornton gimió de angustia. Emmeline solo podía sentir pena por ella. En realidad, ella misma no sabía qué creer. No tenía idea de lo que se suponía que significaba ese dibujo y el pájaro muerto. Claramente era una amenaza lo que la Sra. Thornton había llamado grisgrís. Acercó una silla y se sentó, pues estaba claro que tampoco iba a dormir esa noche.

Capítulo 20

Al anochecer, Emmeline finalmente se había calmado lo suficiente como para dormir. La casa estaba en silencio y el día ya comenzaba afuera de las persianas. En ese momento, ella se sentía segura. Anoche ella no se había sentido segura en lo más mínimo, nunca antes había habido un momento en que se sintiera así; verdaderamente en peligro. No era lo que ella había sentido durante la tormenta, ni cuando se había quedado en la casa de *Lord* Cresswell; aunque él fuera el posible responsable de todo esto.

Había habido una persona fuera de la casa. Ella se negaba a creer en espíritus o algo así. El mal existía en las personas, no en los espíritus. La Sra. Thornton obviamente pensaba de manera diferente, para ella, esa representación en la terraza, que Joseph había fregado con un cepillo y un balde de agua tan pronto como todos estuvieron lo suficientemente callados, era una maldición vudú. Con tantos miembros de su familia fallecidos, tal vez no era sorprendente que pensara así. Según ella, *Lord* Cresswell estaba perdido también a causa de esa maldición vudú.

Las maldiciones no podían ser reales. El mundo sería un lugar peligroso si lo fueran, sería un lugar sin protección contra las personas que intentan dañar a otras. No había ningún sitio en donde esconderse de una maldición, no se podía cerrar la puerta y bloquearla, uno no podría prohibirla. Solo la magia podía proteger contra la magia.

Estas cosas no existían, se dijo a sí misma severamente. Había sido la reacción exagerada de una mente sensacionalista. Recordaba lo que los sacerdotes decían; el mal reside en esos actos y la superstición es enemiga del cristianismo.

Con un gruñido su estómago se lamentó por tener hambre. Ella no había desayunado esa mañana y tenía que esperar a que llegara la hora del almuerzo. Era hora de levantarse. Una sensación de atontamiento aún pesaba sobre su cuerpo y sobre su mente. El sueño había sido difícil e intermitente, su mente todavía quería detenerse en el pánico de la noche anterior.

El Sr. Percy estaba sentado en el comedor cuando ella entró. Había un plato vacío frente a él. "Buenos días", le dijo él alegremente. "Mi madre estará con nosotros en un momento. Joseph dijo que ya se está levantando. ¿Tiene hambre?".

"Sí", respondió Emmeline.

"Bien. Tendremos una buena comida y dejaremos atrás las tonterías de la última noche. Hoy veré al almirante y lograré que ninguno de sus marineros vuelva a molestarnos".

"No eran marineros", dijo con voz apagada la Sra. Thornton mientras entraba.

"Por supuesto que sí lo eran. Hablaré con el almirante. Realmente debería tener un mejor control de sus hombres".

Oscuras ojeras ensombrecían los ojos de la Sra. Thornton. "Tal vez deberías preguntar acerca de comprar una comisión en la armada".

"Madre, no sea ridícula. Esta es mi plantación, y un marinero borracho no me asustará".

"No era un marinero", dijo la Sra. Thornton golpeando la mesa con la palma de su mano.

"No me interesa quién sea, no cederé ante la intimidación de nadie. No me importa quién sea". La obvia actitud de hastío de su hijo enmascaraba lo enojado que realmente estaba. "La próxima vez dispararé primero y haré preguntas más tarde".

Emmeline no dejó de notar, que el defenderse, no había sido exactamente la reacción natural del Sr. Percy durante la noche. Se había escondido dentro con las mujeres. Tal vez parte de su enojo estaba relacionado con cómo él había reaccionado. Debía ser doloroso para un hombre darse cuenta de que era una cobarde. Ella también se sentía cobarde al estar escondida en un rincón de su habitación y estar aterrorizada por completo, lo cual no había sido una reacción admirable. En verdad, ella estaba un poco avergonzada de sí misma, pero tampoco tenía experiencia con algo como eso. Le dolía saber que ella no era más valiente de lo que él era.

"Ah, y tenemos una invitación", dijo el Sr. Percy con una sonrisa que parecía ser un poco forzada.

"¿Qué invitación?", preguntó la Sra. Thornton.

"Parece que nuestro estimado vecino está organizando un baile".

"¿El Sr. Kerwin?".

"No, *Lord* Cresswell".

La Sra. Thornton se quedó sin aliento. "No asistiremos a ese baile".

"Madre", protestó su hijo. "Él es nuestro vecino y una parte importante de esta comunidad. No quiero escuchar más de sus enloquecidos desvaríos. Está organizando un baile y nosotros iremos, y eso es definitivo". Él se fue y oyeron que la puerta principal fue cerraba de golpe cuando salió.

La expresión de preocupación en el rostro de la Sra. Thornton era lamentable. "No estoy enojada. Él no me cree. Ese hombre será el fin de todos nosotros".

"Es solo un baile. Estoy segura de que puede pasarlo por alto por ser solo una noche", dijo Emmeline tratando de tranquilizar a la señora mientras ocultaba su propia preocupación. Ella había visto a *Lord* Cresswell en la propiedad de ellos el día que el Sr. Percy había sido 'empujado'. Ahora era un baile. *Lord* Cresswell parecía la persona menos propensa a querer organizar un baile. ¿Cuál podría ser su objetivo? ¿Atraer al Sr. Percy? Un baile era una forma horrible de hacerlo, invitar a toda la isla para presenciar sus nefastos planes. Pero también podría ser brillante; ¿quién podría señalarlo con un dedo si todos estuvieran allí?

Si toda esta locura de maldiciones y oscuras hazañas místicas fueran ciertas, el agresor entraría en la guarida de su enemigo estando este último inconsciente y desprotegido.

No, de nuevo ella estaba siendo fantasiosa. Este era el miedo contagioso de la Sra. Thornton al hablar, y Emmeline tenía que contenerse. Obviamente sentía curiosidad de ir a un baile. Estando allí había asistido a algunos eventos, pero nunca a un baile. Nada más tenía sus vestidos de muselina para ir al baile, y el que *Lord* Cresswell le había obsequiado, era el más elegante de los tres vestidos que ahora poseía.

La Sra. Thornton se levantó y salió del comedor emitiendo todavía un quejido mostrando así su angustia. Emmeline suspiró, pues por mucho que no le agradara la Sra. Thornton, no le gustaba verla sufrir. El Sr. Percy tenía razón al decir que ella no deberían dejarse llevar por las ilusiones de la Sra. Thornton. Lo mejor que podían hacer era enfrentar los miedos, especialmente los irracionales.

Sin embargo, en lo profundo de su mente, no podía ocultar el hecho de que el llamado grisgrís que habían puesto en la terraza, había sido muy real, y que había un pájaro muerto que mostraba directamente la voluntad del que lo puso ahí; la de hacer daño a los de la casa. Un escalofrío recorrió todo su cuerpo.

Salió a la terraza, siendo incapaz de pensar en qué más hacer después de comer. Todos los símbolos del grisgrís fueron borrados y limpiados, y el ave fue recogida.

"Va a llover hoy", dijo Joseph desde abajo estando entre los rosales.

"¿Lo dice la artritis de la rodilla de Nelly?", preguntó Emmeline.

"Así lo dice ella. Pensé en cortar unas rosas para animar a la *madame*".

"Es un pensamiento encantador de su parte", dijo ella.

"La belleza siempre calma la mente agitada", dijo Joseph cortando el tallo de una flor.

Emmeline se fue hasta donde él estaba. "¿Qué son las maldiciones? ¿Era eso que estaba en el pórtico una maldición?".

Joseph se detuvo a la mitad de colocar la flor en la canasta. "Algunos creen esas cosas. Son cosas oscuras y espíritus oscuros".

"Vudú", dijo Emmeline pasando sus dedos sobre la suavidad de un pétalo.

"Sí, señorita".

"¿Y qué es un grisgrís?".

"No es necesario que pienses en cosas como el grisgrís. Esas cosas solo son peligrosas para las personas que creen en eso".

"La Sra. Thornton cree".

"Sí", dijo Joseph y se movió hacia otro arbusto.

"De hecho, ella cree que una maldición mató a su familia", dijo ella.

Joseph no dijo nada, lo que sugería, que no necesariamente creía que fuera de otra manera. "Lo mejor es no hablar de esas cosas", dijo él. Estaba claro que no le gustaba discutirlo. Por todo lo que ella podía entrever, hasta él mismo creía en esa maldición, y tal vez hasta creía que ese dibujo estaba impregnado de poder mágico.

La advertencia de aquella anciana esclava, diciendo que había maldad a su alrededor, volvió a su mente. Con tanta gente temerosa a su alrededor, era difícil convencerse a sí misma de que no había nada que temer. El Sr. Percy estaba siendo sensato, pero ¿era él quien estaba cegado?, o era ella la ciega.

Perdida en sus propios pensamientos caminó hacia las escaleras, pero luego se devolvió. "Hemos sido invitados al baile de *Lord* Cresswell", dijo más bien por querer ver cómo reaccionaba Joseph. Había cosas en las que él creía, que no se las estaba diciendo a ella.

"Un baile sería agradable. Vístase de gala", dijo sin levantar la vista.

Por primera vez, Emmeline cuestionó las amables maneras de Joseph. ¿Cuánto era real y cuánto era actuado? Él no estaba aquí por elección, por algún deseo de servir, él se vio obligado a estar aquí, y tal vez él era mejor ocultando su odio que los demás. ¿Cómo podría saberlo ella? Ella solo veía su manera de comportarse, y quizás sus pensamientos eran muy diferentes a lo que mostraba con la plácida expresión de su rostro. ¿Realmente le importaba si ellos eran acechados por la muerte?

¿Acaso ella confiaba en alguien de este lugar? La preocupación de la Sra. Thornton por su bienestar había sido cuestionable desde el principio. Joseph estaba ahí básicamente bajo coacción, y el Sr. Percy, aunque era el más sensato, había demostrado claramente que por debajo de su actitud caballerosa, había un hombre que no sentía reparos en utilizarla y perjudicarla.

Y *Lord* Cresswell; sus intenciones era lo que ella realmente cuestionaba. ¿Él era una parte del mal en este lugar, es decir, que él dañaba en su búsqueda de ... ?, bueno, ella realmente no sabía lo que él buscaba; ¿poder, dinero, tierras? ¿Y por qué hacer un baile? El Sr. Percy insistió en que asistieran, así podría llegar a descubrirlo de una forma u otra.

Emmeline se retorcía las manos sintiendo la tensión en sus hombros. Todo esto estaba dando vueltas a su alrededor y no tenía poder sobre nada, pues solo era una dama de compañía atada a una mujer desquiciada que veía fantasmas en cada sombra. Además, Emmeline no podía convencerse por completo de que realmente los fantasmas no estaban allí.

Capítulo 21

Todavía llovía cuando llegaron a la casa de *Lord* Cresswell. Había comenzado a llover esa mañana y no había parado desde entonces. La lluvia no era una tormenta torrencial, sino una llovizna constante que daba brillo a cada hoja de caña. La noche caía y las lámparas del carruaje arrojaban sombras fantasmales sobre la desolada carretera.

La caja del carruaje donde van los pasajeros estaba cubierta, creando dentro una atmósfera mohosa y húmeda. Joseph se sentó bajo la lluvia con un abrigo engrasado, y gentilmente los llevó a su destino.

La Sra. Thornton llevaba un fino vestido de seda, mientras que Emmeline no tenía otra opción que ponerse el vestido que *Lord* Cresswell le había dado, y por alguna razón, el solo hecho de usarlo, lo sentía como algo peligroso, como una traición o como un tipo de compromiso. Ella no entendía por qué se sentía tan mal, pero así se sentía. Esa noche todo se sentía desagradable. Sin embargo el Sr. Percy, a pesar de las súplicas de la Sra. Thornton, no quiso rechazar la invitación al baile.

Era como si el Sr. Percy se negara a considerar, de que todo no era lo que parecía. Allí no hubo maldiciones, mala voluntad o nociones tontas como espíritus. Él solo se atuvo a la historia, de que los causantes de su aterradora noche, habían sido unos marineros borrachos burlándose a su costa, y por supuesto que desde entonces, no había habido nada que los despertara en plena noche, pero el recuerdo todavía permanecía.

Una serie de carruajes estaban estacionados cuando llegaron, lo que le aseguró a Emmeline, que otros más habían sido invitados a este baile. Tanto Joseph como el Sr. Percy, llevaron paraguas mientras descendían y caminaban sobre la resbaladiza gravilla que crujía bajo sus pies.

Un hombre negro con librea, estaba de pie junto a la entrada principal tomando los paraguas o cualquier otra cosa que no debiera llevarse a la casa. La muchacha que Emmeline conocía, Tilly, tomaba las capas, pero ninguno de ellos llevaba alguna. La muchacha no miró a Emmeline a los ojos ni dio indicación de que se hubieran visto antes. Emmeline se sintió como extrañada de que no la reconociera.

Se escuchaba música y también unas risas, desde el interior de una de las habitaciones que no había visto la última vez que había estado allí. La mansión estaba más iluminada ahora, y la multitud de velas eliminó la triste sensación que había tenido al visitarla antes. La madera oscura ahora brillaba en un rico tono rojizo.

Había algunas personas invitadas con vestidos más finos que ninguno que ella hubiera visto antes. Estaban confeccionados con sedas y terciopelos, telas que normalmente eran demasiado pesadas para el clima tropical. La lluvia enfriaba el ambiente solo de forma moderada. Pocas de las mujeres vestían de blanco como Emmeline, aún así, este vestido era una mejor opción que el otro que tenía de lana parda y gris.

"Felicia", dijo la Sra. Thornton alegremente alejándose y aparentemente perdonando a su hijo por hacerla ir al baile.

Así dejó a Emmeline con él, quien por etiqueta no debería simplemente vagar solo. "Espero que me permitas un baile más tarde", la dijo.

"Por supuesto", accedió Emmeline con una sonrisa forzada, esperando que ese baile fuera antes de que ya estuviera afectado por la bebida. Ella realmente no podía decir que no aceptaba, pues sería una grosería.

"Tal vez debería traerle un trago. ¿Le gustaría tomar uno?", dijo el Sr. Percy.

"Quizás tome uno más tarde, pero usted debería tomar uno".

"¿Está segura?".

"Por supuesto".

Se fue a buscar su primer trago de la noche. Quizás no era algo que ella debería alentar, pero parecía una buena manera de excusarlo de sus deberes como caballero. En cuanto a ella, encontraría un buen asiento a lo largo del borde del salón de baile, donde se suponía que sentaran las mujeres que, como ella, eran damas de compañía.

Los bailarines delante de ella se separaron y al fondo vio que estaba Lord Cresswell. Los pelos de los brazos se le erizaron al verlo ahí, tan de repente como si acabara de aparecerse. Sus ojos oscuros estaban fijos en ella, pero él no sonrió ni transmitió ningún saludo, él simplemente la miró. Todavía le asombraba que él hiciera un baile en su mansión, pero ahí estaba.

Era un agradable evento. Los bailarines, que ahora se desplazaban hacia adelante, abarrotaron el espacio entre ella y *Lord* Cresswell, todos con un aspecto elegante y alegre. Emmeline intentó sonreír al verles su diversión, pero no podía sentirse alegre.

Los que bailaban se separaron nuevamente, y para su sorpresa, *Lord* Cresswell todavía estaba parado allí. Ninguno de los dos se había movido. Él la miró. ¿Estaba ella en el medio de algo? Se volvió para mirar detrás de ella, pero allí no había nadie. En su interior, sabía que él estaría allí si miraba otra vez hacia adelante, como desafiándola a desafiarlo. Lo que estaba clara es que este era el lugar de él, era su dominio.

Negándose a mirarle, se alejó buscando un refugio seguro a lo largo de la pared. Tal vez buscar y tomar una bebida sería bueno. Había una mesa dispuesta con copas de champán, y ella se dirigió hacia allí. Él debió haber invertido una buena suma en este baile, porque este champán venía de Francia, era exquisito, y le gustó incluso más que el que había tomado la última vez.

"Dicen que el viaje por mar no le va bien al champán", dijo junto a ella alguien con una voz profunda y familiar, mientras terminaba de tomar su primer sorbo; él estaba allá y ahora estaba ahí a su lado.

"No lo sabía", admitió. Volteando hacia él, ella sintió toda la fuerza de sus ojos, y sus oscuras profundidades tenían el poder de atraerla, como tratando de hipnotizarla. Ella bajó la mirada.

"Es una pena, quizás algún día lo compruebes, puede que con tu esposo".

Emmeline no sabía qué responder. "Sí", dijo, porque no se le ocurría otra cosa que responder. "Supongo que eso es posible".

"¿No tienes fe en los hombres?". Había sorpresa en su voz.

"Los únicos hombres que realmente conozco son sacerdotes".

"Y a mí".

"Y al Sr. Percy Thornton", completó ella prontamente.

Algo oscureció su semblante. Emmeline tuvo la sensación de que a él no le agradaba el Sr. Percy. Si había sido él quien realmente empujó al Sr. Percy por las escaleras ese día sin éxito, entonces esos sentimientos, al parecer, ya se le habían convertido en un odio más profundo y desenfrenado.

¿Este hombre, que tenía frente a ella, realmente intentaría asesinar a alguien? Un escalofrío recorrió su columna vertebral ante esa idea. Desde su primera visita aquí, ella no lo había sospechado. Él era indiferente e incluso tal vez un depravado, ¿pero un asesino? Ella no sabía nada de él, aparte de que su plantación estaba mal administrada y que su esposa había escapado de este lugar ... y de él.

Él exhaló lentamente. "¿Qué piensas de nuestra hermosa isla?" dijo después de un rato.

"Me parece que es hermosa", aseguró ella.

"Creo que tú perteneces a una isla como esta".

Era algo extraño el decirle eso a alguien. "No creo ser persona de este calor".

"Se acostumbrará, eso dicen. El primer año es el más difícil, o eso me han dicho".

De alguna manera, Emmeline no podía imaginarse pasar años siendo la dama de compañía de la Sra. Thornton. "Eso parece que es muy impredecible".

"¿Y a usted qué le parece la isla?", dijo él.

"Me parece que aquí hay muchas cosas que no entiendo". Eso era verdad, y probablemente ella no debería haberlo dicho.

"¿Cómo qué?".

"Como por qué un *lord* pase el tiempo hablando con un simple dama de compañía".

Él sonrió. "Para pedirle que baile conmigo, por supuesto".

"No estoy segura de que sea lo apropiado".

Él movió su cabeza ligeramente mientras la consideraba. "Bueno, es mi baile. Puedo bailar con quien quiera. Me gusta su vestido".

Un rubor cubrió las mejillas de Emmeline. "No es del todo apropiado para un baile".

"Deberías habérmelo dicho, te habría enviado a otro".

"Tal vez no me venga bien el que me envíe regalos", dijo ella.

Una sonrisa adornaba los labios de él. "No, quizás no".

Él la puso nerviosa; no había cómo negarlo. Lamiéndose sus labios, ella lo miró de nuevo. "Me alegra que tengamos un entendimiento común", dijo ella.

"O tal vez su incomodidad sea divertida. Ahora, por favor, baile conmigo".

"Yo ...", comenzó a decir Emmeline, sin saber muy bien cómo lidiar con eso, "no estoy bien versada", admitió.

"Entonces la guiaré", afirmó él retirando la bebida de su mano. Realmente no había forma de evitar esto sin hacer una escena, era su baile, y en cierto sentido, ella sentía que debería bailar con él.

Tomándole la mano, él la guió hasta que estuvieron junto a las otras parejas. Lo que bailaban era una cuadrilla, y ella sí sabía bailar esta danza porque había sido parte de los estudios básicos en su escuela. Ahora la tenía en la pista de baile y no podía hacer nada más que quedarse, tratando de recordar los pasos mientras su mente estaba ocupada con lo que él acababa de decir. Él encontraba su incomodidad divertida. ¿Por qué? ¿Qué tipo de persona diría eso? En cierto sentido, ella no estaba sorprendida, ya que cuando ella había estado perdida en su plantación y la encontró, él parecía decidido a decir cosas que la impresionaran por su falta de decoro y su actitud despreocupada.

La danza comenzó y lentamente ella se desplazó entre los hombres hasta que regresó con él. Los pasos eran lentos y medidos, y ya venía la parte del vals. Emmeline contuvo la respiración cuando él la atrajo hacia sí demasiado cerca de acuerdo a la más estricta corrección. Mordiéndose el labio, le preocupaba que la Sra. Thornton estuviera mirándola, porque si así fuera, nunca llegaría a poder escuchar el final de la danza.

La mano de él se posó en la espalda de ella de manera firme y cálida, enviando calor e irradiándolo por su espalda. Él la balanceó bruscamente y sus ojos oscuros se negaban a dejarla ir. Ella quería escapar, pero todo lo que podía hacer era seguirlo mientras la llevaba de un paso al otro, sus cuerpos no se tocaban, pero estaban muy cerca.

Capítulo 22

Por primera vez, Emmeline entablaba una conversación con algunas de las mujeres más jóvenes de la isla. Ella no era el centro de la conversación, pero se la incluyó en el grupo, un hecho que en sí mismo, era algo extraordinario.

Hablaban de alguien a quien ella no conocía, pero Emmeline actuaba como si estuviera interesada, solo para poder ser incluida en la conversación. Significó mucho para ella ser aceptada, ser vista como parte de su comunidad.

Y luego el Sr. Percy intervino, insistió en realizar el baile que ella le había prometido, y por un momento ella deseó que él simplemente se fuera, pero ya estaba hecho. Las mujeres jóvenes la miraban expectantes, mientras ella colocaba su mano en la del Sr. Percy y dejaba que la alejara del grupo, y Emmeline realmente eso lo lamentaba. Tal vez él no sabía que la alejaba de lo que para ella, en esencia, era un desarrollo trascendental, una situación que no estaba segura de que se repitiera. Aún así, era algo, y era un avance que atesoraría. ¿Sería posible que incluso pudiera llegar a consolidar amistades en ese lugar?

El Sr. Percy la pisó los dedos de un pie y la dolió, pero su sonrisa permaneció. La bebida le había vuelto un poco descuidado, pero parecía que se lo había pasado en grande. "¿Estás disfrutando la noche?", preguntó él.

"Mucho".

"Mi madre se retiró, se quejó del estómago".

"Oh", dijo Emmeline, sintiéndose mal porque no se había dado cuenta. Como dama de compañía, esas eran cosas que ella debería saber, ¿verdad?, y por eso de nuevo sentía que fracasaba en su rol.

"Sin duda, ella estaba asumiendo que *Lord* Cresswell la había envenenado". El Sr. Percy se rió como si fuera lo más divertido que hubiera dicho. "Nos enviará de vuelta el carruaje".

"Por supuesto". La idea de sentarse en los estrechos confines de un carruaje con un Sr. Percy ebrio, no era una perspectiva que ella estuviera deseando. Hubiera preferido que la Sra. Thornton estuviera allí.

"Oh, lo siento", dijo él mientras volvía a pisarla los dedos del pie. Sus cachetes resplandecían colorados por la bebida y la alegría.

Por el rabillo del ojo, vio a *Lord* Cresswell mirándola y sosteniendo un trago en la mano. Su atención la hizo sentir incómoda, pero al menos él no parecía ebrio. Echando un vistazo, ella confirmó que todavía la estaba mirando. Él levantó las cejas ligeramente ante su atención, luego la saludó suavemente alzando su bebida. ¿Por qué la estaba mirando? ¿Simplemente había sido amable cuando bailaba con ella? Eso había dado como resultado su inclusión en la conversación de las jóvenes, por lo que tal vez debería estarle agradecida.

"Tengo que echar un vistazo", dijo el Sr. Percy mientras terminaba el baile, y se alejó bamboleándose ligeramente.

El grupo de mujeres se había disuelto y Emmeline no tenía ningún lugar adonde ir, pero *Lord* Cresswell caminaba hacia ella, y ella esperó. Obviamente, él quería continuar su conversación, ¿y por qué?, ella no tenía idea.

"*Lord* Cresswell", dijo con una pequeña reverencia.

"Parece que has estado sola, y pareciera que tienes la costumbre de ponerte en situaciones angustiosas".

"Estoy en un baile, *Lord* Cresswell. Parece que tiene el hábito de verme en apuros". Aunque él estaba acertado, se estaba desencadenando para ella una situación angustiosa.

"El Sr. Thornton se ha puesto pesado con sus tragos. Creo que acabo de verlo irse a la sala de juego de cartas, para él no ha terminado la noche", la dijo él. Parecía una advertencia; una que ella no necesitaba.

Emmeline trató de ocultar su preocupación, sin duda el Sr. Percy no haría nada malo, pero ella se preguntaba si tal vez no era mejor irse caminando hasta su casa. Irse en la oscuridad, en la lluvia y sola, por un camino que solo había recorrido una vez. No, las cosas no se veían bien. Con suerte, ella se estaba preocupando demasiado y en realidad todo podía resultar bien.

"¿Eres feliz en tu posición?", la preguntó atrayendo su atención hacia él.

"Por supuesto", dijo ella. La verdad era más complicada que eso, pero no estaba dispuesta a admitirlo.

"Los Thornton pueden ser personas difíciles", dijo él.

"Ellos le han acusado a usted de lo mismo".

Él sonrió. "Creo que ambos sabemos que me acusaron de ser más que difícil. ¿Extrañas tu convento?". ¿Podría ser realmente algo más que una persona difícil? Tenía un cierto encanto que parecía obviar la etiqueta, la cortesía y la discreción. Era como si para él no existieran tales cosas, y cuando menos, ella se sentía así; expuesta.

"La escuela. Era una maestra en una escuela antes de venir aquí, y sí, echo de menos a las chicas, eran hermosas".

"Mi madre era francesa", dijo él. "Católica. Era como un ave rara en esta isla".

Así era como se sentía Emmeline, extraña, como si no perteneciera allí. Por el rabillo del ojo, vio al Sr. Percy que regresaba al salón de baile, y ella apretó los labios.

"Si te gustara verla, tengo un retrato de ella, era muy hermosa".

"Sí, por supuesto", dijo viendo que el Sr. Percy parecía estar buscándola.

A regañadientes tomó el brazo de *Lord* Cresswell, y él la condujo fuera del salón de baile hacia lo que parecía ser su estudio. Emmeline se percató de que allí estaban solos y ocultos, lejos del vagabundo Sr. Percy. ¿Era esa una buena idea? Bueno, *Lord* Cresswell se había comportado bien cuando ella estaba completamente sola en su casa con él. Honestamente, ella realmente confiaba en él más que en el Sr. Percy, pero no sabía si estaba en lo cierto con su evaluación.

"Mi padre lo colocó ahí después de su muerte y nunca lo moví". Su atención estaba en la pared más alejada y cuando Emmeline la miró, vio a una mujer hermosa con cabello y ojos oscuros. De allí provenían sus rasgos oscuros. "Nunca la conocí realmente. Apenas tengo recuerdos de ella".

"Lo siento". Emmeline realmente podía entender ese sentimiento.

"El Caribe puede ser un ambiente hostil. No dejes que el ritmo tranquilo te engañe, las cosas aquí cambian rápidamente. Estas islas tienen un pasado sangriento".

Emmeline no sabía a qué se refería, pero sonaba ominoso. "¿Qué quiere decir?".

Su pregunta rompió su ensueño y la miró, había algo ilegible en sus ojos, que hizo que a ella se le erizara el vello de los brazos, pero no podía explicarlo. "¿Estuvo en Rose Hill el otro día?", continuó diciendo ella tomando coraje para preguntar sobre lo que la había venido preocupando por días. "Me pareció que le había visto. En realidad, estoy bastante segura de verlo".

"¿Mientras paseaba por la galería?". Eso lo confirmaba, ella no había estado imaginando cosas.

"¿Qué estaba haciendo allí?, dijo ella.

La sonrisa de él se hizo más amplia y Emmeline descubrió que debía apartar la mirada. Había algo demasiado intenso en sus oscuros ojos que no la dejaba en paz. "Simplemente me encontraba allí".

"¿Por el ingenio azucarero?".

"No, ¿por qué iría al ingenio azucarero? Tengo el mío".

"Yo solo ...", ella no sabía cómo terminar eso.

"No, no tengo ningún interés en el ingenio azucarero de Rose Hill".

"Entonces, ¿por qué estaba allí?".

Lord Cresswell suspiró. "Necesitaba aclarar la mente, así que fui a dar un paseo. Pero eso no me despejó la mente. Encuentro que mis mente han sido invadida y mi pacífica existencia perturbada. Puedo estar tranquilo un rato en el mejor de los casos, pero sí , mi existencia está perturbada ".

Emmeline lo observó mientras él se alejaba de ella, caminando hacia donde estaba un jarra y llenó un vaso con licor. Él no le ofreció un vaso, tal vez porque sabía que sus gustos no iban con tal licor. Volteando se apoyó en la mesa, cruzando las piernas a la altura de los tobillos. "Hice este baile para usted".

Asombrada por la declaración, Emmeline arqueó las cejas. Era una declaración sin sentido. ¿Era esto un flirteo? No lo parecía, su expresión era seria.

Volteándose, volvió a colocar en su sitio su vaso vacío. "Cabalgué hasta Rose Hill porque me sentí obligado a hacerlo. En realidad quería verla ... solo de lejos".

"¿Por qué?".

"Porque apareció mojada y desaliñada en mi puerta, y enojada como una abeja. Aunque se fue físicamente, en realidad nunca se fue".

Emmeline frunció el ceño, estaba sorprendida con tales declaraciones. ¿Era esto un flirteo? ¿Estaba él jugando con ella?

"¿No cree en mi ardor?", dijo él con una sonrisa.

"Dudo que no sea una sorpresa, pero tengo poca experiencia en estos juegos".

"Si es un juego, es uno que está jugando conmigo, o ¿es que está disfrutando el torpe flirteo de Percy?".

La boca de Emmeline se tensó con la acusación. Tal vez era hora de que ella regresara al salón de baile.

"Perdone mi intolerancia. Un hombre en mi posición teme la aparición de un rival, incluso uno torpe y tosco como Percy Thornton". El desprecio era evidente en su voz. *Lord* Cresswell no tenía la opinión más alta de Percy, eso era evidente. ¿Podría ser que él realmente había estado en el molino ese día? La preocupación por un rival por su afecto, tal vez no era algo que ella estaba dispuesta a creer, pero podría haber intenciones de lucro detrás de todo esto. Tener un rival pudiente era más creíble. ¿Era esto una forma de apoderarse de Rose Hill? Un vecino que tomara más tierra era mucho más creíble. ¿Estaba buscando una persona para ayudarlo en sus esfuerzos, alguien de la misma casa? A ella no se le ocurría una manera de preguntarle eso. "¿Lo trata con tanto recelo?", preguntó él.

"¿A quién?".

"Al Sr. Percy".

"Sí", admitió ella.

Él sonrió.

Capítulo 23

"Ha despertado algo en mí, algo que dejé ir hace mucho tiempo". Él se acercó. "La posibilidad de no estar solo, eso era algo de lo que me había dado por vencido, hasta que un día apareció usted. Simplemente estaba allí".

Emmeline se mordió los labios y frunció el ceño, porque entendía todo lo que él le estaba diciendo, esa soledad dolorosa, la sensación de no pertenecer a nadie. Sus palabras eran acertadas.

"Pero la había visto antes", continuó, "esa noche en la casa de la Sra. Moorhouse, pero no lo había notado en ese entonces, no entendía el impacto que tendría en mí, en mi mente, que su fantasma estaría conmigo en cada momento del día. No lo sabía ".

Emmeline recordó la primera vez que lo había visto, fue en la sala de juego de cartas. Ella lo había observado, había sido muy curiosa. Él era tan reservado y remoto. En ese momento no había supuesto que terminarían hablando así. Con seriedad, él tomó sus manos entre las suyas. ¿Cómo habían llegado hasta allí?

No, ella tenía que detener esto. Era demasiado. Él estaba amenzando a quien ella era, una persona sola e indeseada, una extraña. Emmeline se lamió los labios.

Mientras ella le miraba, él dio un paso adelante y tomó su rostro con sus manos. La besó, un beso casto que no era más que unos labios cálidos presionando a los de ella. Era su primera vez y era todo lo que había soñado, aunque no con un hombre como él, un caballero apuesto. Era como un cuento de hadas, demasiado extraordinario para creerlo.

Retrocediendo, él se alejó de ella. "Pero todo lo que puedo ofrecerle es este maldito lugar. No tengo nada más".

Cualquier sentimiento que hubiera tenido ella en su mente con el beso, se disipó. "¿Maldito?".

"Todos estamos malditos, y no menos de lo que merecemos. Todos hemos hecho mal aquí".

Emmeline dio un paso atrás, pensamientos confusos nublaban su mente.

"Emmeline", una voz pastosa y bromista la llamaba desde el pasillo. "¿Dónde está?" Era el Sr. Percy. "Vengo a buscarla".

Lord Cresswell la tomó de la muñeca, y la llevó hacia un par de puertas que conducían al balcón que corría a lo largo de la parte delantera de la casa. Había dejado de llover.

"No deberías permitirte estar en su compañía esta noche", dijo *Lord* Cresswell.

"No lo haré si puedo evitarlo", le aseguró Emmeline.

El Sr. Percy seguía llamándola, vagando de una habitación a otra. Abajo la gente se marchaba, iban a sus carruajes y luego estos se dirigían a la carretera. Era el momento en que el baile terminaba.

"Su carruaje no ha regresado", dijo él mirando la escena de abajo.

La Sra. Thornton no debió haberlo devuelto dejándola varada ahí con el Sr. Percy. "¿Por qué haría eso?", dijo Emmeline antes de pensar.

"Tal vez aún llegue. No temas, te llevaré a casa y estarás a salvo en mi compañía".

"Emmeline", llamó el Sr. Percy desde el interior de la casa, luego se rió. Un sonido estrepitoso hizo que Emmeline se encogiera de vergüenza.

"Siento que debería disculparme", dijo ella, pero él la rechazó.

"No puedo desacreditar a la gente por emborracharse, porque, que yo recuerde, lo he hecho demasiadas veces".

Sus dedos se entrelazaron con los de ella y por un momento, Emmeline olvidó todos sus problemas. La fantasía tomó el control, el anhelo de relacionarse con alguien. Él se le ofreció a ella. Lo que él ofreció exactamente, ella no lo entendió, pero la tentación era muy fuerte. A pesar de sus pensamientos iniciales, se sentía segura en su compañía, aunque no tenía ninguna razón real, aparte del hecho de que él no había aprovechado la ventaja cuando la había tenido a solas, excepto por el beso. La sensación de ese beso aún permanecía en sus labios.

Había algo muy embriagador, la sugerencia de que ambos podrían terminar con su existencia solitaria estando juntos. Era demasiado sueño como para ser real, ¿verdad

Gentilmente él la tomó de su mano acercándola hacia él, claro que ella debería decir que no, pero la idea de otro beso brilló lo suficiente como para cegarla. Él la atrajo hacia sí, pero no la reclamó, simplemente esperó. Hubo un momento en que ella podía retirarse y alejarse, pero no podía obligarse a hacerlo, ella quería otro beso, quería la sentir la sensación de que alguien la deseaba. El contacto derramó dulzura a través de su cuerpo, enviando ondas de delicioso calor por ella. Los brazos de él se posaron alrededor de ella y su cuerpo se presionó contra el de él. En su mente, sonó una advertencia, pero no pudo obligarse a prestarle atención. Esto era peligroso, aquí era donde estaba la ruina, pero solo por esta vez ella quería creer, aunque fuera solo por un momento.

Con un suspiro terminó el beso, y ahora Emmeline sintió la vergüenza que debería haber detenido esto, pero ella solo lo dejó suceder. Con exhalaciones entrecortadas, ella trató de ordenar su mente, pero todo lo que pudo hacer fue sonrojarse y apretar sus labios, para disipar la sensación que persistió mucho después de que dejaran de besarse. Este fue su primer beso y como en un cuento de hadas, ¿podría ser más dulce?

Despejando su mente, se negó a dejar que sus sueños la poseyeran. Ella no podía permitirse estas libertades. "¿Qué quiso decir cuando mencionó que este lugar está maldito?".

"Solo que se cosecha lo que se siembra. Luché por esto durante mucho tiempo, pero ya no puedo negar cómo son las cosas. Pero no hablemos de eso ahora, esta noche es para cosas mucho más dulces".

En cierto sentido, ella quería hablar de 'esas cosas' para comprender lo que estaba ocurriendo a su alrededor. Aún sosteniendo su mano, él se estaba alejando. "Ven", dijo, llevándola al borde del balcón. "Este es mi lugar favorito". Sus pensamientos sobre él, luego de lo que había sucedido esa noche, ahora le parecían ridículos. Aún así, nada de eso era real, ¿verdad? ¿No habría cambiado de una fantasía a otra?

Desde el mismo borde de la casa, se podía ver el océano en la distancia y la luna iluminada que brillaba sobre el agua dibujando una columna difusa. "Es hermoso". Según sus fantasías, ¿podría ser mejor?

"Sí, lo es", dijo él gravemente.

"Entonces, ¿por qué pasa tan poco tiempo aquí?".

"Por distracción". Se movió de donde estaba parado. "Creo que Percy puede haber sucumbido a su embriaguez. ¿Debo llevarla a casa?".

"No necesita ir conmigo", dijo ella.

"Es lo que quiero hacer, prefiero hacerle compañía antes que volver con el grupo de borrachos en mi salón de baile".

Caminaron hacia las escaleras y Emmeline lo miraba en la oscuridad. "¿Todavía no se ha decidido por mí?", preguntó él con una sonrisa mientras se detenía en la parte superior de las escaleras. "No es de las que se quedan sin habla por la expresión de nociones románticas".

"Como dije, tengo poca experiencia con esos asuntos, y sí, quizás tenga razón, no confío fácilmente en las palabras dulces". Aparentemente eso no la detuvo para explorar los besos. Sus mejillas se ruborizaron en la oscuridad.

"No deje que esta casa la engañe. Tengo muy poco que ofrecer".

"Su cultivo de la caña de azúcar no crece bien".

"La cosecha no es importante", dijo despectivamente. Él estaba subiendo por las escaleras y ella lo siguió. "El carruaje no está listo, así que si no le importa, cabalgaremos. Será mucho más rápido".

"Ah, está bien", ella estuvo de acuerdo después de un momento de pausa.

"A menos que le gustara quedarse".

"No podría", contestó ella, reconociendo la tentación de simplemente lanzar la precaución al viento y seguir las curiosas sensaciones que él provocaba dentro de ella. Quedarse destruiría por completo su reputación. Y hasta cierto punto, el Sr. Percy tenía la culpa, por dejarla sola y que buscara protegerse por sí misma, al igual que la Sra. Thornton, que no había devuelto el carruaje. Era casi como si quisieran arruinar su buen nombre haciéndola pasar la noche, una vez más, con un hombre soltero. ¿Estaban tratando de deshacerse de ella? ¿No era suficiente el destino de quedar varada allí por una tormenta? "Pero estoy muy agradecida de que me haya acompañado".

El establo estaba oscuro. "Desearía que cambiara de opinión, pero entiendo que quiere evitar cualquier riesgo para su buen nombre. Diciendo eso, y sabiendo que no es un asunto de mi incumbencia, en

verdad no me gusta que esté allá. No confío en las intenciones de ellos
".

"¿Qué intenciones podrían tener conmigo? Lo más probable es que
la Sra. Thornton prescinda de mis servicios en poco tiempo".

Lord Cresswell se rió entre dientes. "Dudo que lo haga".

Era muy amable de su parte el decirlo, pero no entendió lo inde-
seable que para él era Rose Hill, excepto por el Sr. Percy, que pasó de
ser caballeroso a todo lo contrario.

"Tendré que demostrarle mis intenciones", dijo él.

En la oscuridad, Emmeline sintió el rubor subir por sus mejillas otra
vez, feliz de que él no pudiera observarla. La idea de que un hombre
la quisiera de una manera real y significativa aún era embriagadora,
incluso si solo fuera una suposición, pero ella no valoraría solo las
palabras bonitas, aunque los besos fueran demasiado maravillosos para
ignorarlos.

Mientras ella le observaba, él ensilló el caballo aparentemente sin
necesitar encender un quinqué para hacerlo, pues la luz de la luna a
través de la ventana del establo le proporcionaba suficiente luz. Una vez
afuera, se subió rápidamente a la silla de montar y extendió un brazo
hacia abajo para levantarla sobre la grupa del caballo. Ella necesitaba su
ayuda para sentarse allí, y se preguntó cómo sería estar a salvo y segura,
al ser una mujer casada con un hombre que se preocupara por ella.

No era raro que a las jóvenes del orfanato se les hubiera pedido que
se casaran con hombres que no conocían, y que las llevaban a tierras
lejanas. Era un destino que ella había temido, vivir en un sitio aislado
y sin protección. Ser dama de compañía había sido una mejor oferta
en comparación, pero simplemente no le funcionaba tan bien como
esperaba. A ella no le gustaba su patrona, pero aquí había un hombre
que decía que ella le gustaba. Si tan solo elle pudiera creerlo. ¿No sería
eso lo mejor de todo en el mundo?

Opuesto a lo que ella esperaba, él no cabalgó por el camino, sino que siguió un camino a lo largo de los campos y luego hacia la jungla. Él conocía bien el camino, y al parecer era capaz de cabalgarlo en la oscuridad. Fuera de la vista de la casa, solo estaban ellos con una densa jungla a su alrededor, pero a diferencia de la última vez, ella no estaba sola, ella estaba con un hombre guapo que insinuaba que la adoraba, y que quería estar con ella. Las cosas que eran demasiado buenas para ser verdad, solían ser solo eso, pero ella ya lo había aprendido. Todas las cosas brillantes en la superficie mostraban debajo su faceta real que no era tan espectacular. Venir a esta isla le había demostrado eso.

Capítulo 24

Según la Sra. Thornton, la causa por la que el carruaje no había regresado era porque un eje se había roto. La acción de la mujer resultó ser en favor de la comodidad de su hijo en desafiar la reputación de Emmeline, y para ella fue muy molesto saber que era considerada una persona inferior a su patrona.

Cualquier euforia que hubiera sentido esa noche, se fue disipando lentamente durante los siguientes días. Cada vez más Emmeline sentía que su presencia le era tediosa a la Sra. Thornton, y si el Sr. Percy la miraba, la señora la atravesaba con las dagas de su mirada.

A veces Emmeline deseaba poder expresar que su corazón tenía puesta sus esperanzas en otra persona, pero podía imaginar la burla que ellos harían al ella decirlo. La Sra. Thornton solo lo vería como una prueba de que Emmeline estaba tratando de mejorar su posición; al menos para convertirse en una dama, y no era así, pero la Sra. Thornton nunca lo entendería.

De hecho, Emmeline no estaba del todo segura de lo que había sucedido entre ella y *Lord* Cresswell. Había sido tan dulce, tan perfecto, pero ¿había sido real?, ¿alguno de ellos había sido real?, ¿fueron solo palabras dulces en una tarde agradable y cálida?, o fue una ocasión de romance para un alma solitaria.

A Emmeline la agonizaban sus dudas, trataba de proteger su corazón de lo que podría ser un golpe cruel. ¿Ella creía que él era cruel? Con suerte no, pero ella bien podría creer que era descuidado, sin embargo, para ella era mucho lo que estaba en juego como para apostar a algo como eso.

Suspirando, Emmeline se sentó en el último escalón de la galería mirando el paisaje. Él no estaba muy lejos pasando la densa jungla al otro lado del campo de caña de azúcar. Había un camino a través de la jungla pero estaba demasiado oculto para que ella pudiera decir exactamente dónde estaba, sin embargo, estaba allí abajo a la izquierda del campo de caña de azúcar. Ninguna persona apareció allá. Apoyando la cabeza en sus manos, suspiró de nuevo.

"Eso suena triste", dijo el Sr.Percy sorprendiéndola al aparecer por la puerta detrás de ella. "¿Hay algún otro lugar donde quisiera estar, Srta. Durrant?".

"No, por supuesto que no", dijo volteándose desde donde estaba sentada. "Tal vez solo deseo no ser tan confinada".

"Se refiere a mi madre. Usted es joven, debería estar viendo el mundo, no haciendo la corte a una mujer vieja y malhumorada". Sacó su bolsa de tabaco y lió un cigarro.

"Solo desearía haber mejorado mi desempeño", admitió, "pero parece que no le agrado mucho".

"Mi madre cree en las jerarquías y en que todos conocen su lugar en ella. Cualquiera que no las respete, la pone nerviosa".

"No he hecho nada que desafíe eso".

"No, tal vez no. Tal vez sea su juventud y belleza. Esas son cualidades que ninguna jerarquía puede superar".

"No soy responsable de ninguna. En realidad, probablemente no debería decirle esto, pero la situación ha empeorado mucho desde su llegada. Por alguna razón, ella cree que tengo intenciones con usted".

El Sr. Percy no dijo nada. Ella realmente tenía que cuidarse de no meterse en problemas, porque sino, tanto la Sra. Thornton como su hijo, la mirarían con severidad y la condenarían. Mientras tanto él encendía su cigarro y el aroma impregnaba el aire. "Ella piensa que es hora de que me case, y ay de mí si rompo con sus normas de jerarquía".

"¿Cómo lo hizo *Lord* Cresswell?".

"Sí", dijo él como si acabara de ocurrir, "su matrimonio fue un desastre espantoso. Nadie lo puede negar. Se casó con una meretriz que le gustó. Se podría decir que es una historia de advertencia".

Mirando hacia otro lado, Emmeline ocultó su sonrojo. Parecía que *Lord* Cresswell se había vuelto a enredar sentimentalmente con alguien inapropiado: ella.

"No hay explicación para ese tipo de gusto", continuó diciendo el Sr. Percy con desdén. "Uno espera que para un futuro haya aprendido su lección".

"Debe ser difícil encontrar una esposa en un lugar donde hay muy pocas mujeres para poder elegir", dijo ella deseando cambiar el tema.

"Muchos buscan pastos más verdes. Por supuesto, hay muchas buenas mujeres en Inglaterra que buscan maridos. A veces, sin embargo, las rosas inglesas se marchitan en este clima. No quisiera casarme con una de esas mujeres, pero mi madre insiste en que mejore nuestra posición con mi matrimonio. Una heredera de una familia con títulos nobiliarios, e idealmente con una fortuna considerable. Creo que está decepcionada de que no haya regresado casado con una dama así, sin embargo, no siempre son tan fáciles de conocer", dijo él. "En realidad nos desprecian. Parece que nuestra tierra no es comparable a su tierra, por lo que ser invitado a ser el compañero de herederas de ricas y prominentes familias, no siempre es tan fácil de lograr".

"Lo siento", dijo ella. Parecía que el Sr. Percy no estaba en una posición demasiado diferente a la suya, a pesar de todo lo que tenía. Todos tenían a alguien que los despreciaba.

"Por supuesto que podría casarme con Alicia Torpington. Efectivamente duplicaría el tamaño de mi tierra, y eso no es algo de lo que me burle. No obstante, no es precisamente una mujer atractiva", y frunció el ceño al decirlo. "¿Adónde se fue Joseph? Quiero que ensille mi caballo".

"No lo he visto".

"Sin duda está en algún sitio holgazaneando a la sombra". El Sr. Percy se levantó, bajó las escaleras y se fue hacia los establos.

Emmeline se preguntó si él sería capaz de ensillar su propio caballo. Unos minutos más tarde, apareció montado a caballo cruzando por el césped, y luego yendo hacia la carretera que atravesaba los campos de caña de azúcar, probablemente para buscar distraerse de sus problemas en Plymouth.

Por mucho que a Emmeline le agradara el Sr. Percy cuando estaba sobrio, lo odiaba cuando se emborrachaba. Sin tener nada más urgente que hacer, Emmeline lo vio irse durante un rato. Una vez más, se preguntó por qué la Sra. Thornton aún la mantenía contratada.

Finalmente, ella se retiró al asiento en la esquina de la galería donde tenía su libro. Al acercarse, vio una flor sobre el libro, una orquídea. Sus finas hojas eran rosadas y blancas y el tallo era de un verde brillante.

Su corazón latió fuertemente mientras recogía la delicada flor. Solo una persona hubiera dejado una orquídea como esta para ella. Seguro que *Lord* Cresswell había estado allí en algún momento durante esa mañana. Dentro de la portada del libro, encontró una nota escrita en papel grueso y liso.

Mi querida Srta. Durrant,

me parece que todavía estoy pensando en usted. Esta influencia que tiene sobre mí no cesará, pero lo lamentaré si alguna vez lo hace. No soy un poeta, así que no intentaré nada por el estilo, pero sentí que necesitaba llegar a usted, tocarla con palabras y sentimientos nada más.

La dragona se interpondría en mi camino si lo supiera, obligándome a convertirme en un caballero de algún cuento antiguo. Usted me ha convertido en un sentimental, pero no importa lo que haga, no puedo escapar de este hermoso sentimiento que tranquiliza mi mente y sana mis heridas.

Sepa que mis palabras son verdaderas, por lo que son.

Siempre esperanzado,

D. C.

A Emmeline se le alegró el corazón. Esta era la cosa más dulce que le había sucedido. Le confirmaba que no estaba totalmente equivocada la noche en que se habían besado, ni tergiversó las palabras para adaptarlas a lo que su corazón quería escuchar. Él estaba pensando en ella, y le alegraba saber que había alguien a quien ella le importaba.

Con las manos temblorosas, volvió la nota a su libro y lo ocultó. Era su secreto, uno que significaba para ella más que cualquier otra cosa que ella poseyera. Aunque él no hiciera nada más, ella guardaría esa nota hasta el final de sus días, porque la verdad era que ellos eran una pareja imposible. Estaba siendo ridícula al pensar que podrían llegar a ser una pareja. Él era un *lord*, y ella era poco más que una sirvienta bien vestida.

Solo un corazón tonto pondría la esperanza en algo tan poco probable. Había perseguido algo poco probable en el pasado y lo había pagado caro. En algún momento, él volvería a sus sentidos. ¿Qué hombre cuerdo se casaría con una muchacha sola y sin un céntimo?

A no ser que él estuviera jugando con ella, y debido a su mala reputación, eso no era algo que ella pudiera descartar por completo. La Sra, Thornton no era la única que pensaba mal de él, otros lo hicieron también. Era su estatura en la jerarquía lo que la Sra. Thornton valoraba tanto, y lo que evitó que fuera rechazado en esta comunidad por su comportamiento. No importaba lo que la Sra. Thornton pensara e hiciera, él era un *lord*, y ella no era una *lady*. Bien podría ser que tuviera entrada en todas aquellas casas en Inglaterra, a las que el Sr. Percy no podía acceder, y era una de esas mujeres con las que *Lord* Cresswell debería casarse.

Incapaz de acomodarse, las palabras del libro nadaron ante sus ojos, negándose a tener una apariencia lógica. Sus pensamientos eran sobre sus besos y respiraciones suaves, sintiendo que los vellos de su piel se erizaban con deleite. ¿Estaba tan sumida en esto como él pretendía estarlo? Por este deleite que sentía estaría dispuesta a pagar un precio en el futuro, su corazón estaba en juego, y si apostaba mal, estaría pagando con su moneda.

Capítulo 25

La inquietud de Emmeline no se aplacó, cada momento que tenía libre caminaba de un lado a otro en la terraza. Sorprendentemente, ese día la Sra. Thornton había querido que Emmeline le leyera, y ella había cumplido complacida sintiéndose como si por una vez estuviera haciendo lo que se suponía que debía hacer.

Aún así, su mente y su corazón estaban confinados permanentemente en otro lugar. No había recibido más notas de *Lord* Cresswell desde la que había aparecido en su libro. Ella mantuvo la orquídea en un jarroncito hasta que comenzó a marchitarse, y ahí fue cuando la puso dentro de su libro, guardándola para siempre como un recuerdo.

El Sr. Percy estaba cada vez más lejos de la casa, iba a buscar entretenimiento en Plymouth. Esa tarde, mientras Emmeline leía para la Sra. Thornton, esta última había admitido tener la gran esperanza de que su hijo se casara con una de las hijas de los vecinos. Esa sería una buena alianza, dijo la Sra. Thornton, obviamente sería la que ella aprobara. Emmeline se preguntó si esta era la chica que el Sr. Percy había mencionado, la que él decía que no era hermosa.

Tal vez cuando el Sr. Percy ya estuviera comprometido con alguien, la Sra. Thornton dejaría de enviarle a Emmeline sus miradas férreas cada vez que estuvieran los dos juntos en una habitación. Eso sería muy bueno, pensó Emmeline.

Esa tarde sin embargo, la Sra. Thornton no la había querido tener cerca, por lo que tomó su asiento normal en la esquina de la terraza y durante el resto del día. De vez en cuando miraba hacia el campo y veía a lo lejos al Sr. Hart montado en su caballo, por donde estaba casi todos los días. Allí la vida de la gente no parecía cambiar mucho, la suya apenas cambiaba, pero tal vez esa era la condición de su empleo. La soledad y el aburrimiento eran parte de las consecuencias de ser una dama de compañía.

Un ligero movimiento la distrajo, y con el corazón excitado sus ojos buscaron el borde del campo de caña donde ella antes ya había visto a *Lord* Cresswell una vez, y sí había una persona en la distancia. Era difícil estar absolutamente segura, pero en su corazón, sabía que era él. Le parecía que había pasado mucho tiempo desde la última vez que lo había visto.

Al salir de la galería, fue caminando tan rápido como pudo por el borde del campo de caña de azúcar, e iba rezando para que el Sr. Hart no se diera cuenta de ello. Por supuesto que él luego se daría cuenta, pero en ese momento, a ella eso no le importaba. Tenía que ver a *Lord* Cresswell, mirarle a la cara y saber que los sentimientos que se agitaban en el interior de ella eran reales. Ella lo sabría simplemente al mirarle.

Al ir acercándose comenzó a correr, siendo incapaz de soportar la distancia que los mantenía separados, pero ya no podía verlo pues él había penetrado en la jungla, entonces ella lo siguió encontrándolo en el camino; él ya había desmontado su caballo y estaba allí esperándola.

La euforia casi la abruma, y se negó a detenerse para ir corriendo directamente a sus brazos. Él la recibió, envolviéndola en un abrazo como si estuviera tan ansioso de verla como ella a él. Ella se sintió muy bien al verlo, al poder tocarlo con sus manos, al sentir que era real.

Inclinándose el la besó y ella le dejó que lo hiciera. El sabor de él invadió su mente alejando cualquier molestia o la constante preocupación que la había atormentado. Él estaba allí con ella, y eso era todo lo que importaba.

El beso se tornó más profundo y ella se perdió en una exploración exquisita. Se sentía tan natural, como se suponía que fuera. ¿Cómo había vivido ella sin eso?, y ¿cómo se las arreglaría para vivir sin eso?, se preguntó.

Su respiración era agitada cuando finalizó el beso. "Srta. Durrant", dijo él con una amplia sonrisa.

"*Lord* Cresswell", respondió ella mirando hacia esas profundidades oscuras que eran sus ojos.

"Tenía que venir, tenía que verla".

"Estoy complacido de haberlo hecho. Estaba buscando un momento libre", admitió.

Sonriendo, él acarició su mejilla con su pulgar. "Me alegra oír eso. ¿Entonces no se ha cansado de mí?", dijo ella.

"No, no lo he hecho. Parece que tengo pocas defensas contra usted. Sería cruel de su parte que juegue conmigo, me lastimaría mucho".

La sonrisa se derritió de los labios de él y, por un momento, ella se preocupó. "Esto nos tortura a los dos", dijo él. "Usted está en mi mente día y noche, pero sé que tengo poco que ofrecerle. Todo lo que ve aquí es una ilusión, yo no tengo nada".

Emmeline no le entendía del todo. Él tenía una casa, tenía una plantación, pero seguía diciendo que no tenía nada. No es que eso la importara, porque ella no estaba allí por la casa o la plantación, y si realmente no tenía nada, si todo lo que tenía estaba hipotecado o comprometido, no tenía importancia. Para ella no había nada más que él. "Nada de eso me importa", dijo ella. "Las cosas no importan, la gente sí".

"Tiene el más puro de los corazones. ¿Sabe lo raro qué es eso?", le dijo él muy conmovido.

Se apartó un poco de él, no porque quisiera, pero sentía que necesitaba reiterarle cómo se sentía ella. "Mis sentimientos pueden ser puros, pero me preocupan cuáles son sus intenciones. ¿Soy solo una distracción para usted?".

"No", dijo en voz baja, pero luego dio un paso hacia atrás y le dolió ver la distancia entre ellos. "pero legalmente, todavía soy un hombre casado. No puedo ofrecerle matrimonio en este momento hasta que mi divorcio haya sido realizado, nunca fue algo a lo que me dediqué porque no vi la necesidad de hacerlo, al menos no hasta que apareció usted".

Emmeline observaba cada una de sus expresiones. ¿Podría ella confiar en lo que dijo, en sus intenciones? Insinuó que quería casarse con ella, pero no pudo ofrecerlo. Obviamente, ella sabía de su matrimonio, él ya se lo había contado. El no estar inmediatamente disponible para casarse, tal vez no era culpa de él. Enamorarse no fue culpa de nadie; solo sucedió.

Sus ojos oscuros la miraron como si tratara de medir su reacción. "¿Serás mía?", preguntó después de un rato.

Emmeline sintió la presión de la declaración y a lo que estaba comprometiéndose. "Sí", dijo ella sabiendo que corría un enorme riesgo al aceptar eso. Tantas eran las cosas que podrían salir mal, que habría serios impedimentos en el camino. Si se diera a conocer con quién ella estaba involucrada, y luego la dejara él siendo un hombre que estaba casado con otra mujer, ella estaría arruinada. Ni siquiera la escuela la contrataría de vuelta. La indigencia sería el único futuro para ella si este hombre demostrara ser un falso. ¿Pero cómo no podría decir que sí? Esta era una persona, la única persona que había ofrecido ser suya. Para alguien sin familia, ¿cómo no valdría la pena el riesgo?, pero entonces, ¿acaso no todas las muchachas estúpidas de la historia que habían tomado una mala decisión, pensaban exactamente lo mismo?

Sin embargo, ella no podía rechazarlo; esto era demasiado tentador, demasiado embriagador, tanto como permitirle deslizar sus dedos sobre ella. ¿Se perdonaría ella misma si no lo intentara?

"Hablaré con mi abogado", dijo él. "Sin embargo el trámite llevará tiempo. Habrá un juicio, pero si soy afortunado, el caso judicial puede trasladarse a las Bahamas, en lugar de hacerse Londres, pero si debo ir a Londres, entonces tengo que hacerlo. Srta. Durrant, haré lo que sea necesario".

Alcanzándola, la atrajo hacia sí, y ella sintió su cuerpo al lado de ella, firme y fuerte. Todavía era demasiado increíble que este hombre pudiera ser suyo, que se ofreciera para ser su familia. Una parte en su mente aún se preocupaba de que fuera demasiado bueno como para ser verdad. Estas cosas solo suceden en historias. En su vida, nada aparecía en su camino, excepto a consecuencia de su propio esfuerzo. Ahora le dolía incluso considerar que nada de eso era cierto, pero la expresión de sus ojos era seria. Ella se sumergía en sus ojos. ¿Cómo podría eso no ser real?

"Hasta entonces, regresa a tu casa y haz lo que debas. La princesa está custodiada por una dragona". Él sonrió. "Debo matar a algunos antes de que pueda ir a reclamarte".

Emmeline asintió, el aire vacío en torno a ella enfrió sus brazos. Ella no quería dejarlo ir, temiendo que se evaporara frente a sus ojos. Ese miedo no la abandonaría del todo. Nunca había recelado algo tanto como ahora temiendo que fuera falso, temiendo perderlo. Solo el tiempo lo diría. No era como si ella pudiera controlar que él fuera honesto con ella. Él era o no lo era.

"Ve ahora", dijo él antes de volver a montarse en su caballo. Luego la saludó con la cabeza, hizo girar al caballo, y siguió por el camino a donde ella no podía seguirle.

Abrazándose a si misma, dejó la protección de la jungla y vagó por el borde del campo de caña de azúcar, regresando lentamente a la casa. El Sr. Hart bien pudo antes el haber notado su apresurado caminar hasta el borde del campo de caña. Si él sospechaba lo que acababa de pasar, ella no lo sabía. Era algo que potencialmente él podría usar contra ella. Siempre existía esa posibilidad, pero ¿para ganar qué?

Capítulo 26

Emmeline no pudo hacer nada más que sentarse y mirar fijamente desde su asiento en la galería. La cita con *Lord* Cresswell pasó por su mente una y otra vez, cada palabra que él había dicho, cada mirada y cada beso. Sus labios todavía estaban calientes y la hormigueaban; ella sintió que el viento se los calmaba.

En la distancia, una persona iba por el camino, y a Emmeline le tomó un tiempo darse cuenta, pero cuando lo hizo, vio que era el Sr. Percy. ¿Por qué iba a pie? ¿Dónde estaba su caballo? Algo no estaba bien, él estaba cojeando.

"Joseph", llamó ella. No había nada más que silencio. ¿No había estado allí hace un momento? Ella le llamó de nuevo.

"¿Señorita?", escuchó ella desde la puerta.

"Será mejor que le lleve el carruaje al Sr. Percy, creo que le ha sucedido algo".

Con urgencia, Joseph pasó por delante de ella, bajó las escaleras y se fue corriendo hacia el establo. No pasó mucho tiempo antes de que tuviera un caballo enjaezado y emprendió el camino.

"¿A dónde va Joseph?", preguntó la Sra. Thornton detrás de ella.

"Le necesito".

"Ha ido a buscar al Sr. Percy".

"¿A Percy? ¿Por qué?".

"No sé. Creo que perdió su caballo".

"¿Él está bien?".

"Él viene caminando".

"Oh, Dios mío, está sangrando", dijo la Sra. Thornton con voz angustiada.

Cuando el carruaje se acercó, Emmeline pudo ver la sangre que le corría al Sr. Percy por la frente.

"Consigue algunos trapos", ordenó la Sra. Thornton, y Emmeline entró y los buscó en el costurero.

Joseph ayudó a Percy a entrar al salón. Por la mirada de él, se notaba que había pasado por algo dramático. Tenía la cabeza sangrando, su camisa blanca estaba manchada con sangre y las botas estaban rasgadas.

"Joseph, busca al médico", dijo la Sra. Thornton.

"Madre, estoy bien", dijo Percy. "Maldita sea. La silla de montar cedió".

"Podrías haber muerto". Su madre secó la herida de su cabeza con algunos de los trapos que Emmeline la había traído. "Te podrías haber roto el cuello como tu hermano".

"Pero no lo hice. Creo que mi pierna necesita atenderse. Ayúdenme a quitar la bota".

Una palmada que dio el Sr. Percy en el brazo de Emmeline, significaba que ella debía hacerlo, así que ella se agachó junto a su pierna estirada. El Sr. Percy gritaba mientras ella tiraba de la bota, y su respiración era rápida y entrecortada. "Inténtalo nuevamente", dijo él con los dientes apretados.

Suavemente, ella tiró de la bota, haciendo una mueca por el dolor que esto le causaba a él. "Creo que su pierna se está hinchando".

"Es el tobillo", dijo él.

"Córten la bota", ordenó la Sra. Thornton.

"No, madre. Me encantan estas botas".

La Sra. Thornton murmuró algo sobre ser ridículo, y Emmeline intentó de nuevo sacar la bota, tirando lentamente por el talón. Fue un trabajo sorprendentemente arduo, pero finalmente lo logró. El calcetín estaba cubierto de sudor, pegado a su piel que estaba enrojecida. No había sangre, pero el tobillo claramente no se veía bien.

Emmeline colocó un cojín debajo de su pie. No había nada más que ella pudiera hacer. Se veía en mal estado. Si estaba roto o simplemente torcido, no podía decirlo, pero el Sr. Percy no caminaría por un tiempo. El corte en su cabeza no paraba de sangrar, cada vez que quitaban el trapo, la herida volvía a sangrar.

"El médico tendrá que coserle otra herida más", dijo Emmeline.

"Va a dejar una cicatriz", dijo la Sra. Thornton. "Cuántas veces debe suceder esto. Tendrás más cicatrices si continúas así ".

"Las cicatrices son distintivas", dijo el Sr. Percy, y la Sra. Thornton resopló.

"¿Les gustaría tomar un té?", preguntó Emmeline.

"Puede que me tumbe primero en el sofá, y luego un poco de té estaría bien", dijo él. Emmeline sostuvo su pierna mientras él se reclinaba torpe y dolorosamente en el sofá.

Emmeline fue a buscar a la cocinera para comunicarle el deseo de tomar el té, y luego regresó a un salón silencioso donde el tictac del reloj sonaba inusualmente alto.

El servicio de té fue llevado y Emmeline sirvió, le dio una taza al Sr. Percy, quien torpemente la bebió desde su posición recostado en el sofá, luego sirvió a la Sra. Thornton, quien aceptó la suya con una sonrisa delgada que era más por hábito que por cualquier sentimiento real. Era comprensible, pues esa tarde había sido muy sobresaltada para ella.

Joseph regresó, y todos volvieron su atención hacia él.

"¿Y bien?", preguntó la Sra. Thornton.

"El médico debería estar en camino. El caballo fue encontrado hacia el este del campo de caña".

"Volviendo a casa, el cobarde", dijo el Sr. Percy. "Escapó. Bestia inútil".

"Uno de los hombres recuperó la silla", continuó Joseph. "Parece que la cincha había sido cortada".

"¿Cortada?", repitió la Sra. Thornton. De repente, ella se levantó y paseó. "Alguien estaba tratando de hacerte daño. Alguien quería que esto sucediera".

El Sr. Percy permaneció en silencio.

"Podrías haberte roto el cuello", protestó la Sra. Thornton de forma acusadora.

"Estoy bien, madre", le dijo suavemente, pero la Sra. Thornton ahora estaba hiperventilando. "Joseph, consigue las sales".

"Venga y siéntese", dijo Emmeline tratando de guiar a la Sra. Thornton de regreso a su asiento, quien estaba demasiado distraída por su angustia como para discutir con ella.

"Alguien hizo esto", indicó nuevamente como si no lo hubieran entendido.

"Sí", dijo Emmeline y se retiró a su asiento.

"¿Cuál es el problema aquí?", dijo el doctor alegremente mientras entraba a la casa, viendo luego al Sr. Percy presionando un trapo en su cabeza con una mano y sosteniendo una taza de té con la otra. "Oh. Eso se ve grave".

"¿Cuál, el tobillo o el corte?", preguntó el Sr. Percy.

"Comencemos con el tobillo. Ciertamente tienes una mala racha de suerte últimamente". El Sr. Percy, cuando el médico hizo presión sobre el hueso, hizo una mueca con una expresión dolorosa en sus ojos. "No es una ruptura clara, porque por la inflamación realmente no podemos saber si está rota. Cuando desaparezca la hinchazón, en ese momento definitivamente lo sabremos. Ahora veamos el corte".

Emmeline dejó el salón mientras el doctor realizaba su cirugía. La sensación de incomodidad simplemente la siguió cuando salió. Como siempre lo hacía, sus ojos buscaron la esquina por donde se veía el camino hacia la plantación de *Lord* Cresswell, pero no había nadie a quien ver a lo lejos.

Pero él había estado esa mañana ahí, en la propiedad de la Sra. Thornton. ¿Era cierto que simplemente había venido a verla como lo había dicho?, o había otras razones para que él estuviera allí. Esta era la segunda vez que el Sr. Percy había sido lastimado, justo al mismo tiempo que *Lord* Cresswell había estado en la propiedad.

¿Había estado ella completamente equivocada sobre todo eso? ¿Era él quien lo hacía? Él seguía insistiendo en que no tenía nada que ofrecerle. Ella no entendía. ¿Cómo podría no tener nada? ¿Veía la posibilidad de apropiarse de Rose Hill, porque él en verdad no tenía nada?

Todas esas palabras dulces y maravillosas que le había dicho, ¿habían sido todas solo mentiras? Si eso era así, era una persona cruel y demente. Por otra parte, todos seguían diciéndole eso y ella se negaba a creerles, excepto el Sr. Percy, que lo veía simplemente como su vecino y una persona lo suficientemente decente. Pero desde entonces al Sr. Percy le estaban pasando todas esos incidentes, ya había sido víctima de varios intentos contra su vida.

El médico se fue después de que llevaron al Sr. Percy a su habitación, donde ahora dormiría por los efectos del láudano. La Sra. Thornton también se había acostado.

Joseph salió caminando hacia el establo, sin duda para lidiar con la silla de montar del suceso.

Por otra parte, *Lord* Cresswell no era la única persona a la que la Sra. Thornton temía. Ella también temía a los esclavos. ¿Sería tal el maltrato que recibían, que sentían suficiente odio para tratar de matar a su dueño? Pero, sobre todo, la señora temía la maldición, e incluso *Lord* Cresswell había dicho que estaban malditos. La maldición que supuestamente había matado o tratado de matar a casi todos los miembros de la familia Thornton.

Joseph regresó, y cada vez que Emmeline le preguntaba respecto al Sr. Percy, él no la respondía directamente. "¿Puedo ayudarla en algo, Srta. Durrant?", la preguntó.

"La Sra. Thornton creerá que la maldición la ha golpeado de nuevo", dijo ella.

"Sí señorita", Joseph estuvo de acuerdo.

"Otros han dicho que este lugar también está maldito. ¿Crees que lo está?".

"Las maldiciones no cortan las sillas de montar", afirmó Joseph.

"Entonces, ¿hay alguien haciendo eso?", le preguntó ella.

"Incluso con una maldición, hay una persona detrás de todo eso. Medios malvados y métodos malvados requieren que haya una persona actuando".

Si fuera *Lord* Cresswell, ¿por qué diría que él también estaba maldito?, o solo era un forma de desviar la atención de sí mismo.

Un ruido los distrajo y miraron hacia abajo, y vieron al Sr. Hart en su caballo. "Escuché que les había ocurrido algo", dijo el Sr. Hart.

"El Sr. Percy resultó herido al caerse de su caballo", dijo Joseph.

"Estando borracho, ¿verdad?", preguntó el Sr. Hart con una sonrisa. "¿Suponemos que se recuperará?".

"Él está bien", respondió Joseph.

"Bien", dijo el Sr. Hart.

"No ha visto a nadie por los alrededores de la plantación, ¿verdad?", preguntó Joseph.

Con las cejas levantadas, el Sr. Hart dirigió su atención a Emmeline, y ella se ruborizó porque esa atención era una declaración silenciosa de que efectivamente él la había visto ir a buscar a *Lord* Cresswell. "No, a nadie", dijo el Sr. Hart, y desviando lentamente su atención de ella sonrió y con un chasquido arreó a su caballo para regresar al campo de caña de azúcar.

Emmeline se quedó congelada sin poder pensar en qué hacer. Ella había sido vista, lo que no era sorprendente porque había sido descuidada, prácticamente fue corriendo hacia allí, y directamente hacia los brazos de *Lord* Cresswell. Ni siquiera le había importado esa vez el tener cuidado, porque estaba desesperada por verlo. Y ahora el Sr. Hart lo sabía, aunque lo había negado. Él mantendría su secreto, un secreto que era imperdonable si *Lord* Cresswell era la persona que intentaba dañar al Sr. Percy.

Capítulo 27

La hinchazón en el tobillo del Sr. Percy no disminuía, por lo que la próxima vez que fue el médico, le hizo una férula y se la colocó en su tobillo fuertemente envuelta con vendas, y que tendría que mantenerla puesta durante meses. La mayor parte del tiempo permaneció en su habitación como lo planeó, hasta que le entregaron un par de muletas, que como no las había a la venta en la isla, tuvieron que pedirlas prestadas a otra familia.

La permanente mirada que estaba dibujada en la cara de la Sra. Thornton mostraba que ella no estaba nada contenta, pero se la pasaba preocupaba por su hijo todo el día. La Sra, Thornton le había ordenado a Emmeline que en vez de leerle a ella le leyera a él, y Emmeline estaba complacida de poder ser útil. El Sr. Percy no estaba conforme con estar en su cama, odiaba estar atrapado en su habitación, pues en gran medida era incapaz de moverse. Emmeline sintió lástima por él. Sería una larga convalecencia ahora que parecía que se le había roto el tobillo.

Tampoco supo más de *Lord* Cresswell y en cierto sentido estaba contenta, porque realmente no sabía cómo controlar las emociones desenfrenadas de su interior. Un minuto estaba extasiada, y al siguiente estaba angustiada. Detrás de todo estaba la sensación de que su supuesto afecto por ella era demasiado bueno para ser verdad. Todo esto la hizo sentir ansiosa, porque nunca podría escapar de la preocupación de que él la estuviera usando de alguna manera. ¿Cómo lo haría?, ella no podía decirlo exactamente. No era como si él le hubiera pedido que hiciera algo que confirmara las acusaciones de la Sra. Thornton, de que él estaba trabajando en contra de ellos, pero siempre podría existir un plan que ella no alcanzaba a ver.

Con sus manos entrelazadas, se paseó de un lado a otro por el pasillo, esperando a que llamaran a cenar. Hasta que llegaron las muletas, el Sr. Percy necesitaba ayuda para ir al comedor, lo cual él insistió en hacer, aún cuando la Sra. Thornton le suplicaba que cenara en su habitación. Emmeline sospechaba que al final de la noche, el Sr. Percy sentía que ya había tenido suficiente de estar en su habitación, y sufría además el dolor de no tener compañía ni un cambio de ambiente.

El repique de la pequeña campana de plata los llamó al comedor. Una vez que le entregaron las muletas, Emmeline había aprendido a no tratar de ayudar al Sr. Percy, ya que esto le molestaba. Al parecer, ser incapaz era una gran afrenta para él. Lo escuchó cojeando y pronto apareció fuera de su habitación, gimiendo por el dolor insoportable de cada paso que daba.

"Entiendo que el dolor irá disminuyendo cada día más", dijo Emmeline tratando de sonar alentadora.

"A menos que se ponga peor. Entonces el dolor continuará sin fin", replicó él.

"El Dr. Markman parece muy competente", dijo ella alentándolo.

"Sí, supongo que sí", asintió él resignadamente.

La Sra. Thornton llegó tratando de sonreír graciosamente. "¿Ya se fue el día?", dijo ella a la ligera.

Joseph sirvió un asado de cerdo, que era absolutamente delicioso. El Sr. Percy estaba hambriento y comió bien, sin embargo el silencio reinaba en la mesa, todos comían sumergidos en sus propios pensamientos, sin otro sonido que los cubiertos de plata tocando la porcelana china.

"¿Tomaremos algo en el salón antes de retirarme a mi prisión?", sugirió el Sr. Percy.

La Sra. Thornton lo miró con lástima, y luego frunció el ceño otra vez. "Creo que cuando estés más fuerte tendremos que hablar sobre lo que vamos a hacer".

"Madre, todo está en orden", dijo él molesto.

"No está en orden", exclamó la Sra. Thornton. "No está en orden en absoluto".

"Simplemente hablaré con el gobernador Harris cuando tenga más movilidad, y le solicitaré ayuda, que envíe a uno o dos marineros para protegernos y dar con el culpable".

"Los marineros no pueden combatir una maldición", declaró la Sra. Thornton. "Las espadas y las pistolas no pueden eliminar una maldición".

"Madre, está siendo ridícula. No hay una maldición. Hay algún tipo de gente que me quiere hacer daño. Eso es todo, tan simple como eso".

"*Lord* Cresswell. ¿Has olvidado cómo él intimidó al pobre Andrew Dickenson? ¿Y qué le pasó a él? Nadie lo ha visto desde entonces".

"Simplemente se fue. Andrew Dickenson ciertamente no era una persona que conviniera tenerla cerca, ¿verdad?".

"No entiendo por qué defiendes a ese hombre, eso es más allá de lo normal".

Joseph se aclaró la garganta estando de pie junto a la ventana mirando hacia la oscuridad. "Hay algo que ocurre en los campos de caña, Sr. Percy".

"¿Qué ocurre Joseph? Sabes que no puedo levantarme".

Tanto Emmeline como la Sra. Thornton se levantaron de sus sillas y se acercaron para ver. Había luces de antorchas por todos los campos de caña moviéndose lentamente, más de dos decenas.

"Joseph, ¿qué están haciendo?", exigió la Sra. Thornton. "¿Por qué no están en sus camas?".

"Están buscando algo, creo".

"¿Por qué?".

"No lo sé, *madame*".

"¿Por qué no pueden buscar durante el día cuando podemos verlos?", dijo Emmeline, aunque dudaba que eso hiciera sentir más cómoda a la Sra. Thornton. Cualquier cosa que los esclavos hicieran, aparte de su trabajo, la hacía sentirse extremadamente incómoda. "Joseph, cierra las contraventanas", dijo la Sra. Thornton con fuerza regresando a su asiento.

"Con su permiso, señorita", dijo Joseph procediendo a cerrar las contraventanas cuando Emmeline se apartó de la ventana.

¿Qué estaban buscando? Obviamente, era demasiado importante esperar hasta la mañana. Un niño perdido, tal vez. Los niños tenían la costumbre de extraviarse. Al menos no había inundaciones que amenazaran a nadie esta noche, pero la sensación de terror en sus entrañas le dijo que secretamente se preguntara si sucedía algo peor. Allí parecía que la trayectoria de los hechos era, que cada vez que algo sucedía, empeoraba.

Después de tomar una bebida en el salón, donde la Sra. Thornton trató de mantener una conversación como si nada sucediera afuera, Emmeline luego se despidió y regresó a su habitación. Era difícil admitirlo, pero Emmeline se sentía más cómoda estando sola con el Sr. Percy ahora que él no se podía mover tanto.

El Sr. Percy se levantó de la silla con un gemido y Emmeline lo ayudó a tomar la muleta. Lentamente se movieron hacia la puerta. "En momentos como estos, desearía tener una casa mucho más pequeña", dijo él.

"Afortunadamente, cada día le será más fácil moverse".

"Sería un gran alivio que mi pierna dejara de latir".

Emmeline abrió la puerta y fueron recibidos con la escena de los buscadores que se congregaban en una parte del campo de caña.

"Supongo que encontraron lo que estaban buscando", dijo el Sr. Percy sombríamente.

Eso parecía, pues estaban todos reunidos. La sensación de temor surgió en las entrañas de Emmeline, ella solo sabía que esta sucediendo algo malo, tal vez incluso peor que cualquier otra cosa que hubiera sucedido hasta ahora. Presionando sus labios con los dedos, Emmeline observaba la escena en la distancia, las antorchas parecían luciérnagas en la oscuridad.

Joseph llegaba de los campos de caña.

"¿Qué pasó Joseph?", preguntó el Sr. Percy.

"Encontraron un muchacho que fue apuñalado".

Emmeline se quedó sin aliento. Las noticias sacudieron sus propios pensamientos. Apuñalado, ¿cómo es posible?, y es un muchacho, un jovencito.

"¿Quién es el muchacho?", preguntó el Sr. Percy.

"El chico del establo", dijo Joseph desapareciendo dentro de la casa.

Las luces en la distancia se movían de nuevo, filtrándose a través del campo de caña por donde habían venido. Estaba demasiado oscuro para ver nada más.

Sacando su bolsa de tabaco de su bolsillo, el Sr. Percy torpemente enrolló un cigarro mientras se apoyaba en sus muletas.

"Me culparán por esto", dijo el Sr. Percy después de un rato. "Ellos pensarán que es una represalia por caerme del caballo".

"No, ¿cómo pueden culparle?, tiene una pierna fracturada, y no ha salido de la casa desde que regresó después de haberse caído. Ni siquiera puede perseguir a una tortuga en su condición, y mucho menos perseguir a un muchacho y apuñalarlo mientras cojea con sus muletas", le dijo Emmeline.

El Sr. Percy encendió el cigarrillo, aspiró el humo y exhalándolo dijo en voz alta: "Estas personas son supersticiosas, al igual que mi madre. Los medios y las oportunidades a menudo se divorcian de los hechos reales en las mentes de las personas de estos alrededores".

"¿Con una maldición se puede apuñalar a alguien?", dijo Emmeline incrédula. "Eso fue hecho por una persona. Alguien que está tratando de echarle la culpa a usted".

"Así es", aseguró el Sr. Percy.

"No cree que *Lord* Cresswell hiciera algo como esto, ¿verdad?", dijo Emmeline.

Para desilusión de Emmeline, el Sr. Percy solo se encogió de hombros. "Con el paso de los años, los hombres cambian, las enfermedades mentales aparecen. No he visto ninguna evidencia de ello con mis propios ojos, pero *Lord* Cresswell siempre ha tenido relaciones complicadas con las personas de esta isla. Nunca se ha sentido bien consigo mismo".

"Eso no significa necesariamente que realice una campaña de sabotaje y asesinato contra su vecino", dijo Emmeline sintiendo que necesitaba defenderlo, para asegurarse de que sus suposiciones, resultado del pánico, no se tomaran como ciertas, era importante tratar solo los hechos. "¿Cree que él quiera apropiarse de su plantación?".

El Sr. Percy resopló. "No creo que siquiera él quiera su propia plantación".

Las antorchas se acercaban y las caras acusadoras flotaban al borde del campo de caña. No se acercaron más, pero dieron a conocer su acusación. Culparon al Sr. Percy. Uno de sus acusadores incluso siseó.

Capítulo 28

La Sra. Thornton había estado histérica hasta que Joseph le dió suficiente láudano para que se durmiera. De hecho, Emmeline también durmió mal. Los pensamientos seguían deambulando por su cabeza, y era difícil no dejar que el descontrolado terror de la Sra. Thornton la afectara. No pudo evitar escuchar a una muchedumbre que se acercaba hacia la casa, y que venían a tomar represalias contra el Sr. Percy, en su creencia de que él era el responsable de la muerte del muchacho.

El Sr. Percy no había hecho eso, él no había salido de la casa, apenas podía caminar, y eso era algo que no podía ser puesto en duda. Según la Sra. Thornton, la maldición les había golpeado de nuevo con el objetivo de dañarlos de una nueva manera.

El sueño que Emmeline había tenido no la había dejado descansar. Le dolía la cabeza y su mente se sentía aturdida cuando se levantó por la mañana. El sol entraba por las ventanas, tan contrario a los acontecimientos de la noche anterior y a todo lo que se marchitaba en su mente. Un chico joven había sido asesinado; era algo horrible. Sentía como si los caminos del mundo se desmoronaran. Esto era una locura.

En cierto modo, deseaba poder quedarse en la cama e ignorarlo todo, pero no estaba en su carácter el eludir lo que había que hacer. No era comportarse como si ella estuviera tranquila y en paz. Era mejor saber qué estaba pasando, que permanecer en la ignorancia, así que se vistió y se dirigió al comedor para desayunar. Nadie más estaba allí y ella comió sola en completo silencio. Joseph la sirvió como siempre lo hacía.

"La Sra. Thornton no se ha levantado y el Sr. Percy está desayunando en su habitación", dijo Joseph casi disculpándose.

"¿Qué sabe sobre el funeral del jovencito?", preguntó ella después de un rato.

"Será en breve. El viejo Sr. Thornton normalmente se ocupaba de tales asuntos", dijo Joseph mientras acomodaba suavemente unas flores en el jarrón. Había una razón por la que dijo eso, pensó Emmeline. Obviamente sintió que alguien de la familia debería estar allí, tal vez porque ahora había una tensión real que necesitaba ser sofocada.

"El Sr. Percy no mató a este chico", afirmó Emmeline.

"Lo sé, pero el dolor hace que los ánimos se alteren".

"Supongo que esta es una oportunidad para que la familia diga cuánto lo lamenta. El problema es que el Sr. Percy está demasiado herido como para ir, y la Sra. Thornton ... bueno, no estoy segura de que ella pueda hacer eso".

"Tal vez deberías ir usted" sugirió Joseph. Fue un poco más que una sugerencia, más bien era una instancia.

"Supongo que tiene razón", dijo sintiéndose incómoda con la ide, pero si esto tenía que hacerse, entonces tenía que hacerlo. Los nervios invadieron todo su cuerpo, pero ella se negó a ceder a ellos; eso era algo que tenía que hacer. La familia necesitaba estar representada y no había nadie más para hacerlo, aunque ella no fuera de la familia. Joseph obviamente creía que era necesario. ¿Esto sería peligroso para ella? La ira debía ser mucha, sin embargo, era un funeral, e incluso en el colmo de la pasión, se debía respeto a los funerales. "¿Estaré segura?".

"Sí señorita".

Eso le daba algo de tranquilidad. Emmeline siempre había pensado que Joseph sabía cosas que él no mencionaba, pero no creía que la pusiera a ella en peligro a propósito.

Ella asintió, iría a ese funeral y representaría a la familia, le correspondía a ella tratar de disminuir las sospechas. Decir que trataría de minimizar las divisiones, sería utilizar la palabra incorrecta, porque nunca había habido unidad. La unidad era categóricamente improbable cuando ella estaba involucrada con la gente que sustentaba las divisiones. Con un suspiro, Emmeline se preguntó en qué posición se encontraba ella.

No había prisa con el desayuno, así que lo tomó con tranquilidad, en parte para matar un poco el tiempo hasta que tuviera que irse al funeral. Comer parecía ser una buena manera de distraer su nerviosismo. Cuando ya era el momento de marcharse, decidió acercarse hasta la habitación del Sr. Percy para decirle que ella iba a asistir al funeral, y para saber si había algo que deseaba que ella dijera.

Al llegar a tocar a la puerta, se detuvo cuando oyó voces. La Sra. Thornton estaba en la habitación, sus pasos hacían crujir el piso.

"Esta es su excusa", dijo la Sra. Thornton. "Nos atacarán por esto".

"Madre".

"Y a ella la traje aquí para romper la maldición, y solo la ha empeorado".

Emmeline no podía creer lo que estaba oyendo. 'Ella' solo podía referirse a Emmeline. Nadie más había sido llevada allí. ¿Por qué estaría allí para romper una maldición? ¿Cómo podría ella ser utilizada para romper una maldición? ¿Qué tenía ella que fuera relevante? ¿Su castidad? Eso era ridículo. La locura de la mujer obviamente era más profunda de lo que Emmeline se había pensado.

"Madre, está siendo ridícula. No hay maldición". El Sr. Percy pensaba como Emmeline..

"Y *Lord* Cresswell está tratando de corromperla. ¿Has visto la forma en que la mira? Esos sucios y horribles ojos suyos siempre están observándola".

"Ella es una mujer hermosa", dijo él.

Emmeline se sonrojó incluso cuando no había nadie allí para verla.

"Se suponía que ella debía arreglarlo todo".

En este punto, Emmeline decidió no molestarse en informar al Sr. Percy. Cualquiera que fuera la locura que se desarrollaba al otro lado de esa puerta, ella no quería saber nada de eso. Definitivamente, estaban pasando cosas de las que ella no era consciente. Parecía que ella no había sido traída allí para servir como dama de compañía, la trastornada Sra. Thornton lo había hecho para romper una maldición. ¿Cómo se suponía que iba a romper esa maldición?

Y *Lord* Cresswell. ¿Para qué servía él en esta locura? Era obvio que de alguna manera era fundamental.

"Hay demonios a nuestro alrededor. Ella también lo es. Pensé que era inocente, pero no lo es".

"Madre, por favor", dijo su hijo con exasperación.

Desde que Emmeline llegó allí y escuchó todo eso, el mundo se le había volteado. Sería tentador desechar todo esto como una locura, pero ese muchacho muerto no era un producto de la imaginación de una loca. Seguramente, no podría ser la Sra. Thornton que estaba dando vueltas y asesinando como parte de su locura.

Emmeline regresó a paso lento por donde había venido. Parte de ella sentía como si simplemente debería continuar caminando por la carretera hacia Plymouth para alejarse de esta locura. En su pensamiento, también incluía a *Lord* Cresswell, quien de alguna manera era parte de todo esto, pues incluso él había dicho que todos estaban malditos. Tal vez la locura era simplemente consecuencia de vivir en el Caribe, como si el calor, o algo en el ambiente afectara las mentes de las personas. Indudablemente su mente estaba incómoda desde el momento en que llegó allí, y desde ese entonces había venido empeorando.

Pero ella había aceptado ir a ese funeral, y era inapropiado no cumplir con la promesa que hizo a Joseph, de hecho, él ya estaba esperándola en la galería.

Respirando nerviosamente, ella comenzó a bajar las escaleras y Joseph la condujo en dirección al ingenio azucarero, donde ella nunca había estado. Sabía que las casas de los esclavos estaban en esa dirección. Caminaron en silencio por una sendero trillado.

"Alguien mató a este muchacho", dijo ella finalmente rompiendo el silencio.

"Sí", dijo Joseph.

"Una maldición no apuñala a un jovencito".

"Una maldición podría controlar la mente del culpable".

Esta era la declaración más directa con la que Joseph había expresado que realmente creía en las maldiciones.

"Lo más probable es que sea alguien que trata de dañar a los Thornton. Todo esto ha sucedido con el fin de intentar dañar a los Thornton, y con la muerte de este muchacho realmente lo han logrado. Supongo que la argumentación es que este jovencito fue considerado responsable de cortarle la cincha de la silla de montar del Sr. Percy". Por alguna razón, Emmeline sintió que era importante que Joseph planterara ese razonamiento, pero ella no estaba segura de que el Sr. Percy lo hubiera hecho. "El Sr. Percy no pudo haber dañado a ese muchacho", dijo ella. Desafortunadamente, ahora Emmeline no estaba segura de que la Sra. Thornton no fuera capaz de hacerlo siendo esclava de su locura.

Pasaron junto a las casitas de madera desnuda que se alineaban ordenadamente. Eran más del tamaño de cobertizos que de cabañas. Emmeline nunca las había visto antes. Algunas mujeres y niños se arremolinaban en los pequeños porches. A ella le pareció que estaban delgados, por lo que no estaba segura de si la comida que recibían había sido mejorada. Por el bien del Sr. Percy, ella esperaba que eso fuera algo que él ya hubiera resuelto.

Continuaron caminando y Joseph la condujo a un cementerio, donde tabletas de madera identificaban cada tumba. Aún se estaba cavando una tumba y en el suelo había un ataúd de madera tosca.

Emmeline sintió sus miradas sobre ella mientras caminaba entre ellos. Nadie habló, pero no fue difícil distinguir a la acongojada madre sostenida por un grupo de mujeres. El corazón de Emmeline se entristeció al ver el sufrimiento de la madre. Quien fuera el responsable de esto era un monstruo, y algo tenía que hacerse, aunque ella simplemente no sabía qué. Suponía que el plan del Sr. Percy de traer algunos marineros era un comienzo, y quizás estos hombres podrían encontrar al culpable para llevarlo ante la justicia. Si todas estas muertes fueran responsabilidad de una única persona, debía ser encontrada y juzgada.

Se sentía, estando allí de pie, como una persona rara, no estaba del todo bien, pero tampoco se alejó. No había reverendo. Ella recordó que el reverendo que los atendía había sido expulsado y no fue reemplazado.

"Tenga", dijo Joseph entregándole una Biblia, "quizás pueda leerla".

"Por supuesto", dijo dándose cuenta de que ahí ella podría ser la única persona que sabía leer. Sentía que era profundamente injusto que estas personas se hubieran quedado sin un reverendo, incapaces de realizar sus funerales de manera adecuada. Con un nudo en la garganta, abrió la Biblia y comenzó a leer del Libro de Salmos el salmo cuarenta y seis, pues era el que le parecía adecuado para un momento como ese.

Capítulo 29

"El Sr. Thornton no pudo haber hecho esto", dijo Emmeline cuando terminó el elogio al fallecido. "Él ni siquiera puede caminar".

La observaron con miradas duras. Tal vez no fue una buena idea mencionar esto, pero ella sintió que necesitaba hacerlo.

"Caminaba lo suficientemente bien el día que se lesionó", dijo un hombre con una voz profunda. Ella no podía distinguir quién era, pero no importaba, estaba segura de que no era el único con ese parecer.

"Eso fue antes de que la hinchazón comenzara. Se le rompió la pierna y no podía bajar las escaleras, mucho menos perseguir a alguien. Hay alguien responsable de esto y deben ser encontrado, pero hacer acusaciones a la ligera, no le sirve a nadie, solo aumenta las posibilidades de que la persona culpable salga impune de su acto despreciable".

Hubo gruñidos en la multitud y algunos comenzaron a alejarse de ella. Era difícil decir si sus palabras significaban algo. Estaban enojados y tal vez tener una dirección adonde apuntar su ira, era más importante que asegurarse de que las suposiciones fueran las correctas.

De cualquier manera, ella había dicho lo que sentía que debía decir. El Sr. Percy no era la persona que estaban buscando, de eso estaba segura. No podía convencerse de que él fuera un actor tan excelente que pudiera fingir la cantidad de dolor que sentía. Y el tobillo estaba roto, la hinchazón probaba por eso.

Si no era culpable el Sr. Percy, significaba que otra persona lo era. El dedo siempre había señalado a *Lord* Cresswell, de una forma que ella no quería que así fuera, pero también estaba la Sra. Thornton, cuya locura parecía crecer día a día, y por alguna razón, Emmeline en parte era el medio para vencer una maldición.

Un presentimiento agobió su pecho otra vez. Alguien estaba jugando con ella, y ella no sabía quién o por qué.

En un lado del cementerio, vio a la anciana que le había advertido que se fuera hace un tiempo, y la había dicho que allí había malvados. ¿Qué sabía ella? Ella caminaba lento y la gente pasaba de largo junto a ella cuando se estaban yendo. La madre del muchacho asesinado fue llevada de regreso estando aún acongojada por el dolor. Emmeline suspiró.

Fuera lo que fuera, se estaba demandando la pérdida de vida de alguien. Si se creía a la Sra. Thornton, la mayoría de su familia había sido víctima, y ahora la víctima era un muchacho que solo era un inocente.

Dejando a Joseph, Emmeline caminó tras la anciana que lentamente regresaba a las cabañas con la ayuda de su bastón. Su cabello gris estaba firmemente atado en un moño.

"Disculpa", le dijo Emmeline cuando llegó hasta ella, "¿puedes darme un momento?".

"¿Un momento?", preguntó la anciana. "Puede que tenga varios momentos. Me llevará más de un momento llegar a la cabaña. Veo que todavía está aquí. Le dije que se fuera".

"Hablaste como si supieras cosas", dijo Emmeline.

"Todos sabemos cosas", aseguró la anciana.

"Rosa", dijo Joseph saludando a la anciana. "Por favor discúlpeme. Ha sido un día difícil y deberíamos volver ya a la casa", le dijo a Emmeline, quien al escucharlo no podía entender por qué él la estaba alentando a irse, cuando esta mujer claramente sabía algo.

La anciana estaba siendo obtusa y eso estaba empezando a molestarle a Emmeline, y no quería que Joseph se interpusiera en su camino. "¿Sabes quién asesinó al muchacho?". La anciana se detuvo y se volteó hacia ella.

"Srta. Darrington", dijo Joseph, "deberíamos irnos ya".

Rosa hizo un gesto de rechazo. "Vete tú. Yo hablaré con la señorita. Hay cosas que ella quiere saber". A regañadientes, Joseph obedeció. Estaba claro que mostraba deferencia hacia esta mujer, parecía que ella era una anciana estimada en esta comunidad, o tal vez era más que eso. ¿Joseph temía a esa mujer?, o lo que temía era lo que descubriría.

"¿Usted cree que yo mantendría algo así callado?", dijo Rose.

"Si la motivación era la que considerabas correcta, sí".

"Señorita, ¿de qué me está acusando?".

"De que sabes algo que no estás diciendo".

"Entonces pregunte qué quiere saber".

"¿Sabes quién asesinó al muchacho?".

"No", dijo Rose y comenzó a caminar de nuevo.

"¿Sabes de esa maldición en la que la Sra. Thornton cree? En realidad es más poderosa de lo que ella cree. ¿Y por qué ella pensaría que podría romperla? La escuché decir que cree que podría romperla".

"Es su corazón culpable lo que la molesta. Las consecuencias de sus decisiones inquietan su mente", dijo Rose.

"¿Qué culpa? ¿Qué ha hecho ella?" ¿La Sra. Thornton fue la responsable de esto? No podría ser culpable de todo, ella nunca haría daño al Sr. Percy ni mataría a su propia familia.

"Y usted es la clave de todo".

"¿Cómo puedo ser la clave? Acabo de llegar".

"No, usted ha vuelto".

Esa declaración dejó perpleja a Emmeline. Ella nunca había estado allí antes. ¿Era este un caso de identidad equivocada?, o era algo más, algo de una época anterior. "¿Nací aquí?".

"Justo ahí", dijo Rose señalando una cabaña. Emmeline solo la miró, su mente estaba alterada. Todo lo que había sucedido y todo lo que ella sabía, todos esos pensamientos intentaron dentro de su mente competir por su atención.

"¿Yo nací aquí?". Dio un paso atrás tratando de considerar todas las implicaciones. De ahí era de donde ella provenía.

"Su padre es el Sr. Philip Thornton. La Sra. Thornton la llevó y Undine murió con su corazón destruido por la pena".

"¿Undine?".

"Su madre. Esa es la maldición que la Sra. Thornton teme, la ocasionada por la angustia de una madre perjudicada. La Sra. Thornton la trajo a usted aquí, pensando que podía romper la maldición de una mujer moribunda".

Con aire ausente, Emmeline se volvió hacia Rosa. "No lo sabía".

"Ella se la llevó siendo muy niña, pues era inconveniente que permaneciera aquí porque era rubia, más de lo que es ahora. Parecía una niña blanca que vivía con los esclavos, lo cual era indecoroso. Todos sabían de quién era hija, y lo adivinarían en el momento en que la vieran. Undine era hermosa, usted era más hermosa y se ha convertido en una belleza. Esa señora la odia. Nunca piense lo contrario, pero más que odiarla la teme".

"Teme esa maldición".

"Es por su conciencia culpable".

"¿Qué edad tenía yo cuando me llevó de aquí?".

"Apenas estaba comenzando a caminar".

Emmeline sintió que le brotaban las lágrimas. Todo ese dolor de la niña y la madre separadas, angustiando a las dos, y todo porque sabrían que el Sr. Philip Thornton encontraba placer fuera del lecho matrimonial. "Mi madre murió".

"Simplemente se desmoronó. Aquí es difícil encontrar una razón para vivir. Si esa razón se elimina, nada la reemplaza. Simplemente se desvaneció".

"¿El Sr. Philip la amaba?".

"Bah. ¿Qué saben los hombres del amor?", dijo Rose despectiva- mente. "Los hombres solo saben lo que desean".

En este punto, Emmeline ni siquiera podía pensar si su madre había dado su consentimiento. Era demasiado el asumir cómo pudo haber sido. De ahí era de donde ella provenía. Su sueño de la infancia de que sus padres eran exploradores en el desierto tratando de volver a ella, se derritió en su corazón en donde siempre lo había mantenido secretamente. La verdad era algo mucho más oscuro, más cruel; como siempre lo había temido.

Sentía como si sus rodillas se estuvieran debilitando. Todo lo que ella había creído había sido falso: sus creencias sobre sus padres, su razón de ir allí. Todo habían sido mentiras. Su madre estaría en ese cementerio que estaba detrás de ella. Undine era su nombre. Este era el origen de ella y la habían retirado de su madre porque había sido una situación embarazosa. Era una verdad brutal.

Emmeline no sabía qué hacer consigo misma. Ella estaba viviendo en una casa con una mujer que la había separado de su madre. De acuerdo, ella había estado a salvo y había sido educada, evitando llevar una vida de trabajo sin fin. Pero ella había sido robada a una madre que claramente la amaba. ¿Cambiaría la crianza fría en un convento por el amor de una madre, así eso significara una vida de esclavitud, de ser propiedad de otro? No era algo que ella pudiera responder en ese momento, pero el amor de una madre era todo lo que siempre había deseado.

El tiempo pasó y ella no se movió. La anciana, Rosa, ya se había ido, pero Joseph aún la esperaba a corta distancia. "Srta. Emmeline", la llamó, "debemos regresar". Emmeline podía notar la ansiedad en su voz. Tenía que regresar a la casa, pero no la iba a abandonar.

Había humedad en sus mejillas y se secó las lágrimas. Ella no se había dado cuenta de que había estado llorando.

Joseph tenía que regresar, la angustia que le estaba causando era evidente, porque incluso podía sufrir un castigo por su reticencia. Con un profundo y estremecedor suspiro, ella se dio vuelta y comenzó a caminar. Había un vacío en su interior, como si hubiera expulsado todas las emociones y no le quedara nada. Le era muy duro el pensar en todo lo sucedido, y en este momento, solo quería estar vacía.

"¿Sabe?", dijo ella en voz baja mientras pasaban por el ingenio azucarero, una estructura grande y ruidosa.

"¿Saber qué, señorita?", preguntó Joseph.

Emmeline no le contestó, incapaz de decidirse a hablar más sobre eso. Él no sabía nada o fingía que no lo sabía. El Sr. Percy probablemente no lo sabía, considerando que había estado tratando de seducir a quien era su media hermana.

Incapaz de contenerse, Emmeline comenzó a reír. No fue particularmente gracioso; solo necesitaba reírse.

"Señorita, ¿está bien?", preguntó Joseph.

"Creo que este lugar nos vuelve locos a todos", respondió ella. Tal vez podría estar enojada por un tiempo. La alegría se le esfumó, dejando un vacío resonante en su lugar. Nada aquí era cierto, ¿incluso las dulces palabras que *Lord* Cresswell le había dicho y los apasionados besos?, ¿todo aquí era falso, diseñado para herir y mutilar?

Capítulo 30

Curiosamente, Emmeline ahora estaba más dispuesta a creer en las maldiciones, que antes de haber conocido la verdad de su origen. La maldición de Undine arruinó a esta familia, el dolor y la ira se volvieron sobre la mujer que en principio tanto daño les había causado. Tal vez no fuera efectivamente a causa de un grisgrís, pero la Sra. Thornton de todos modos estaba sufrido por sus acciones del pasado.

Lo peor era que Emmeline ya podía entender por qué la Sra. Thornton lo había hecho. A primera vista era comprensible su actuar; su esposo había sido infiel y la prueba estaba ahí a la vista de todos.

Solo estaba el testimonio de esa anciana esclava, Rosa, buena palabra para describirla, pero en retrospectiva, una oferta de empleo que llegó hasta ella desde el Caribe, no era simplemente un golpe de suerte como Emmeline lo había creído. Esta acción había sido premeditada, era la respuesta de una mujer aterrorizada buscando desesperadamente un final a una supuesta maldición que estaba atacando a su familia.

Emmeline se sentó en la terraza con su libro en el regazo y sin haber leído una sola palabra. Últimamente no había comido con la familia, había dicho que estaba enferma. Nadie la cuestionó. El Sr.

Percy no podía hacerlo, y la Sra. Thornton estaba demasiado absorta en su propios miedos como para percibir en su exterior algo fuera de lo común.

Aunque este nuevo acontecimiento le explicó mucho sobre su vida, no lo explicaba todo; alguien había matado a ese muchacho del establo y alguien había tratado de matar al Sr. Percy. En su corazón, sabía que esto no era obra de la Sra. Thornton. Alguien más estaba haciendo todo esto. Los dos padres de Emmeline estaban muertos. Undine podría tener parientes que buscaban venganza en su nombre, pero esta persona era alguien lo suficientemente fríamente malvado como para matar a un joven inocente.

¿Podría ser *Lord* Cresswell? ¿Había sido tan bien engañada como para no ver unas intenciones tan oscuras? Había sido engañada al venir aquí, pensando que se embarcaba en su nueva carrera como dama de compañía. Todo eso había sido una mentira y ella ni siquiera había sospechado que una oferta como esa no fuera genuina. Qué ingenua había sido. ¿También ahora era una ingenua?

Un triste lamento escapó de ella, pues no quería que eso fuera cierto, lo único que quería era que esos besos fueran reales, pero había ciertos aspectos que la impulsaban a ser cautelosa. Él la había dicho que ellos le habían hecho una maldad, que todo lo que veía era una ilusión. ¿Qué había querido decir? ¿Qué era real y qué no? ¿Y dónde estaba ahora? Ella no había escuchado y no había sabido nada sobre él. ¿Esto significaba que él había logrado lo que se había propuesto? Ella necesitaba respuestas.

"Srta. Durrant", dijo una voz sacándola de sus pensamientos, "se ve demasiado seria".

"Sr. Hart", respondió ella mirando al hombre que estaba abajo, "debo admitir que estaba a kilómetros de distancia". Ella ni siquiera lo escuchó acercarse, incluso viniendo él montado en su caballo.

"Con una mirada así, me pregunto si está considerando el dejarnos", dijo el Sr. Hart.

¿Era eso tan obvio? Ella realmente debería estarlo considerando, pues la paga que había acumulado ahí ya era suficiente como para reservar su pasaje de vuelta, pero ¿a dónde? También había una gran pregunta, con respecto a las promesas de un par de ojos oscuros, a la que necesitaba dar una respuesta, e incluso si era desgarradora y potencialmente cruel, necesitaba conocerla. "¿Eso es algo que también le tienta a usted, Sr. Hart?".

"¿Dejar mi trabajo?", él se rió. "¿Dejar este sol esplendoroso y esta tierra exuberante?: No en mi vida. Todo esto penetra en su sangre y se queda allí".

Emmeline frunció el ceño. ¿Sabía él algo sobre su herencia? No, ¿cómo podría? Él no había estado allí en el momento en que ocurrieron esos hechos, y ella dudaba de que la gente allí hablara con él sobre sucesos del pasado. Su declaración era solo un comentario sin importancia.

Su caballo se movió con impaciencia. "¿Y dónde está ese hermoso novio suyo?".

Ella estuvo a punto de negar esa implicación, pero ¿cuál era el objetivo?

"No lo he visto desde hace tiempo", continuó Hart.

No, no había estado por allí desde hacía tiempo. "Estoy seguro de que tiene asuntos que necesitan su atención".

"Por las condiciones en que se encuentra su plantación, usted pensaría que es así. Se va a arruinar. Si hay un hombre que necesita un poco de control, es él, a menos que usted crea que su afecto no es verdadero".

Esta conversación la hacía sentir intensamente incómoda. "Estoy segura de que *Lord* Cresswell conoce su propia mente".

"Si es él por quien se mantiene aquí, debería saber lo que no tenga claro sobre él".

"Gracias por su consejo, Sr. Hart".

"Si se les da la oportunidad, algunos hombres hacen daño a sus novias porque pueden. Si realmente yo estuviera pensando en irme, me gustaría arreglar las cosas de una vez por todas". Arreando a su caballo, se alejó. Era extraño recibir consejos románticos de un hombre como Hart, pero tenía razón. Esta complicación con *Lord* Cresswell -ella no se sentía cómoda llamándola una relación, ya que eso implicaba algo de permanencia- era lo único que la mantenía allí. Si fuera cierto, era otra cosa, si no, no había nada que la retuviera allí, con irse en el siguiente barco que navegara hacia el norte sería suficiente. Ella podría volver a ser una maestra, y dadas las circunstancias, probablemente podría incluso insistir en solicitar una buena referencia, teniendo en cuenta que no la trajeron de buena fe, y que además no le dieron la oportunidad de desempeñarse en la actividad para la que había sido contratada.

Quizás el Sr. Hart tenía razón. No quería quedarse sentada allí y esperar a que *Lord* Cresswell le revelara lo que pensaba. Si nada era cierto, ella quería saberlo ya y no ser una distracción para un señor aburrido.

El camino hacia la propiedad de *Lord* Cresswell estaba en el borde izquierdo del campo de caña de azúcar. Ella ya había cabalgado por allí; ella sabía hacia dónde iba. Sería algo simple, caminar y obtener las respuestas que necesitaba, sin embargo eso significaría caminar por la jungla, lo que la asustó, y también existía el riesgo de una tormenta imprevista, pero no había más riesgo en hacerlo ahora que en cualquier otro momento. De otra manera, quién sabe cuánto tiempo tendría que esperar, después de todo, él no sabía que para ella el estar allí era algo tan incómodo.

Estando determinada, decidió hacerlo. Dejando el libro ignorado a un lado, se levantó de su silla y caminó hacia las escaleras. El hábito ya arraigado le decía que necesitaba un paraguas, y ya sabía por qué la Sra. Thornton había insistido tan constantemente en que se mantuviera fuera del sol, temía que su piel se oscureciera con el sol, pues su piel era un problema; era demasiado clara y a la vez con el sol se tornaría demasiado oscura por ser ella una mulata. En resumen, el problema principal de la Sra. Thornton era que Emmeline estaba allí, la hija bastarda y no deseada de su marido.

La ira la hizo marchar por el campo de caña de azúcar y adentrarse en la jungla. Una vez en la jungla, el sonido se humedece inmediatamente con la vegetación espesa, por un momento todo parece silencioso, pero luego las criaturas de la jungla se hacen oír con chillidos y llamadas desde la oscuridad del denso follaje. La vegetación era tan tupida, que ella no tendría forma de atravesar la jungla, si no fuera porque ya existía abierto ese camino por donde iba.

Ignorando las profundidades a cada lado de ella, mantuvo sus ojos en el camino, siguiéndolo sin dudar. Eventualmente, llegaría nuevamente a campos de caña; a los campos de caña de *Lord* Cresswell. Aplacando su inquietud, siguió adelante, porque esta breve inquietud temporal no era nada en comparación con quedarse en Rose Hill, por quién sabe cuánto tiempo.

De nuevo, el estado de los campos de caña de azúcar de *Lord* Cresswell era evidente, incluso ella podía decir que esta no era una plantación bien administrada. El Sr. Hart, como experto, también lo había declarado abiertamente. También ahí había algo desconocido, pues el estado de estos cultivos indicaba que algo pasaba. *Lord* Cresswell incluso había dicho que todo a su alrededor era una ilusión. Según la Sra. Thornton, las fuerzas oscuras los tenían en sus manos. Bueno, ahí pasaba algo, era evidente, y no era exactamente el que ella se casara con el hombre amable y gentil que la besó tan dulcemente, o que estaba siendo una chica estúpida y engañada, deseando que el apuesto príncipe fuera solo eso y no una bonita mentira.

A la luz del día, el jardín alrededor de la casa de *Lord* Cresswell parecía descuidado y agreste. Las marcas negras de agua corrían por los lados del estuco blanco de las escaleras. La inquietud apretó sus entrañas. Él tenía que decirle de qué se trataba todo esto.

Las grandes puertas de madera estaban firmemente cerradas. Nadie estaba cerca de ahí. Los campos estaban vacíos y solo se escuchaban los pájaros. Ella llamó y esperó, pero nadie se acercó a la puerta. Parecía que toda la plantación estaba vacía. Golpeando de nuevo la puerta ella esperó un momento, alguien tenía que estar dentro; al menos la sirvienta Tilly.

Después de un rato, las puertas se abrieron y apareció una cara que le parecía algo familiar, era el sirviente de *Lord* Cresswell. No la saludó, solo la vió con una dura mirada. "Necesito hablar con *Lord* Cresswell", afirmó ella.

"Mi *lord* no está aquí", dijo el hombre con un fuerte timbre de voz, casi como un estruendo.

No se le había ocurrido que él no estaría allí, pero entonces, por lo que ella estaba entendiendo, él a menudo estaba ausente. "¿A dónde ha ido?".

"No me mantiene informado de a dónde va. Sin duda está atrapado en la cama de una prostituta".

Emmeline parpadeó ante la crudeza de tal declaración. ¿Lo había dicho intencionalmente sabiendo que la lastimaría? Tal vez no. Ella tenía que dejar de leer las intenciones de las personas. Tal vez este hombre creía que *Lord* Cresswell estaba disfrutando de la compañía de alguna mujer poco reputada, y por lo que ella sabía, tal vez era así.

Tomó una inhalación y carraspeó. "Supongo que no sabe en qué momento se espera que vuelva".

El sirviente le cerró la puerta en la cara y una ráfaga de viento azotó sus zarcillos. Eso fue un no efectivamente comunicado con la mayor rudeza. ¿Sabría *Lord* Cresswell que su sirviente era tan grosero?, sin embargo, tuvo que recordarse a sí misma que no era asunto de su incumbencia. En verdad, la Sra. Thornton tendría un ataque de apoplejía si Joseph se comportara así. Al parecer, el sirviente de *Lord* Cresswell tenía otras normas, o tal vez solo las tenía en menor estima, ya sea porque eran vistas como parte de los usos de sus opresores, o tal vez incluso porque tenía otros planes para con su *lord*.

Encontrándose sola otra vez, se volteó hacia la inmensidad de la desolada finca. Ir hasta allí había sido un error. Él no estaba allí. ¿Por qué ella había esperado que él estuviera? ¿Era esta la respuesta que estaba buscando? Se sentía así mismo como estaba la finca; desolada.

Capítulo 31

Emmeline cenó en su habitación, diciendo tener un dolor de cabeza. En parte, era verdad; tanto su cabeza como su corazón le dolían terriblemente. Era hora de irse, era hora de salir de allí, pero realmente tenía que planear qué iba a hacer a continuación. La opción obvia era regresar a Boston, pero le preocupaba que la siguiera el espectro del fracaso. Regresar a los pocos meses de haberse ido no podría ser visto como un éxito profesional, aún con una referencia lo suficientemente decente. Tal vez era mejor para ella el irse a Nueva York.

Por la mañana, ella anunciaría sus planes de retirarse. El Sr. Percy podría no entenderla y ella no sentía la necesidad de que él debiera hacerlo. Le parecía un acto de venganza el informarle la verdadera razón por la que se iba, y en verdad no estaba interesada en ser vengativa. En ese momento, ella solo quería dejar todo eso atrás.

Mientras estaba sentada en su habitación dejó las contraventanas abiertas, casi como un acto de rebelión, la oscuridad afuera era completa, pero ella se negó a cerrarlas. Ella no iba a dejarse aterrorizar por sombras y maldiciones, o por cualquier otra tonta superstición. De acuerdo, no todo lo que sucedía en Rose Hill eran actos inocentes, alguien estaba deliberadamente tratando de dañar a la familia, y dañaría indiscriminadamente a los inocentes que fuera necesario. Se levantó y cerró las contraventanas.

Ahora ella podría concentrar su mente en su partida y en su futuro. Había una cierta emoción en dirigirse hacia lo desconocido, pero también había riesgos. El mundo era un lugar duro y ella podría tener un mal viaje, aunque ella esperaba que no, pero su corazón y su bondad ya habían sido utilizados y abusados. Decidió que ella tendría que ser inteligente. Había buenas personas en el mundo y ella sería su compañera.

Su determinación en irse, era mayormente motivada por tener pocas opciones. Ella necesitaba aprender a abrazar esta incertidumbre, con suerte, esa determinación la llevaría a mejorar su posición.

Tomando su libro de la mesita de noche comenzó a leerlo, negándose a dejar que sus pensamientos vagabundearan entre la gente a su alrededor y las heridas que le habían infligido, así que era la hora de ponerlos a todos a un lado.

Por un rato se las arregló para sumergirse en el libro y dejar atrás sus problemas. Se sentía bien el entrar en la vida de otra persona por un momento, dejarse llevar a lugares remotos. Esta novela era sobre una heroína que viajó a Egipto, y a quien le gustaban las antigüedades. Esa historia estaba tan lejos de su propia vida como ella no podía llegar a imaginarlo.

Finalmente, dejó el libro y apagó la vela, sumergiendo la habitación en la oscuridad. No estaba completamente oscura, la luz de la luna iluminaba las contraventanas con una pálida dulzura. ¿*Lord* Cresswell se escondía de la oscuridad como lo hacían allí? Era dudoso, él parecía estar muy cómodo en la oscuridad, donde sea que fuera.

La somnolencia la llevó lejos, sumergiéndola suavemente en sueños: sueños de penas y lágrimas, de poder escapar pero no quererlo. Ella rápidamente buscó un barco y pudo navegar lejos.

Un ruido la desvió brutalmente de su sueño. El sonido atravesó su mente y ella inmediatamente se levantó. No, otra vez no, pensó, y luego escuchó raspaduras y pasos, y después un zumbido. Otra vez alguien estaba afuera.

Los fuertes latidos de su corazón la hacían doler el pecho. Estas personas mataban gente y ahora estaban afuera. ¿Por qué ella no había conseguido un arma adecuada? ¿Nunca se le había ocurrido que podían regresar? Ahora aquí estaba, sola y casi histérica.

A través de las contraventanas podía ver que brillaba una luz afuera y el ruido se hacía más fuerte; gemidos y crujidos. Fuego. La casa estaba en llamas. Alarma, gritó dentro de su cabeza y el pánico se clavó en su mente, ella se congeló incapaz de pensar en qué hacer. Esa gente los estaba quemando en sus camas.

El ruido de un vidrio quebrándose en algún sitio, hizo que todo su cuerpo flaqueara. La violencia del sonido casi se sintió como un ataque físico.

Habiéndose retirado a su rincón de nuevo, Emmeline intentó hacer que su mente funcionara. La casa estaba ardiendo y ella tenía que salir. El humo acre comenzó a filtrarse en la habitación deslizándose dentro de sus pulmones y haciéndola toser. El humo mataba tan fácilmente como el fuego, ella lo sabía. Si ella se quedaba allí, moriría.

Instó a sus pies a moverse, corrió hacia la puerta e intentó girar la llave, pero el mango estaba caliente. No debería estar caliente. La cerradura se abrió pero se detuvo para no abrir la puerta, pues vio que había fuego en el lado de afuera y se vería envuelta en fuego si abría la puerta. Estaba atrapada.

Golpeando la puerta, gritó tan fuerte como pudo. Los otros necesitaban saber lo que pasaba. Luego sintió calor en sus pies, las llamas lamían la parte inferior de la puerta, como un ejército invasor haciendo implacablemente su camino hacia adentro tratando de alcanzarla.

Abrazándose se apartó de la puerta, allí no estaba segura. El fuego le estaba llegando cerca. Se iba a morir. Volteándose miró hacia la ventana, las llamas también lamían las contraventanas a todo lo largo. Ambas salidas de la habitación estaban en llamas, pero una podría darle la posibilidad de salir.

Corriendo hacia las contraventanas, las abrió. Las llamas jugaban en la parte inferior del alféizar de la ventana, pero las contraventanas y las persianas de las ventanas se llevaron gran parte de las llamas lejos de ella. Agarrando sus sábanas, apagó las llamas de los bordes de la ventana para que le fue posible salir. Parte de la galería estaba en llamas, pero no toda. Tendría que saltar hasta el borde más alejado, por sobre el fuego que ardía como una bestia retorcida.

No hay elección, se dijo a sí misma. Vivir o morir, saltar o fallar, esas eran sus únicas opciones. Sencillo. Se escuchó un grito en la casa detrás de ella y Emmeline volteó la cabeza hacia atrás. Los demás ya lo sabían, pero no había nada que ella pudiera hacer para ayudarlos, al igual que ella, tenían que encontrar su propio escape. Tratar de ayudar solo la mataría, ya que su camino estaba bloqueado por el fuego. Liberarse era su única opción.

Ella saltó. El calor debajo de ella era insoportable, sintió una oleada de dolor cuando las llamas llegaron cerca de ella. Su impulso la llevó hasta la barandilla de la galería, pero no pudo detener su movimiento y se derrumbó contra ella, y al instante estaba perdida en la oscuridad cayendo estrepitosamente hasta que un aterrizaje forzoso sacudió su propia conciencia. Una fuerte presión oprimía su pecho y no podía respirar. Por encima de ella, las llamas bailaban y crepitaban, el rugido

del fuego la ensordeció. Tenía dolor en los pulmones que aún se negaban a trabajar.

Poco a poco la presión sobre su pecho cedió y respiró hondo, pero
sus pulmones aún le ardían dolorosamente. Poniéndose de pie, unos
pinchazos le hirieron los brazos y las piernas, eran espinas, ella había
aterrizado en un rosal aplastando el centro del mismo.

Aturdida se alejó. Ella quedó tirada en el suelo después de haberse
caído de la galería. El fuego crepitaba delante de ella, engullendo cada
vez más la casa con cada momento. Al poco hubo gente que venía a
través del campo de caña, eran los esclavos que estaban llegando pues la
alarma había sido dada. Trataron de apagar el fuego, pero no pudieron,
era demasiado y muy intenso.

El Sr. Hart estaba allí. Él estaba de pie con los brazos cruzados y una
sonrisa en su rostro. Había satisfacción en su rostro.

"Usted hizo esto", dijo ella antes de pensarlo.

Él levantó una ceja. "Se suponía que debía estar en la casa de su
amante, Srta. Durrant. Debió haber seguido mi sugerencia".

"¿Por qué?".

Ella no recibió una respuesta. Con los pies descalzos y el camisón
chamuscado, caminó hacia el frente de la casa. Toda la estructura estaba en llamas. No había forma de que pudieran salvarla solo golpeando
las llamas y tratar de apagarlas con miserables cubos de agua. El fuego
se había apoderado de la casa y no estaba renunciando a su presa.

Entonces ella vio que él estaba allí, *Lord* Cresswell. En un momento
simplemente estaba allí, llegó galopando por el camino hasta que llegó
donde ella y saltó de su caballo.

"¿Está ilesa?", preguntó él.

"Sí, pero y los otros".

En ese momento, Joseph venía con la Sra. Thornton.

"¡Percy!", gritó Emmeline. "Percy".

"Su pierna está rota", dijo Emmeline, "eso le está impidiendo salir".

Lord Cresswell la miró. En cierto modo, ella no podía creer que él estuviera allí ... y que él no hubiera provocado el incendio. Él no había hecho ninguna de las cosas por las que había sido acusado. El Sr. Hart las había hecho. El Sr. Hart agarró del brazo a *Lord* Cresswell como si lo estuviera reteniendo, pero *Lord* Cresswell se soltó y se lanzó escaleras arriba.

"Adentro está ardiendo", dijo Emmeline, y él la miró por un momento antes de abrir la puerta de un puntapié y desaparecer. Toda ella se tensó por lo que estaba viendo, él había desaparecido dentro del edificio en llamas. En ese momento, supo que a ella él sí le importaba. Ella estaba enamorada de él y la idea de que él ardiera en el fuego era devastadora, incluso si su amor de él por ella no fuera cierto, incluso si hubiera algo muy oscuro en él, eso a ella no le importaba. En ese momento, ella solo quería que él viviera, aunque fuera el hombre más cruel que alguna vez ella hubiera conocido.

"Hiciste esto", acusó la Sra. Thornton con su mirada puesta en el Sr. Hart, quien todavía parecía impenitente por la devastación que causó. "Tú eres el que ha estado tratando de lastimar a Percy".

"Cállate, estúpida puta", escupió. "Mira todo lo que robaste quemado en el suelo, exactamente como te lo mereces".

"¿Robado? ¿De qué estás hablando? Nunca le robé a un capataz. Tienes demasiado aprecio por ti mismo, eres un hombre repulsivo".

"Este lugar nunca te perteneció. Mi abuelo construyó esta casa en la que descansa tu hosco esqueleto. Solo has estado aquí porque lo robaste, se lo robaron a mi familia. Hubo solo una retribución. ¿No te diste cuenta de eso?". Pura maldad era lo que ataba cada una de sus palabras.

La expresión en el rostro de la Sra. Thornton pasó de la sorpresa a la frialdad. Parecía que ella sabía de qué estaba hablando él. Ella le dio la espalda y miró hacia la casa, podría saber a qué se refería él, pero en ese momento, solo le importaba su hijo Percy.

Emmeline también miró. El rugido del fuego continuó implacablemente, pero los dos hombres aún no salían. Todo lo que ella quería era que aparecieran, pero no lo hacían. El tiempo seguía transcurriendo, aunque ella realmente no tenía idea de cuánto tiempo realmente había pasado; a ella le parecía una eternidad.

En su momento apareció una figura envuelta en una capa y medio arrastrando al Sr. Percy con su pierna vendada. Emmeline ya podía respirar de nuevo, pues *Lord* Cresswell estaba allí; estaba vivo. Joseph corrió para ayudar al Sr. Percy, quien se desplomó en el suelo tosiendo violentamente. *Lord* Cresswell se inclinó por el esfuerzo, también tratando de respirar, luego se enderezó e inmediatamente buscó a Emmeline con la mirada.

Un gran alivio era lo único que Emmeline sentía, *Lord* Cresswell estaba allí y estaba vivo. Con pasos difíciles él caminó hacia ella y ella, poniendo sus brazos alrededor de él, lo abrazó para nunca dejarlo ir. "Usted vino".

"Vi las llamas", dijo él.

"¿Dónde estaba? Fui a verlo, pero no estaba en su casa".

"Estaba en las Bahamas. Le dije que tenía que lidiar con el divorcio. Llevará un tiempo, pero ya ha comenzado el proceso".

Al escuchar eso, Emmeline sonrió. Él había sido cumplido con lo que la había dicho. Por un momento ella se sumergió en sus ojos oscuros. Ella había estado completamente equivocada al dudar de él y ahora ya lo sabía.

"Mataste a mis muchachos", dijo la Sra. Thornton chillando. "Mataste a mi Philip, pero no nos matarás a nosotros. Te ahorcarán por esto".

"Nada menos que de lo que mereces", dijo el Sr. Hart con una sonrisa burlona. "Tú y tu familia inmunda, todos ustedes son mentirosos y tramposos, y han tenido lo que se merecen. ¿Realmente pensaban que se saldrían con la suya? Nada es siempre gratis, puta estúpida. Roban y el daño regresa sobre ustedes. Ahora ya no tienes nada ".

"Nunca robamos nada", le dijo la Sra. Thornton.

"¿Es eso lo que te dices a ti misma? Una apuesta amañada, una que mi padre nunca tendría la oportunidad de ganar. Oh, lo atraparon en un momento débil, y luego retorcieron la daga. Este es el precio que pagan. Mira, al final siempre hay un precio por pagar".

"Tu padre perdió".

"Mira, tu marido era conocido por sus apuestas, ¿verdad?, dondequiera que fuera, en Nueva Orleans, en las Bermudas. Esas apuestas engañosas aparecían dondequiera que iba. Pensó que había encontrado oro poniendo a su basura de familia en mi casa, como si pertenecieran aquí. Esta plantación es mía y siempre lo será. Solo necesitaba hacer un poco de limpieza en la casa. Déjame ir", exigió luchando contra las manos que lo atrapaban. Los esclavos lo sostuvieron y él se resistió a ellos. "Déjame ir ahora, o sufrirás. Haré que todos te azoten". Nadie lo soltaba. La ira y el odio eran evidentes en las caras de los esclavos. Cualquiera que fuera el daño que este hombre había padecido a causa de los Thornton, estos hombres no se olvidaban del muchacho del establo que había sido asesinado por él durante su venganza.

"No vale la pena lincharlo", dijo *Lord* Cresswell hablando a los esclavos. "El magistrado lo condenará a la horca. No robemos a la multitud ese espectáculo. No agreguen más cuellos a la soga". No parecía que los esclavos fueran a hacerle caso, pues querían ejercer ellos mismos su castigo, querían hacerle pagar por lo que le había hecho al muchacho. El Sr. Hart seguía gritando, insultando y ofendiendo a todos. "Ya vienen a apresarlo. Él no vale la pena el precio que tendrían que pagar, no cuando todo está tan cerca de terminarse", les dijo *Lord* Creswell tratando de aplacarlos.

De hecho, el vecino, el Sr. Kerwin, apareció a caballo con hombres siguiéndolo. Estaban llegado para ayudar a apagar el fuego, el brillo del mismo probablemente se veía en la mitad de la isla. La aparición de estos hombres pareció enfriar la crueldad en los rostros de los esclavos, se detuvieron con una determinación estoica.

El Sr. Percy estaba levantándose torpemente con la ayuda de Joseph. "No creo que se tenga ningún beneficio tratando de salvarlo", dijo el Sr. Percy cuando el Sr. Kerwin se acercó. "Este es el culpable, ya todo ha sido probado", y el Sr. Percy señaló al Sr. Hart que todavía estaba detenido, y que ya parecía haber renunciado a la libertad recibiendo la acusación con orgullo.

"Lo llevaremos a la ciudad", dijo el Sr. Kerwin. "Hay una soga que le espera, Sr. Hart".

"Soy el Sr. Rosenbloom", dijo el Sr. Hart, y el escuchar ese nombre detuvo al Sr. Kerwin por un momento.

"No importa cuál sea tu nombre", dijo el Sr. Kerwin y tomó al hombre del brazo. "Diríjanse a Springvale", le dijo el Sr. Kerwin al Sr. Percy. "La Srta. Florrie se asegurará de que tengan todo lo que necesiten".

Emmeline aún estaba abrazando a *Lord* Cresswell y el brazo de él descansaba sobre su hombro. Decir en este punto que ellos dos no tenían compromiso sería ridículo. La Sra. Thornton obviamente se había recuperado lo suficiente como para lanzarle a ellos una mirada de disgusto.

"¿Quiere ir con ellos?", preguntó *Lord* Cresswell a Emmeline en voz baja.

"No", dijo Emmeline, y él sonrió estando satisfecho con su respuesta.

"Entonces déjeme llevarla a casa".

No tenía sentido el ser cautelosa ahora, ella estaba poniendo su confianza en él y asumiría las consecuencias resultantes.

Alejándose de ella, él tomó su caballo y montó antes de darle su brazo a ella, como lo había hecho antes unas cuantas veces. Él la levantó y la puso detrás de él, y ese era el único lugar donde ella quería estar.

La Sra. Thornton y el Sr. Percy fueron ayudados a subir a un carro para llevarlos a la plantación Springvale. La casa todavía ardía por los alrededores, una parte del techo se derrumbó sobre sí misma y se estrelló sonando como un aullido. No quedaría nada cuando el fuego hubiera terminado, la casa de la plantación Rose Hill ya no existiría.

Al ir galopando a caballo, el aire se sentía más fresco al ir alejándose del fuego. Emmeline casi sintió frío y envolvió con su brazos al hombre que tenía frente a ella. Los pensamientos seguían compitiendo por espacio dentro de su cabeza. El Sr. Hart era el culpable, era el responsable de todas las cosas que habían sucedido; del asesinato del muchacho del establo, de los ataques al Sr. Percy y de aterrorizarlos siempre que podía. Probablemente, se lo había venido estado haciendo a la Sra. Thornton durante años desde el momento en que llegó a la plantación, y Emmeline no podía evitar el sentir lástima de la Sra. Thornton, sin embargo, su nombre no era Hart, él era algo más, era el hijo del dueño anterior de la plantación Rose Hill.

"¿Crees que mató también al Sr. Thornton y a sus dos hijos?", preguntó Emmeline a *Lord* Cresswell.

Lord Cresswell permaneció callado por un momento. "Tal vez sí o tal vez no. Rufus, el más joven, creo que realmente murió de fiebre, pero Harold sufrió un accidente en el camino a casa, del cual el Sr. Hart podría haber sido el responsable, y el Sr. Philip murió sospechosamente rápido. El Sr. Hart también podría ser el responsable de esta última muerte. Estos dos murieron en muy poco tiempo y sospecho que el Sr. Hart fue el que los asesinó, pero es poco probable que todo esto pueda ser probado, y no es que sea necesario hacerlo, pues él de todos modos será ahorcado, colgará por lo que acaba de hacer".

"Es un hombre malvado", dijo Emmeline estremeciéndose con la idea.

"Así es", acordó *Lord* Cresswell.

Capítulo 32

Emmeline estaba golpeada y magullada, y la tensión de la noche ya se le había desvanecido, sin embargo aún todo eso era demasiado reciente como para dormir bien, pues los pensamientos de lo sucedido rondaban en su mente. El Sr. Hart era el culpable, un hombre que tenía un corazón lo suficientemente frío como para matar, lo cual era difícil de entender. Por años había estado planeando la venganza y perjudicando a la familia Thornton, todo por la forma en que estos habían llegado a ser propietarios de la propiedad de su padre, y Emmeline nunca lo había sospechado, no había visto ninguna señal de que él fuera un ser tan malvado.

Cabalgaron en silencio a través de la oscuridad de la jungla. El tobillo del caballo chascaba de vez en cuando. Emmeline se sentía emocionalmente agotada. Toda esta muerte y sufrimiento, ¿y por qué?, por un pedazo de tierra. Todo esto parecía una locura, en verdad era una locura.

"No pensé que usted estaría allí", admitió ella. "El Sr. Percy probablemente no habría podido salir de la casa si no hubiera llegado usted".

"Él lo estaba intentando, pero se movía muy despacio. Había muchas posibilidades de que el humo lo hubiera matado".

"¿Colgarán al Sr. Hart?".

"Sí. Hay pocas dudas de que así sea, y el gobernador tiene el poder de llevar a cabo tal sentencia".

Emmeline, bajando su mirada, notó que todavía estaba usando su camisón. "Muy a menudo, tiendo a aparecerme por su casa estando desaliñada".

Lord Cresswell sonrió. "No me importa mientras esté aquí conmigo". Tirando de ella hacia él, la besó y con sus brazos la envolvió. La dulzura invadió la mente de ella mientras se derretía con el beso. Anteriormente, se había asegurado de que nunca volvería a besarle, pero eran sus suposiciones las que no habían sido las acertadas, pues él había ido a las Bahamas para despejar el camino y poder lograr su unión.

El beso se hizo más profundo. Nada dentro de ella quería alejarlo o detenerlo. Esto era demasiado bueno, y muy necesario, cualquier barrera que le quedara en contra de él ya había caído, y ella solo quería estar envuelta en su calidez.

Cargándola en sus brazos, él la llevó adentro. La sala estaba completamente a oscuras, pero pronto apareció una luz cuando su sirviente se levantó para ver qué estaba pasando.

"No necesito su ayuda", le dijo *Lord* Cresswell, y con un asentimiento el sirviente los dejó pasar sin pestañear, cuando el *lord* de la mansión entraba llevando a una mujer en sus brazos. *Lord* Cresswell la llevó escaleras arriba y entró en un dormitorio; el suyo, asumió ella.

Emmeline se mordió el labio, sabiendo que ese era un gran paso. Ella lo aceptaba completamente, en todas las formas que eso implicaba.

Poniéndola sobre la cama, él se alejó y caminó hacia la ventana. "Y ahora está aquí, lo admito, últimamente no he pensado en otra cosa. Todavía pasará un tiempo antes de que podamos casarnos, pero veo que aún no me ha otorgado el 'sí' ".

No, ella no se lo había dado. Ella ya tenía sus besos, pero en realidad no le había dado el 'sí'. "Sí", dijo ella, "me casaré con usted".

La luz de la luna vista desde la ventana mostraba su sonrisa, pero parecía haber en él un matiz de tristeza que a ella la preocupaba. Emmeline se levantó de la cama, caminó hacia él, puso su mano sobre su pecho, y él colocó la suya sobre la de ella.

"¿Por qué?", preguntó ella, "¿por qué me quiere? Parece que mi pasado está lleno de engaños y tragedias. Muchas personas podrían llegar a decir que soy muy apropiada como para ser su esposa; probablemente para ser la de cualquiera".

"No soy un buena opción, no tengo nada", dijo él.

"Sigue diciendo eso, no lo entiendo", replicó ella.

"Todo esto", dijo él, mostrando los campos de caña de azúcar desde la ventana. "Nunca fue realmente nuestro. No era mío, no era de los Thornton, y ciertamente tampoco era del Sr. Hart. Vinimos aquí, invertimos nuestro esfuerzo en la tierra y en los esclavos que trajimos, escondiéndonos detrás de lo que fuera para hacerlo permisible. Aquí no hay nada, solo existe el fantasma de un pasado del que nadie debería estar orgulloso".

"Ya no atiende estos campos", dijo ella.

"Cuidé estos campos por suficiente tiempo", dijo él sombríamente. Con otra sonrisa, levantó su mano para retirar un mechón de cabello que estaba sobre su rostro. "Entonces vino usted, que era completamente inocente de todo esto, de esta mancha. Vino y sentí una esperanza".

"Pero sufrimos ahora, estamos pagando por lo que hemos hecho. Nuestros cultivos no valen nada. La mayoría aquí piensa que esta situación va a cambiar, que el precio del azúcar aumentará nuevamente, pero no lo hará. El proyecto de ley de emancipación se realizará, como debe ser, y entonces será la sentencia de muerte a todos nuestros esfuerzos invertidos aquí. El Caribe no puede funcionar sin sus esclavos. La hipocresía ha durado demasiado tiempo, y todos perderemos lo que hemos construido. Esta isla les pertenece ahora a ellos, y ya no tenemos ningún lugar aquí. Realmente lo han comprado y pagado. La mayoría todavía no lo ve. Los terratenientes luchan contra este nuevo futuro con uñas y dientes, rehusándose a creer que todo esto puede ser expropiado, pero nunca fue nuestro, no importa cualquier tipo de mentira que nos digamos. Ahora estamos atrapados en nuestros delirios. Así que, como ve, no tengo nada que ofrecerle. En realidad, no tengo nada más que un nombre. Aquí nada me pertenece: esta casa, estos campos, todo es ilusión. El matrimonio que la ofrezco viene solo con ilusión ".

"Usted no es una ilusión", dijo ella.

"Soy un hombre que ha pasado estos últimos años en el fondo de una botella. He hecho cosas infinitamente degradantes, he vivido largo tiempo de esa manera. Pueden ser las únicas habilidades que realmente tengo. ¿Está segura de que quiere enganchar su vagón a este tren?". Se alejó de la ventana y de ella. "Debería irse. Estoy siendo egoísta trayéndola aquí. No le ofrezco nada que valga la pena tener".

"Entonces no tenemos nada, pues yo tampoco tengo nada. De todos modos, pensaba irme de aquí sola y dirigirme a un futuro desconocido, o quedarme con usted, pero si aquí no hay nada, ¿por qué se queda?, no hay ninguna razón para hacerlo. ¿Qué nos impide dejar esta tierra a las personas que la merecen y simplemente irnos? ¿Qué hay aquí para cualquiera de los dos?".

"Permanecer aquí sería comprar algo de tiempo", dijo él.

"¿Tiempo para qué?".

Una risa escapó de sus labios. "Es hora de esconderte en mi guarida y olvidar todo lo que hay afuera".

Emmeline caminó hacia él. "No necesitamos escondernos".

Él se puso serio de nuevo. A cada momento de alegría, uno de tristeza lo seguía no muy atrás. "He considerado en detalle una forma de salir de esto. No hay nada para mí en Inglaterra. Un *lord* sin un centavo no es muy bienvenido".

"Entonces seremos dos vagabundos que saldremos al mundo, como miles de personas lo han hecho. Encontraremos algo, o no encontraremos nada, pero nos tendremos el uno al otro. En todo el tiempo que pasé en el orfanato no teniendo nada, no eran cosas lo que anhelaba. Un hogar no es muros y techo. La familia más lastimosa tenía más que lo que yo tenía. Su unión era el tesoro, y eso es algo que podemos tener fácilmente. Simplemente lo hacemos".

Temblorosamente él exhaló y la atrajo hacia sí. Para ella el cuerpo de él era fuerte y cálido, eso era todo lo que siempre había deseado. "Tengo todo lo que quiero", dijo ella, alcanzando los labios de él con los suyos. Estos besos eran todo por lo que ella realmente había orado alguna vez. Había mezclado un olor de humo, pero en ese momento, no le importaba. Igual que Rose Hill estaba ardiendo, también estaban ardiendo los vestigios de su pasado.

Un renovado deseo profundizó el beso. Las manos de él temblaban mientras buscaban el borde del camisón de ella retirándolo de sus hombros. Cálidos besos cubrieron su piel y el cuerpo de ella vibró con una sensación deliciosa.

"*Lady* Cresswell", dijo él en voz baja. A ella le sonaba extraño, pero sería un título que llevaría con orgullo.

"Esposo mío".

Con un beso firme, la cargó y la llevó a la cama. El aliento cálido de él la acarició la piel de su cuello. Las manos de él tiraron del camisón hacia abajo y su cálida boca se cerró alrededor de su pezón, y Emmeline se arqueó de placer al hacerlo, ansiando más. Esto era mucho más atrevido que los sueños que había tenido. No había comparación. Su interior ardía de pasión.

Ella más o menos conocía lo básico, pero no los detalles, y no podía esperar para saber, para experimentar todo lo que había. Este hombre era de ella, ya no estaba sola.

Los labios de él recorrieron más abajo del vientre de ella rozándole con su mano la cadera. El calor se instaló en su vientre, derritiéndose y anhelando, mientras sus manos buscaban los rizos oscuros del cabello de él. Él era de ella y ella era suya. ¿Cómo había tenido tanta suerte? Todo por lo que ella había pasado ahí la había llevado hacia él, y por eso nunca se arrepentiría ni por un solo momento.

Yendo más abajo, la boca de él se movió a lo largo del muslo de ella, sembrando besos mientras se iba hacia arriba. Un pulso profundo y fuerte dentro de ella lo anhelaba a él, anhelaba más. Esto era más de lo que ella había esperado, aún habiendo sentido rastros de esos placeres. Instintivamente, ella sabía que eso era lo que ella necesitaba, lo había sentido desde el primer momento en que sus ojos oscuros se posaron en ella.

Su boca se cerró alrededor de su parte más íntima y agudas sensaciones la traspasaron. Ella jadeaba. ¿Cómo podría ser esto? La lengua firme de él jugaba en ella provocando un calor y un placer increíbles. Él gemía de placer, mientras que Emmeline no podía respirar en absoluto. Le ardían los pulmones, le temblaba el cuerpo y le latía fuertemente el corazón. La tensión era insoportable. "Por favor", suplicó ella, pero en verdad no quería que él se detuviera; ella necesitaba más.

La presión de la lengua de él la sintió nuevamente, amasando sus partes hasta que ella no pudo hacer otra cosa que jadear, atrapada en ese vórtice de placer y deliciosa tensión. Los muslos de ella se curvaron alrededor de él y ella se arqueó, una sensación exquisita explotó dentro de ella. Una oleada de placer la inundó con poderosas ondas, le quitó el aliento y la conciencia de algo más que las intensas oleadas, ecos de ellas la inundaron mientras vagaban por todo su cuerpo, y nuevamente buscaba los labios de él para sumergirse en un profundo beso.

El cuerpo de ella se tornó lánguido y el peso de él sobre ella era toda una gloria. Ella se sentía segura; ella se sentía amada. Sus ojos buscaron los de ella y ella sonrió mientras la besaba de nuevo. ¿Alguna vez podría vivir sin esos besos otra vez? Ella no quería eso.

Él se acomodó entre sus muslos, en una intimidad que ella no había conocido antes. La dureza de él la presionó y ella se pasó la lengua por sus labios comprendiendo lo que estaba por venir. Era la cercanía que quería, incluso temiendo un poco lo desconocido. Ella confiaba en él implícitamente y quería eso. Podría muy bien resultar en un hijo, una familia. Era algo fácil de imaginar.

Echándose hacia atrás, él se quitó la camisa y se desnudó, el camisón de ella ya había desaparecido y pronto ambos estaban completamente desnudos. "Te dolerá un poco", dijo él y ella asintió. "Pero será solo la primera vez".

Ajustando él su cuerpo, ella sintió la presión en su centro, y luego un dolor punzante. La dolió, pero no era devastador. Ella realmente ya era suya, se había entregado a él, y ya estaban unidos. Con cuidado, él se movió hundiéndose más profundo dentro de ella, con una presión suave que hizo surgir en ella hermosas sensaciones.

Echando hacia atrás, la frotó suavemente y con firmeza. Hubo dolor, pero también la tensión que había sentido antes y que crecía con cada penetración. Había algo muy provocativo y excitante en verlo estar sobre ella completamente concentrado y con una ardiente expresión en su rostro, y con un aliento fuerte, con profundas y rítmicas exhalaciones.

Bajándose hacia ella, la envolvió con sus brazos. El placer de sus penetraciones se hizo más profundo y Emmeline sintió que de nuevo su excitación llegaba al máximo. ¿Estaba precipitándose a otra explosión de placer como la había sentido antes?, parecía que así era y ella realmente la deseaba pues la primera había sido deliciosa.

Las penetraciones las fue haciendo más cortas y más erráticas, hasta que él deteniéndose la miró. Sus cuerpos se juntaron más y las agudas ondas de placer regresaron a él y fuertes exhalaciones salieron de sus pulmones, ella lo abrazó tan fuerte como pudo a través de esta tormenta, estaban juntos en esta y en cualquier otra tormenta que enfrentaran. Emmeline le sonrió. Esto era maravilloso; este era su hombre, su esposo, y ella no se había atrevido a esperarlo.

Capítulo 33

Todo desde la ventana parecía pacífico, desmintiendo los impactantes acontecimientos del día anterior. Rose Hill ya no estaba allí, estaba reducida a un montón de restos carbonizados. Viejas heridas habían regresado y destrozado a la familia. Cuán responsables fueron los Thorntons por una adquisición menos que honorable de Rose Hill, Emmeline no se atrevió a adivinar. Eso no justificaba una venganza asesina.

Pensar que este hombre había estado allí durante años, alimentando un viejo rencor y tramando acciones en contra de la familia, esto hizo temblar a Emmeline, él había sabido esconder su maldad muy bien.

Una mano cálida subió por el brazo de ella y sintió el cuerpo de *Lord* Cresswell detrás de ella. Cerrando los ojos, ella se recostó en él mientras la envolvía con su abrazo, él la besó detrás de la oreja y simplemente se quedaron así. "¿Sin arrepentimientos?", preguntó él.

"Así es", dijo ella, "excepto por el daño que el Sr. Hart causó".

"Ellos tratarán su caso rápidamente. Él más o menos confesó, me sorprendería que lo negara ahora, eso no le haría mucho bien si así lo hiciera. Antes del mediodía es probable que toda la isla lo sepa y estarán esperando al gobernador para actuar ".

"¿Lo conocía a él y a su familia?".

"No, yo era muy joven cuando él ya estaba aquí, pero sí sabía de usted, sospechaba quién era".

Sorprendida, Emmeline se dio la vuelta para mirarlo. "¿Lo sabía? ¿Cuándo se dió cuenta?".

"Casi de inmediato. La Sra. Thornton no es del tipo de persona que tiene una dama de compañía joven y hermosa, así que era algo extraño que la hubiera contratado. No se me ocurrió de inmediato, pero sabía que algo raro ocurría. Sabía de usted, porque el Sr. Harold me lo dijo, pero nunca la vi ni volví a saber de usted. Lamento decirlo, pero en realidad no pensé más en eso, yo era muy joven, esas cosas no me interesaban".

"Conoció al Sr. Harold". Emmeline recordó el retrato del arrogante joven, tan satisfecho de sí mismo y de su lugar en el mundo. Ella bien podría imaginarlo incitando al Sr. Hart, la persona que consideraba que los Thorton le habían robado.

"Lo conocí bien, más que al Sr. Percy, supongo que éramos amigos, y resulta que ese bastardo lo mató". El enojo de *Lord* Cresswell era evidente. Emmeline no se había dado cuenta de que él también había sufrido por las pérdidas de los Thornton.

"Es horrible pensar que la gente puede actuar tan despreciablemente", dijo ella.

Inclinándose hacia delante, la besó y ella recibió el beso con satisfacción. Se quedaron en silencio por un rato. "¿Hablaba en serio anoche? ¿Deberíamos simplemente irnos lejos de aquí?".

Girando ligeramente su cabeza, ella besó el brazo desnudo de él. "¿Hay alguna razón para quedarse?".

Él no respondió al momento. "Supongo que había planeado irnos juntos, bueno, quizás estando ebrio".

"Si quiere quedarse, me quedaré".

"No, simplemente antes no tenía motivos para irme. No estoy seguro de haberme dado cuenta de que podía irme. Por alguna razón, supuse que simplemente estaba atrapado aquí, que era un fantasma como tantos otros, así que creo que mejor nos vamos".

"Estaba considerando ir a Nueva York".

Lord Cresswell estuvo en silencio por un momento, luego la abrazó con fuerza. "¿Entonces seremos estadounidenses?".

"Siempre pensé que yo lo era", dijo ella con una sonrisa amarga. "Parece que todas las suposiciones que he tenido sobre mí han estado equivocadas". Cómo había anhelado saber la verdad. Ahora ella ya lo sabía todo, un todo que estaba lleno de engaños y tragedias. Lo único que no sabía era si había habido algún afecto entre su madre y su padre. En verdad, no estaba segura de si quería saberlo. De cualquier manera, hubo traición de parte de su padre.

"Entonces nos iremos. Voy a ir a la ciudad y reservaré los pasajes". Se levantó de la cama y se puso una camisa.

Emmeline se levantó apoyándose sobre su codo. "Tengo que volver a Rose Hill por última vez". Se le ocurrió que ninguna de sus cosas existirían, todas habrían ardido, incluso el libro que había estado leyendo, lo que le resultaba bastante molesto, ya que ahora nunca sabría cómo terminaba la historia. Ella se rió entre dientes ante su preocupación superficial. Pobres Sr. Percy y Sra. Thornton, ellos habían perdido todo al igual que ella, pero ella realmente no tenía mucho, y lo que había ganado ahora era mucho más valioso.

Él tiró de su mano. "Entonces tenemos mucho que hacer, pero a pesar de todo, ¿cómo puedo irme cuando te ves tan deliciosamente desnuda?". Al volver ella a acostarse en la cama, él la besó cubriéndola con su cuerpo, y al instante el calor se encendió dentro de ella otra vez, sintiendo que el cuerpo de él respondía al estar sobre el suyo. Este anhelo por él no pareció menguar. ¿Ella lo querría así por el resto de su vida? Ella sospechaba que así sería. Este tesoro sí era de ellos, sin importar los bienes materiales que tuvieran o que no tuvieran.

Los dedos de él recorrieron la piel de la espalda de ella haciendo que se contrajera con su caricias. Separó sus piernas y ella se acercó más a él. Quería sentir ese excitante calor otra vez, ese deseo desenfrenado, el acto en el que nada se interponía entre ellos, donde se unían en un solo ser.

*

Los restos de la casa de Rose Hill parecían estar todos carbonizados, se veían casi como dientes rotos y podridos. Un olor a calcinado se percibía desde el momento en que se salía de la jungla. Curiosamente, esa mañana ella no había temido el atravesar la jungla, los monstruos que había conocido ya no habitaban en la jungla.

El Sr. Percy estaba allí, tratando de salvar algunas cosas de la casa. Vagaba por ahí, recogiendo objetos ennegrecidos.

"Lo siento", le dijo Emmeline cuando él la vió.

Él asintió levemente y luego regresó a las cenizas de la posesión de su familia. Lo peor era que había perdido los retratos de su padre y de sus hermanos. Eso era una particular crueldad infligida a ellos al encender ese fuego.

El Sr. Percy parecía perdido en sus propios pensamientos y en su duelo. Eso era comprensible, gran parte de sus vidas se había destruido la noche anterior. Sin duda, la Sra. Thornton estaría acostada en la casa de alguien. Emmeline recordó que su vecino se había ofrecido a llevarlos.

"Por supuesto que vamos a reconstruir la casa", dijo el Sr. Percy después de un rato. Joseph apareció detrás de una pared carbonizada y la saludo a Emmeline con un gesto hecho con la cabeza.

Si todo lo que *Lord* Cresswell pensaba era cierto, la reconstrucción sería una mala idea, un esfuerzo infructuoso. El Sr. Percy definitivamente era uno de los que se negó a creer que este proyecto de ley de abolición de la esclavitud se lograría llegar a implantar. Una noche lo había dicho durante la cena, así que eso era por lo que él seguía allí. Sin embargo, Emmeline no podía desearle éxito, pues ella consideraba que el proyecto de ley de abolición debía ser aprobado. Eso llevaría esta isla a la ruina, pero ella estaba de acuerdo con *Lord* Cresswell, todo esto fue construido de forma errada, al basarse en no tratar con los valores y la moral de los propietarios a los esclavos. Los propietarios de las plantaciones de caña de azúcar merecían perderlo todo.

No era exactamente lo que ella deseaba, pero era lo necesario para corregir los efectos de esta acción social criminal. Nadie merecía prosperar con la crueldad y la injusticia, y si se negaban a ver eso, entonces tal vez se merecían la tormenta que estaba por venir.

Realmente, este hombre era su hermano medio hermano, pero él no lo sabía. Sin lugar a dudas, la Sra. Thornton nunca se lo diría, nunca admitiría lo que habían hecho. En verdad, las consecuencias de lo hecho por el Sr. Thornton impulsaban a Emmeline a sentir la necesidad de agregar una más, aunque si ella se lo informaba al Sr. Percy, él probablemente no se lo agradecería, por revelarle las actividades indecorosas de su padre y las embarazosas consecuencias. De todos modos, cualquier lesión o resentimiento que ella sintiera por eso, ya se había disipado. No hay consuelo para un corazón que odia, el Sr. Hart era una prueba de eso, toda su amargura se le convirtió en una ira asesina que al final lo destruyó; fue un desperdicio de vida.

Caminando hacia el ingenio azucarero, nuevamente se preguntó por el miedo que sentía al vivir allí; demasiado miedo a salir de la casa, miedo a salirse de la línea. La mayoría de ese miedo era el que ella había absorbido de la gente a su alrededor, era su miedo y se había extendido como una infección. Esa fue quizás también una consecuencia de la injusticia; un corazón culpable creó su propio castigo.

Las cabañas de los esclavos estaban en su mayoría vacías, excepto por los niños y los ancianos. Los niños la miraron con curiosidad, y los ancianos, a su manera, la lanzaban miradas cautelosas. Emmeline continuó caminando hasta el cementerio. Las tumbas estaban marcadas con lápidas o con cruces de madera, y viendo los nombres de estas finalmente encontró el de su madre. El nombre 'Undine' estaba tallado en una cruz de madera que estaba medio podrida.

Esta era la tumba de su madre. Fue triste admitirlo, pero ella no sentía ninguna conexión sentimental con esta mujer. No sabía cómo era ella, ni como era su voz, ni recordaba lo que le había dicho, Emmeline no sabía nada más que su nombre, pero esta mujer había tenido el corazón roto cuando a Emmeline la habían enviado lejos y por eso sí se lamentó, le dolió saber que ella era la responsable de ese dolor.

"Estoy bien", dijo ella, "y estoy enamorada".

Si esperaba una respuesta, no la obtuvo, solo recibió la tranquilidad y la cálida brisa tropical. Mirando hacia atrás, vio las cabañas de los esclavos. Ella había nacido en una de esas cabañas, como probablemente lo había hecho su madre. Si se le hubiera permitido quedarse, habría crecido con amor, pero sin libertad. Algo muy duro a considerar. En verdad, ella nunca sabría realmente lo que eso significaba, probablemente nunca podría entenderlo. En ningún momento ella se había preguntado si su propia vida vivida allí, en verdad era la que le correspondía haber vivido.

"Lamento que hayas sufrido". Emmeline se quedó allí por un momento. "Y lo siento, pero no volveré por aquí otra vez".

¿Eso era una traición? No podía decirlo, pero se sentía culpable por no tener una conexión sentimental más fuerte con su madre. Hacía veinte años que ella se había ido de allí. Ella había vivido allí un tiempo, pero no tenía recuerdos de ese lugar ni de la mujer que era su madre y que la había amado.

Sintiendo una pesadez en su pecho, dejó el cementerio caminando de nuevo por las cabañas. Le complacía saber que todas estas personas serían libres pronto, era sólo cuestión de poco tiempo. Simplemente tenían que esperar, aunque probablemente era más fácil decirlo que hacerlo. Pasó junto al Sr.Percy y a Joseph, saludándoles con la mano, y ellos distraídamente le devolvieron el saludo mientras continuaban abordando su trascendental tarea, sin darse cuenta de que ella ya no volvería a estar por allí.

Capítulo 34

El viento del mar era veloz y fresco, la sal del océano penetraba en lo profundo de sus pulmones. Emmeline sentía la emoción de su futuro porvenir. Su amor estaba junto a ella y ella se apoyó en él mientras sostenía su mano sobre un aparejo. Navegaban hacia el norte y tanto el cielo como el agua se volvían cada vez más grises. Echaría de menos los colores brillantes del Mar Caribe, pero su futuro no estaba allí, de hecho, no tenía idea de cuál sería su futuro, pero sabía que estarían los dos juntos.

Ellos aún no estaban casados, ya que el proceso de divorcio de *Lord* Creswell aún no había finalizado, así que no estaría divorciado hasta que recibiera la carta de resolución de la corte en las Bahamas, pero de todos modos, él se refería a ella como *Lady* Cresswell. Ese título a ella le sonaba extraño, y no aún no se había adaptado a él, pero estaba más que orgullosa de su marido, era el hombre más maravilloso que había conocido en su vida, y ella pasaba horas sumergiéndose placenteramente en sus oscuros ojos y en las sensaciones que él la hacía experimentar todas las noches.

Emmeline tenía un baúl lleno de vestidos que no le pertenecían, incluido un vestido de baile que estaba segura que nunca usaría. ¿Pero quién era ella para decir cómo sería la vida de una persona pobre? A ella eso no le importaba ni un ápice mientras ellos dos estuvieran juntos.

Tuvieron que esperar durante cuatro días a un barco que navegara a Nueva York. No había sido una larga espera, apenas habían salido de la habitación en esos días, y a decir verdad, también ahora apenas salían de su cabina.

Emmeline sonrió. "Entonces, ¿qué pasará con la plantación?".

"La casa la sigo poseyendo. La plantación la parcelé legalmente y se la entregué a las familias que sirvieron en la plantación. Todas las familias ahora tienen su propio terreno para utilizarlo. Tenía que ser oficial, o alguien podría encontrar la forma de quitarles los terrenos, y probablemente también los reclamarían a ellos como esclavos. Ahora ya no pueden hacerlo. Todo está legalmente documentado".

"Les ofreció su libertad", dijo Emmeline.

"En realidad ya antes había expresado varias veces esa idea, pero estando ebrio, ahora ya está en el papel, ya es legal. No estoy seguro si les irá diferente, pero el tener su tierra los ayudará. Creo que la emancipación será un asunto complicado. El cambio siempre lo es. Al poseer su propia tierra les irá mejor que a la mayoría, pero en cuanto a mi propiedad en sí, solo me queda una casa sin tierras para cultivar. Se la ofrecí al Sr. Percy para que lo utilice si quiere, pero no estoy seguro de que lo haga".

"Eso fue muy amable de su parte".

"Me puedo imaginar a su madre dependiendo de mi caridad. Sin duda ella se negará estando convencida de que ese dinero está contaminada con la maldad".

"Quizás ahora que ya ha visto quién es el verdadero culpable, y no esté creyendo en tales cosas".

"Aunque creo que ella realmente preferirá creer en las maldiciones que reconocer la verdad".

Emmeline se mordió el labio. "¿No se arrepiente de irse? Toda su vida ha estado allí".

Él no dijo nada por un momento. "No, no me arrepiento. Ahora ya no tengo posesiones ni cargas. Es una situación a la que todavía me estoy acostumbrando, pero si me preocupo es por mi naturaleza, la estoy descubriendo. De los dos, usted es la única con verdaderas habilidades. Beber y ser descuidado aparentemente no vale mucho".

"Se subestima a si mismo", dijo ella poniendo orgullosamente sus brazos alrededor de él. Él lo haría bien; ella lo sabía. Él dirigiría su atención a algo y sería exitoso. Había tantas oportunidades en los Estados Unidos de América. Simplemente tenían que encontrar la suya, incluso, si tenían que recurrir a ir hacia el lejano oeste del país y reclamar un terreno, estando con él a ella no le importaría hacerlo, pero esperaba que se quedaran en el este.

"Eso espero", dijo él besándola en la frente. "Ahora tengo una esposa a la que cuidar. Por cierto, oí que el Sr. Percy está pretendiendo a la Srta. Alicia Torpington".

"¿De verdad? La Sra. Thornton estará complacida". Desafortunadamente, no era probable que su propiedad les salvara cuando llegara la abolición de la esclavitud. Ella deseaba que el Sr. Percy lo entendiera, pero parecía que no sería así. Tal vez dejar el pasado a un lado resultaba ser demasiado difícil para algunos, especialmente porque significaba dejar de lado todas las ventajas y privilegios que disfrutaban, pero eso sucedería, así lo quisieran o no.

Por favor, ayuda a otros a descubrir este libro dejando un comentario.

Para noticias sobre lanzamientos y donaciones, únase al de mi lector.

Otras obras de Camille Oster

El Embrujo del Páramo de Hawke

El Londres victoriano muestra poca misericordia, cuando por divorcio deja a Anne Kinelly en la indigencia siendo abandonada por su esposo. Anne logra evitar su futuro sombrío gracias a las acciones misericordiosas de su abogado, que por golpe de suerte, encuentra una casa olvidada y dejada en sucesión por las generaciones anteriores. Los desolados páramos de Yorkshire serán su hogar mientras intenta revivir una casa abandonada, donde el viento susurra en los alféizares de las ventanas.

En poco tiempo, Anne descubre que las advertencias que le hacen los vecinos pueden ser más que supersticiones. Anne, a medida que se le revela la historia brutal de la casa y de su fundador Richard Hawke, descubre que pueden haber más entidades en la casa que solo ella y su doncella.

La institutriz

Viajar más allá de Inglaterra no cabía en la mente de Estelle Winstone, cuando recibió una respuesta a su anuncio ofreciéndose como institutriz. Que tuviera que viajar todo el trayecto hasta Hungría, al igual que conocer al misterioso conde que ahora sería su empleador, le provocaron unos nervios que le revolvieron las entrañas. Ella era incapaz de hablar el idioma holandés, solo conocía lo necesario como para guiarse, y supo que su nuevo hogar estaba enclavado en remotas montañas con fuertes corrientes de aire, donde lobos hambrientos merodeaban fuera de un castillo oscuro y lóbrego con una larga historia, que había sido protagonista de recientes tragedias.

La Esposa Molesta

Caius Hennington, en la actualidad Lord Warwick, ha estado por años en el Lejano Oriente sirviendo a los intereses de la Reina, hasta que la muerte de su tío provocó el regreso a su casa para reclamar su patrimonio y su título. El retorno a las costas inglesas implica, en primer lugar, asumir la tarea que le había impulsado a marcharse; lidiar con la esposa infiel a la que había repudiado. El divorcio no será un asunto agradable, y las distracciones de nada le servirán.

Contacte a la autora

Website: www.camilleoster.com

Instagram: @camilleoster_author

Email – camille.osternz@gmail.com